Klarant Verlag

Rolf Uliczka ist geboren und aufgewachsen am Rande der romantischen Holsteinischen Schweiz und lebt mit seiner Frau seit einigen Jahren im Saterland. Menschen in all ihren Facetten und ihre Geschichten haben ihn schon immer fasziniert. Auch das Schreiben war und ist eine seiner größten Leidenschaften. Ostfriesland, das Land der Leuchttürme, des Wattenmeeres, der grünen Landschaften mit seinen geheimnisvollen Mooren und Inseln, wo jährlich Millionen ihren Urlaub verbringen, bietet ihm viel Stoff für das Unerwartete. Genau das macht auch die Spannung seiner Ostfrieslandkrimis aus.

Rolf Uliczka

Surfermord in Neuharlingersiel

Die Kommissare Bert Linnig und Nina Jürgens ermitteln: 15. Fall

Ostfrieslandkrimi

Klarant Verlag

Klarant Verlag, www.klarant.de – www.ostfrieslandkrimi.de
ISBN: 978-3-96586-593-8
1. Auflage 2022
Umschlagabbildung: Klarant Verlag

Anmerkung des Autors: Es handelt sich bei dem Ostfrieslandkrimi »Surfermord in Neuharlingersiel« um eine frei erfundene Geschichte. Eventuelle Ähnlichkeiten mit realen Personen, Firmen, Gesellschaften, Behörden, Vereinen oder Örtlichkeiten sind grundsätzlich rein zufälliger Natur. Lediglich einige Orte der Handlungen wie zum Beispiel die genannten öffentlichen Dienststellen und Dienstleistungen sind real, aber im Zusammenhang mit der frei erfundenen Geschichte ausschließlich fiktiv eingebunden. Dies gilt auch für die Kite- und Windsurfschule Windloop mit ihren Geschäftsführern Fabian (Fabbel) Bertschat und Stefan Oest sowie für die Erwähnungen des nicht mehr existierenden Eishockeyclubs Deilinghofen (ECD).

Printed in the EU.

Für meine 93-jährige liebe Tante Uschi,
die immer offene Ohren für ihre Mitmenschen hat.
Was sie so besonders macht,
findet sich in den Danksagungen am Ende des Buches.

1. Kapitel

Ingo Bauhagen lief unruhig auf dem Gang des Auricher Landgerichtsgebäudes hin und her. Nicht nur, weil es draußen sommerlich warm war, standen ihm die Schweißtropfen auf seinem mehr als breiten Scheitel, wie er seine Halbglatze zu nennen pflegte. Er hatte bestimmt schon zum zehnten Mal auf seine Uhr geschaut. Um elf Uhr war ihr Termin. Auch der Blick seines Anwalts war schon mehrmals demonstrativ zu seinem Handgelenk gewandert.

Wo bleibt nur TT?! Er müsste doch längst hier sein, damit wir uns noch kurz abstimmen können, ging es Ingo immer wieder durch den Kopf. TT war sein Bausachverständiger Theo Thönes, mit dem er jetzt in einem Streitfall mit einem Kunden vor Gericht stand. Angeblich hatte er mit seiner Baufirma beim Umbau des Scheunenteiles eines Gulfhofes zu Ferienwohnungen bei der Bauausführung Teile der Brandschutzverordnung nicht beachtet.

Der Richter zeigte kurze Zeit später wenig Verständnis, auch und gerade nicht, als Ingo einräumen musste, dass Theo Thönes zurzeit telefonisch nicht zu erreichen gewesen sei. Schließlich schloss der Richter die Sitzung mit dem Hinweis auf die Kostenerstattung und dass ein neuer Termin anberaumt würde.

Der Anwalt des Klägers machte im gleichen Zug weitere Schadensersatzansprüche geltend, da sein Klient die Ferienwohnungen wegen der fehlenden Bauabnahme immer noch nicht vermieten könne, wodurch diesem ein nicht unerheblicher Schaden bereits entstanden sei. Es war jetzt schon der dritte Termin in dieser Angelegenheit. Und der Einzige, der bisher definitiv daran verdient hatte, war TT.

Irgendwie schaffte er es immer wieder, seine Gutachten so auszuarbeiten, dass sie gerichtlich nicht zu beanstanden waren, aber dennoch auf Teile nicht eingegangen worden war, die dem Gericht im Verlauf des Prozesses wichtig erschienen waren. Jedes Mal wieder ein neuer kostenpflichtiger Auftrag und Gerichtstermin für den Bausachverständigen.

Wobei es dem Bauunternehmer in diesem Fall sogar sehr zupasskam, denn die Zeit arbeitete für ihn. Er war gerade noch mit seinen Leuten kurz vor dem Abschluss einer großen Baumaßnahme, deren Bezahlung für den Erhalt seiner Firmenliquidität von hoher Bedeutung war. Denn er war sich sicher, dass er in dem vor dem Gericht laufenden Verfahren würde nacharbeiten müssen. Dennoch war es ärgerlich, dass TT durch den verpatzten Gerichtstermin neue unnötige Kosten verursacht hatte. Aber die würde er ihm in Rechnung stellen.

Vom Landgericht Aurich fuhr Ingo Bauhagen direkt nach Friedeburg. Im Ortsteil Amerika besaß TT ein Haus, in dem er wohnte und auch sein Büro hatte. Ingo ging nicht davon aus, den Bausachverständigen dort anzutreffen. Wenn er zu Hause gewesen wäre, dann hätte er sich sicher am Telefon gemeldet. Aber Ingo wollte bei der Nachbarschaft nachfragen. Er glaubte nämlich nicht, dass Theo mal wieder einen Systemabsturz gehabt hatte, sodass ihm von seinem Outlook der heutige Termin nicht mehr angezeigt worden war.

Dabei war sich Ingo inzwischen fast sicher, dass die seltsamen Systemabstürze bei Theos Computeranlage schon fast System hatten. Die passierten nämlich immer dann, wenn er einen Auftrag noch nicht erledigt hatte und ihm dies als Ausrede zu dienen schien. Aber solange die Gutachten im Sinne des Bauunternehmers ausfielen, sollte ihm das eigentlich egal sein. Zumal er wusste, dass TT als Einzelkämpfer ohne personelle Unterstützung in seinem Büro tätig war, um Kosten zu sparen.

Außerdem waren seit gestern in Niedersachsen Sommerferien. Da konnte es durchaus sein, dass TT mit seiner Tochter irgendwohin in die Ferien gefahren war. Zuzutrauen wäre es ihm. Ingo wusste aber, in dem Fall würde eine Nachbarin nach Post und Blumen schauen und sicher mehr darüber wissen.

Kaum war der Bauunternehmer vor der Garage des Bausachverständigen aus seinem Auto gestiegen, rief auch schon die besagte Nachbarin, die gerade im Garten beschäftigt war und alles im Blick hatte, über die halbhohe Buchenhecke: »Moin, Sie wollen sicher zu Theo. Der ist diese Woche nicht da und kommt erst am Sonntag wieder zurück. Er wollte zum Surfen, weil die Wetteraussichten dafür diese Woche gut waren, wie er sagte.«

»Dann ist er doch in Neuharlingersiel und kommt abends nach Hause, oder?«

»Manchmal ja, manchmal nein. Er hat für seinen Campinganhänger einen Dauerstellplatz. Und wenn das Wetter so ist wie diese Woche oder er dort verabredet ist, dann bleibt er auch manchmal mehrere Tage da. Diese Woche wollte er sich dort mit jemand treffen.«

»Seinen Stellplatz kenne ich. Aber dann verstehe ich nicht, warum er sich nicht auf seinem Handy meldet. Wir hätten nämlich heute geschäftlich einen Gerichtstermin in Aurich gehabt.«

»Stimmt, davon hat er gesprochen. Den wollte er von Neuharlingersiel aus wahrnehmen. Aber warum er nicht erreichbar ist, kann ich mir auch nicht erklären. Es hatte nämlich am vergangenen Sonntag schon mal jemand hier nachgefragt und da konnte ich ihn auch nicht auf seinem Handy erreichen. Aber ich habe mir nichts dabei gedacht, denn wenn er auf dem Wasser ist, hat er sein Handy nicht dabei. Daher habe ich auch nicht weiter darüber nachgedacht.«

»Wissen Sie, mit wem sich Theo dort treffen wollte?«

»Schon, aber ich weiß nicht, ob es ihm recht ist, wenn ich das sage.«

»Ich denke, er wird nichts dagegen haben. Theo und ich kennen uns vom Kitesurfen und arbeiten nicht zum ersten Mal zusammen. Außerdem haben Sie und ich uns ja schon einmal kurz hier über die Hecke gesehen, als ich ihn mal besuchte.«

»Das stimmt zwar, aber ich weiß nicht, ob ich darüber auch mit seinen Klienten sprechen darf.«

»Ich weiß, dass Theo seit seiner Scheidung hin und wieder Dates aus einer Singlebörse hat«, versuchte Ingo eine vertrauliche Atmosphäre zu schaffen. »Er hat mir mal davon erzählt und sich darüber beklagt, dass in diesen Portalen mit so vielen Fakes gearbeitet wird.«

»Mag sein«, erwiderte die Nachbarin. »Trotzdem, seien Sie mir nicht böse, wenn ich nicht mehr dazu sagen möchte. Kann ja auch sein, dass er mal wieder auf dem Wasser ist und den Termin einfach nur vergessen hat. Wenn es so dringend ist, dass Sie ihn heute noch sprechen müssen, dann fahren Sie am besten mal hin. Sie wissen ja, wo Sie ihn da finden.«

Ingo bestätigte das und machte sich auf den Weg nach Neuharlingersiel. Irgendwie kam ihm das Ganze merkwürdig vor. Selbst wenn er davon ausging, dass TT manchmal etwas unzuverlässig sein konnte, passte das irgendwie nicht so richtig zu ihm. Es wäre durchaus denkbar, dass er mit der Vorbereitung für den heutigen Gerichtstermin nicht fertig geworden war. Aber dann hätte er mit absoluter Sicherheit eine zumindest halbwegs plausible Ausrede gehabt. Denn um Ausreden war er nie verlegen.

Freitagnachmittag noch auf die Baustelle zu fahren, machte auch nicht mehr so viel Sinn. Bis er dort ankommen würde, wären seine Leute wahrscheinlich schon unterwegs ins Wochenende. Dafür arbeiteten die lieber unter der Woche abends länger und waren so am Freitag etwas früher bei ihren Familien.

Man merkte, dass das Wochenende vor der Tür stand und die Sommerferien auch in anderen Bundesländern bereits begonnen hatten. Jedenfalls war wesentlich mehr Verkehr in Richtung Küste unterwegs, als es sonst üblich war. Auch bei der Anmeldung zum Campingplatz hatte sich schon eine Warteschlange gebildet.

Aber das interessierte Ingo in diesem Moment nicht. Nachdem er seinen Wagen auf dem Besucherparkplatz abgestellt hatte, holte er sich ein Park- und Besucherticket aus dem Automaten und machte sich zu Fuß auf den Weg zu Theos Parzelle. Als regelmäßiger Kitesurfer war Theo hier schon länger Dauercamper und hatte eine feste Parzelle für seinen Wohnwagenanhänger.

Als Ingo schließlich dort ankam, stellte er fest, dass Theos SUV nicht neben der fest verankerten Markise stand. Er schien also nicht da zu sein. Außerdem waren die Fensterrollos unten und es sah auch sonst nicht so aus, als wenn er sich im Camper aufhielt.

Dies bestätigte auch gleich sein Nachbar von gegenüber, der gerade mit seiner Surfausrüstung vom Strand kam. »Sie wollen zu Theo? Der war am vergangenen Wochenende hier, ist aber Sonntagnacht noch nach Hause gefahren, der wohnt ja nicht weit von hier entfernt.«

»Moin, ich weiß«, bestätigte Ingo, um dann noch grinsend nachzuschieben: »Der wohnt ja in Amerika, und das liegt doch gerade mal um die Ecke.«

»Gleich neben Rußland, wie Theo immer sagt«, konnte sich auch der Surfer ein Grinsen nicht verkneifen. »Ich war zwar noch nicht dort, das sollen aber wohl zwei Ortsteile von Friedeburg sein, die so heißen.«

»Stimmt. Und seitdem war Theo nicht nochmal wieder hier?«

»Nicht, dass ich wüsste. Allerdings hatten wir diese Woche guten Wind fürs Kitesurfen, da war ich auch viel auf dem Wasser. Zwischendrin habe ich mich in der Windloop-Strandbar aufgehalten. Als Single hat man dort immer gute Unterhaltung und viel Spaß. An einigen Tagen bin ich sogar erst spätabends wieder zu meinem Camper zurückgekommen. Nur heute haben wir leider etwas lauen Wind und ich wollte nachher noch etwas im Ort erledigen.«

In diesem Moment wehte von Theos Camper her ein sanfter Luftzug und Ingo stieg ein penetrant süßlicher Geruch in die Nase, fast so, als wenn in der Nähe ein Tierkadaver läge. »Riechen Sie das auch?«, fragte er daher TTs Nachbar, der gerade seinen Camper aufgeschlossen und die Tür geöffnet hatte.

»Ja, ist mir gestern auch schon aufgefallen, wahrscheinlich liegt irgendwo in der Nähe eine verendete Möwe oder sowas.«

»Glaube ich eher nicht«, erwiderte Ingo und betrat Theos Parzelle, um der Sache auf den Grund zu gehen. »Die hätten die anderen Möwen längst beseitigt«, fügte er noch hinzu.

Als er sich dem Eingang des Wohnanhängers näherte, der auf der ersten Parzelle in dieser Reihe mit der Rückseite zum Hauptzufahrtsweg stand, fiel ihm am Fenster neben der Tür eine Ansammlung großer schwarzer Fliegen auf, die offensichtlich hinter dem heruntergelassenen Rollo durch die Scheibe einen Ausgang nach draußen suchten. Ingo bestieg auf einmal ein sehr merkwürdiges Gefühl. Da stimmte etwas nicht. Der Nachbar war inzwischen in seinem Camper verschwunden und Ingo versuchte, die Tür von Theos Wagen aufzumachen.

Diese war nicht verschlossen, und als er die Tür öffnete, schlug ihm ein penetranter Leichengeruch, begleitet von einem Schwarm

Fliegen, entgegen. Er schob den im Türrahmen hängenden Insektenvorhang zur Seite und sah den Surfer, nur mit einer Badehose bekleidet, auf der Sitzbank sitzen, wobei sein Oberkörper auf dem Tisch lag und die toten Augen ins Leere starrten. Um seinen Hals war ein Verlängerungskabel mit einer Dreifachsteckdose geschlungen.

Entsetzt machte Ingo die Tür wieder zu. Er brauchte einen Moment, bis er sich gesammelt hatte. Dann nahm er sein Handy und wählte die 110, um den Leichenfund zu melden.

Er hatte gerade sein Telefonat beendet, als der Nachbar aus seinem Wohnwagen kam und sagte: »Ich sah gerade durchs Fenster, dass Sie die Tür von Theos Camper geöffnet hatten, aber nicht eingestiegen sind. Was ist los? Ich gehe mal davon aus, dass Sie keinen Schlüssel haben. Wieso war die Tür nicht abgeschlossen? Normalerweise schließt Theo immer ab, wenn er geht.«

»Theo sitzt drinnen am Tisch. Er ist tot. Deswegen riecht das hier auch so«, sagte Ingo. »Er muss wohl schon länger da so sitzen, und das bei der Sommerhitze in dieser Woche. Außerdem hängt ihm ein Verlängerungskabel um den Hals. Damit wird er sich sicher nicht selbst stranguliert haben. Jedenfalls hab ich die Polizei schon verständigt.«

»Das darf doch nicht wahr sein! Jetzt weiß ich auch, warum er nichts gesagt hat, als er weg ist. Jedenfalls dachte ich, dass er Sonntagnacht noch nach Hause zurückgefahren ist. Bin in der Nacht kurz wach geworden, als der SUV gestartet wurde. Zumal hier nachts das Fahren verboten ist.«

»Wann haben Sie Theo denn zuletzt gesehen?«, versuchte der Bauunternehmer sich ein Bild zu machen. »Übrigens, ich bin Ingo«, sagte er dann spontan und hielt Theos Camper-Nachbarn die Hand hin. »Ingo Bauhagen aus Wittmund. Bau mit Bauhagen GmbH.«

»Mattes Kruse aus Emden, Versicherungsmakler«, sagte der Mann und erwiderte den Händedruck. »Dann bist du bestimmt der Bauunternehmer, für den Theo heute Vormittag einen Termin beim Landgericht in Aurich hatte. Deinen Namen hatte er nicht genannt, aber den kenne ich von Werbeplakaten.«

»Termin gehabt hätte. Aber stimmt, deswegen bin ich hierher gefahren, weil ich Theo auch zu Hause nicht erreichen konnte und von seiner dortigen Nachbarin wusste, dass er hier sein sollte. Jetzt ist natürlich klar, warum er nirgends zu erreichen war.«

»Und ich dachte noch, dass bei Theo zu Hause was passiert ist. Denn er wollte ja eigentlich, genauso wie ich, die ganze Woche auf dem Platz bleiben. Jedenfalls hatten wir uns schon für den Freitag vor einer Woche hier verabredet. Und da wollte er sich auch das erste Mal mit seiner neuen großen Liebe treffen. Ich war schon am Vormittag da, hatte noch ein paar Besorgungen für die Woche zu machen und wollte den Nachmittag auf dem Wasser nutzen. Theo hatte ähnlich gedacht und kam am letzten Freitag kurz nach mir hier an.«

***

Der Wetterbericht hatte ein stabiles Azorenhoch mit Hitzerekorden angekündigt. Im Süden Deutschlands war gestern schon die Dreißig-Grad-Marke geknackt worden und für den heutigen Freitag waren noch höhere Temperaturen angekündigt. An der Nordseeküste Ostfrieslands hatte gestern kräftiger Wind für sehr angenehme fünfundzwanzig Grad gesorgt. Und heute galt die gleiche Vorhersage, also Surf- und Segelwetter vom Allerfeinsten an der Wattenmeerküste.

Theo Thönes war zeitig aufgestanden und hatte gleich nach dem Frühstück sein Notebook und einen Drucker ins Auto verladen. Auch die Gerichtsakte für die Verhandlung am kommenden Freitag vor dem Landgericht in Aurich hatte er schon eingepackt. Er wollte die Wetteraussichten für eine Kitesurf-Woche in Neuharlingersiel nutzen. Dort stand sein gut ausgestatteter Campingwagen auf einer Ganzjahresparzelle. Aufgrund der super Wetterprognose hatte er sich für diese Woche mit seinem Parzellennachbarn Mattes Kruse verabredet.

Zu zweit machte Kitesurfen noch viel mehr Spaß. Mattes konnte sich, genau wie er, seine Zeit als selbstständiger Versicherungsmakler frei einteilen. Zudem verstanden sie sich sehr gut und hatten an der Strandbar der Kite- und Windsurfschule Windloop schon so manches Bier zusammen getrunken. Und da sie beide sportliche und nicht gerade schlecht aussehende Typen im besten Mannesalter waren, hatte schon das eine oder andere Wochenende mit Surfladys zu später Stunde im Camper geendet.

Für den morgigen Samstag war in der Windloop-Strandbar mal wieder ein Konzert, »Live vom Dach«, angekündigt. Das sorgte immer für eine besonders romantische Stimmung, wenn dann die Sonne langsam rot glühend in den Horizont der Nordsee eintauchte. Genau passend zu der ersten Wochenendverabredung mit Isi, auf die er sich schon sehr freute. Auch Mattes war wieder mit Mia verabredet, die er erst am vergangenen Wochenende hier beim Kiten kennengelernt hatte.

Theo chattete schon seit einiger Zeit auf einem Singleportal mit Isi Neumann. Von den Bildern her genau sein Typ. Rundungen da, wo er sie gerne hatte, lange blonde, leicht gekrauste Haare, hellblaue Iris, mit einem dunkelblauen Rand – man glaubte, dass sie einen auf dem Bild in einen unergründlich tiefen Brunnen schauen ließ. Zu dem ovalen Gesicht passten ihre natürlichen, sehr schön geschwungenen Lippen, mit einem etwas hintergründigen Lächeln. Obwohl er sie bislang nur von Bildern und einigen Videospots kannte, war er bereits über beide Ohren in sie verliebt.

Als Theo auf den Stellplatz seiner Parzelle fuhr, kam Mattes gerade aus seinem Campingwagen. Nachdem sie sich begrüßt hatten, sagte Mattes: »Ich wollte noch etwas für die Woche einkaufen. Brauchst du auch noch etwas? Das Wetter sieht ja heute Morgen spitzenmäßig aus, tatsächlich mal genau wie vorhergesagt. Mia wollte bis zwei Uhr da sein. Gegen zehn ist Tidewechsel, dann wird am frühen Nachmittag das Wasser wieder aufgelaufen sein.«

»Danke, Mattes, ich habe bereits gestern zu Hause eingekauft! Aber Isi wollte schon heute Mittag hier sein und ich will dann gleich mit ihr im Ort eine Kleinigkeit essen gehen. Außerdem werde ich, sobald ich ausgeladen habe, meinen Wagen vorne auf dem Besucherparkplatz parken. Dann muss sie nicht lange nach einem freien Platz suchen und ich habe das mit dem Parkticket und der Gästekarte für das Wochenende schon erledigt.«

»Zwei Doofe, ein Gedanke, Theo! Mia will an diesem Wochenende nicht mit ihrem Wohnmobil wie letztes Wochenende, sondern mit dem Auto kommen. Was sollen wir für zwei Parzellen bezahlen, wenn wir nur eine brauchen? Schließlich kostet ein Parkticket wesentlich weniger. Jedenfalls stelle ich mein Auto nach dem Einkauf auch genau wie du vorne auf den Besucherparkplatz. Und wenn sie sich von unterwegs meldet, gehe ich nach vorn und wir tauschen die Autos auf dem Besucherparkplatz.«

»Warum? Sie kann doch auch mit ihrem Auto zu deiner Parzelle kommen, dann spart ihr euch das Umladen.«

»Hatte ich auch erst gedacht. Aber dann fiel mir ein, dass die Schranke ja nach der Erkennung des Kennzeichens öffnet. Und bevor Mia dann lange Diskussionen mit dem Servicepersonal hat, glaube ich, ist das die einfachere Lösung.«

»Verdammt, da hätte ich jetzt gar nicht dran gedacht. Man nimmt das mittlerweile so als selbstverständlich hin, dass sich die Schranke öffnet, wenn man langsam davor fährt. Na, dann bis später.«

Nachdem Theo seine Sachen im Camper verstaut hatte, fuhr er seinen SUV auf den Besucherparkplatz vor der Campingplatzanmeldung und erledigte die Formalitäten. Mit seinem Klapprad radelte er dann zu seinem Camper zurück. Von unterwegs hatte er schon heute Morgen einen Blumenstrauß mitgebracht und zur Begrüßung in einer Vase auf den Tisch gestellt. Im Camper schaute er, dass die Küchenzeile blinkte und in der kleinen Bordtoilette mit Nasszelle alles in Ordnung war.

Es war noch nicht Mittag, da meldete sich Isi auf dem Handy: »Hi Theo, bin jetzt bei Wittmund und gleich da. Zwanzig Minuten, sagt das Navi. Freu mich!«

»Moin Isi, freu mich auch! Gute Fahrt gehabt?«

»Super! War ein guter Rat von dir, am Freitagmorgen von Essen loszufahren. Der Hauptwochenend- und Ferienreiseverkehr geht wahrscheinlich erst heute Mittag richtig los. Wo finde ich dich?«

»Der Campingplatz ist ausgeschildert. Kurz davor ist ein Kreisel, da biegst du ab. Noch vor der Anmeldung, die du dort gleich nach der Rechtskurve schon siehst, sind auf der rechten

Seite Besucherparkplätze. Kurz vor dem Gebäude der Anmeldung steht ein weißer SUV Ford S-MAX auf einem der Parkplätze. Das ist meiner. Wenn du kommst, fahre ich den raus und du kannst dein Auto reinstellen. Parkticket und Gästekarte habe ich schon für dich. Bis gleich.«

Theo hatte gerade sein Klapprad in den SUV verladen, da näherte sich ein rotes Mazda MX-5 Cabrio und eine Frauenhand winkte ihm über der Windschutzscheibe zu. Es war Isi. Sie hielt an, ließ den Motor laufen, sprang aus dem Auto und lief auf ihn zu, so als würden sie sich schon ewig kennen und hätten sich lange nicht mehr gesehen. Dann fiel sie ihm um den Hals und ihre Lippen fanden sich zu einem ersten langen Kuss.

Mit so einer Begrüßung hatte er nicht gerechnet. Na klar, sie hatten schon Bilder und auch kleine Videos über WhatsApp getauscht. Isi in natura übertraf allerdings alle seine Erwartungen. Sie hatte so eine natürliche und sympathische Ausstrahlung, der er sich nicht entziehen konnte. Aber auch sie schien nicht von ihm enttäuscht zu sein. Jedenfalls zog sie ihn, gleich nachdem sie sich von ihrem ersten Kuss gelöst hatten, ein erneutes Mal zu sich heran.

»Schön, dass wir uns endlich auch mal persönlich in die Arme nehmen können«, sagte sie dann.

»Isi, warum haben wir uns eigentlich nicht schon längst mal getroffen?«

»Vielleicht warst du zu schüchtern? Obwohl, wenn ich dich jetzt live erlebe, scheinst du alles andere als schüchtern zu sein«, gab sie mit ihrem tiefgründigen Lächeln zurück.

Sie tauschten die Autos auf dem Parkplatz, und nachdem Isi sich im Camper etwas frisch gemacht hatte, wollte sie erst einmal einen Blick über den Deich aufs Meer werfen.

»Wo ist denn das Wasser?«, fragte sie etwas enttäuscht.

»Wir hatten Gezeitenwechsel kurz nach zehn. Das heißt, wir haben auflaufendes Wasser. Wenn wir vom Essen zurückkommen, dann können wir uns schon fürs Kiten fertig machen.«

»Es ist schon lange her, dass ich am ostfriesischen Wattenmeer war. Mein Ex fuhr von Essen aus immer nach Renesse in Holland, da gibt es in der Nähe auf dem Brouwersdam ein ›Kitesurfcentrum‹ und da hast du auch bei Ebbe Wasser, wenn auch nicht viel.«

Kurz darauf waren die beiden Frischverliebten mit dem SUV unterwegs, um im Neuharlingersieler Kutterhafen eine Kleinigkeit zu essen. Isi freute sich schon auf frischen Seefisch, wie sie sagte.

Als sie auf dem Campingplatz zurück waren, gingen sie als Erstes nochmal auf den keine fünfzig Meter entfernten Deich. »Was habe ich gesagt«, stellte Theo grinsend fest, »da kommt das Wasser schon, und bis wir umgezogen sind, können wir schon starten.« Jedenfalls dachte er das in diesem Moment.

Eigentlich wollten die beiden sich im Wohnwagen für den Strand fertig machen. Aber was machen Frischverliebte, wenn die Gefühle sie übermannen? Und so fanden sie sich schneller als gedacht auf dem Doppelbett beim Austausch lustvoller Zärtlichkeiten. Als sie dann endlich in der Strandbar ankamen, saßen Mia und Mattes schon bei ihrem ersten Cocktail und hatten bereits die erste Runde auf dem Wasser hinter sich. Die beiden schienen sich ebenfalls gesucht und gefunden zu haben, jedenfalls entsprachen sie dem Klischee, dass sich oft Gleiches anzieht. Obwohl man ja eigentlich genauso sagt, dass sich Gegensätze anziehen. Wobei Mia kein Hehl daraus machte, dass sie in einer Nochbeziehung, aber in gegenseitigem Einvernehmen auf dem Absprung war.

Jedenfalls passten die zwei optisch perfekt zusammen. Beide ziemlich groß, dunkelhaarig, sportlich, schlank und sonnengebräunt. Wobei Mattes seine dunklen Haare modern gestylt kurz trug und Mia eine lange Mähne hatte, die am Rücken bis über den Bikiniverschluss reichte.

Nachdem sich die beiden Paare begrüßt und bei einem Trunk etwas bekannt gemacht hatten, sagte Isi: »Ich hab es Theo schon erzählt, ich muss mir hier das Equipment leihen. Meine Ausrüstung haben sie mir im letzten Jahr an der holländischen Küste aus dem Auto gestohlen.«

»Kein Problem«, sagte Mattes. »Die sind hier bei Windloop schon allein für die ganzen Kiteschüler sehr gut ausgestattet. Da findest du alles, was du fürs Kitesurfen benötigst.«

Kurz darauf zogen die vier mit dem frischen Seewind in Formation auf dem Wasser ihre Bahnen. Theo und Mattes versuchten sich vor den beiden Girls mit ihren Jumps gegenseitig zu übertrumpfen.

Nachdem sie sich in ihren Campern – mit erotisch bedingten kleinen Unterbrechungen – erfrischt und umgezogen hatten, fanden sie sich wieder an der Strandbar ein, wo sie einen Tisch für vier hatten reservieren lassen. Als Abendessen standen maritime Snacks auf dem Programm und vom Dach sorgte ein musikalisches Duo für die entsprechende stimmungsvolle Untermalung.

Nach dem Essen ging Isi zu den Toilettenräumen. Als sie nach einer ganzen Weile noch nicht wieder zurück war, sagte Mia: »Isi wird doch nicht in die Toilette gefallen sein. Ich schaue mal lieber nach.«

Es dauerte nicht lange, dann kam Isi und kurz darauf Mia wieder an den Tisch zurück. »Sorry«, sagte Isi. »Da hat mich eine Freundin aus Essen am Handy zugequatscht.«

Das Kitesurfer-Quartett hatte nicht nur ein gemeinsames Hobby, sie hatten sich auch sehr viel zu erzählen und die Zeit verging wie im Flug. Inzwischen schickte sich die Sonne langsam dazu an, über dem Wattenmeer hinter der Insel Langeoog rot glühend im Meer zu versinken, als das Duo auf dem Dach *Fast Car* von *Tracy Chapman* anstimmte. Die junge Frau des Duos war nicht nur schwarz wie die berühmte Sängerin, sie hatte auch eine ähnliche Stimme mit diesem ganz besonderen Schmelz.

Nicht nur in der Strandbar, sondern auch an der Wasserkante vor Windloop und auf dem Deich dahinter konnten sich die Gäste der romantischen Stimmung nicht entziehen. Und es wurde so manches Tränchen verdrückt und die Geliebte herzlich geküsst.

Nachdem die Sonne in einem rot glühenden Abendhimmel in den Fluten der Nordsee versunken war, kühlte es durch die steife Brise relativ schnell ab und unsere vier Frischverliebten sehnten sich nach einem kuscheligen Abschluss des Abends in intimer Zweisamkeit. Theo kam sich vor wie ein Teenager, der glückselig davon träumte, wie er mit Isi nicht nur an einem romantischen Wochenende zusammenleben könnte. Isi von seinen Träumen zu erzählen, schien ihm allerdings an diesem Abend dann doch noch etwas verfrüht. Obwohl er ihr am liebsten hier und jetzt einen Heiratsantrag gemacht hätte.

Wie gut er daran tat, seine geheimen Absichten noch nicht kundzutun, hätte er gewusst, wenn er bei seinem Campernachbarn zur gleichen Zeit Mäuschen gespielt hätte. Mia erzählte Mattes nämlich gerade, dass sie auf dem Toilettenhäuschen zufällig Teile von Isis Handytelefonat mitgehört hatte.

»Also, das hörte sich nicht gerade so an, als wenn zwei Freundinnen miteinander telefonieren«, sagte sie. »Ich konnte zwar nur das hören, was Isi sagte, aber das klang eher so, als wenn sie ihrem Mann von einem Besuch bei einer Freundin erzählte. Sie sagte nämlich am Handy, dass sie mit einer Anna in einem Pub wäre, wo ein tolles Duo singen würde. Sie war wohl nach dem Namen des Duos gefragt worden. Aber das fiel ihr angeblich nicht ein. Aber schön wäre es und sie hätte mit Anna in alten Erinnerungen geschwelgt.«

»Und du meinst, dass sie das ihrem Mann und nicht vielleicht doch einer Freundin erzählt hat?«, wollte Mattes es genau wissen.

»Sie hat keinen Namen genannt, aber gesagt, dass sie mit Anna vereinbart hätte, dass sie sich in Kürze nochmal treffen wollten. Da muss ihr Gesprächspartner wohl angeboten haben, dass sie sich zusammen mit Anna treffen könnten. Denn sie sagte auf einmal: ›Dass du mitkommst, halte ich für keine gute Idee. Du weißt doch, dass Anna sich bis vor Kurzem in einem Frauenhaus vor ihrem Mann versteckt hatte.‹ Jedenfalls meinte Isi dann noch, dass ihre angebliche Freundin es nicht möchte, dass von ihrem früheren Umfeld jemand weiß, wo sie jetzt wohnt. Und dann sagte sie noch, dass Anna ein wenig Unterstützung brauchen könnte und sie sich deshalb demnächst öfter mal übers Wochenende mit ihr treffen wollte.«

»Na gut, das klingt wirklich eher nach einer Ausrede für einen Ehemann oder eine feste Verbindung. Kann man für Theo nur hoffen, dass Isi es mit ihm ernst meint, denn er scheint ziemlich verliebt zu sein, wie er mir vorhin sagte. Vielleicht ist Isi ja auf dem Absprung in eine neue Beziehung, genau wie du. Das würde ich Theo nach seiner gescheiterten Ehe sehr wünschen.«

***

Der Bauunternehmer musste unwillkürlich grinsen, als Mattes ihm von Theos neuer Beziehung erzählte. »Jaja, der Theo. So war er, wenn eine neue hübsche Frau in seinen Fokus geriet. Die wollte er immer gleich heiraten«, sagte er zu Mattes.

Ihm wurde jetzt auch klar, warum TTs Nachbarin in Amerika nicht mit der Sprache rauskam. Theos Date war aus einer Kontaktbörse, und ausgerechnet die hatte er zur Sprache gebracht. Ingo war leicht übergewichtig, mittelgroß, dabei aber ein muskulöser, typischer Mann vom Bau. Der wettergegerbte Teint seines Gesichts endete allerdings da, wo auf der Baustelle üblicherweise der Helm saß, was jetzt seine weiße Baseballkappe verdeckte. Als ehemaliger Polier hatte er schon vor einigen Jahren das Baugeschäft seines Schwiegervaters übernommen, der inzwischen verstorben war. Auf der Baustelle konnte er aber nicht nur zupacken, er hatte auch selbst für kniffelige Handwerksprobleme, egal aus welchem Gewerk, immer eine Lösung parat.

Daher verwunderte es nicht, dass er auch hier sofort begann, nach Antworten zu suchen, und so sagte er zu Mattes: »Aber egal, so wie es aussieht, hat irgendwer Theo mit dem Kabel das Licht ausgelöscht. Meinst du, dass diese Isi etwas damit zu tun haben könnte?«

»Was sollte sie für ein Motiv haben? Die kannten sich doch nur durch ein paar Chats. Obwohl, je mehr ich darüber nachdenke … Ich sagte ja schon, dass wir am Samstag einen netten Abend miteinander hatten. Aber irgendwie traute Mia der Isi nach diesem Telefonat nicht mehr so richtig über den Weg.«

»Und wieso nicht?«, versuchte Ingo der Sache auf den Grund zu gehen.

»Na, du weißt doch, wie Frauen manchmal so sind, wenn sie die Neugier treibt. Mia hatte nach einer Isi oder Isabell Neumann aus Essen gegoogelt und auch in den Social Media gesucht, aber nichts gefunden. Wohl aber in einer Partnerbörse, in der sie selbst auch schon mal nach Partnern gesucht hatte.«

»Na, dann passte das doch. Oder war da noch etwas?«

»Nach dem, was sie auf der Toilette zufällig mitbekommen hatte, war sie gar nicht sicher, ob die Isi wirklich Neumann heißt. Sie vermutete eher, dass Isi eine verheiratete Frau sein könnte und die Partnersuche im Internet nur ein Fake für einen Seitensprung gewesen wäre.«

»Dann war vielleicht der Ehemann hier und hat seine Frau bei Theo rausgeholt und den bei der Gelegenheit gleich kaltgemacht«, überlegte Ingo.

»Wer weiß. Denkbar wäre alles. Aber da soll sich die Polizei drum kümmern.«

»Ich war mal zu einer Zeugenvernehmung bei einer Kommissarin unseres Kommissariats in Wittmund. Deren Nummer habe ich in meinem Handy gespeichert. Ich ruf sie mal an.« Ingo hatte den Lautsprecher seines Handys eingeschaltet und der Ruf ging raus.

Bereits nach dem zweiten Klingeln meldete sich eine Frauenstimme: »Jürgens.«

»Ingo Bauhagen, moin, Frau Jürgens. Ich war vor einiger Zeit mal bei Ihnen zu einer Zeugenaussage und habe vorhin den Leichenfund auf dem Campingplatz in Neuharlingersiel gemeldet.«

»Moin, Herr Bauhagen. Die Meldung habe ich auf dem Tisch liegen und hatte mir schon überlegt, ob ich Sie nicht kenne«, antwortete Kriminalhauptkommissarin Nina Jürgens, die den bevorstehenden Einsatz kommissarisch leiten würde. »Herr Bauhagen, haben Sie ergänzende Informationen für mich?«, wollte die Kommissarin wissen. »Wir bereiten uns gerade für den Einsatz vor.«

»Genau deswegen rufe ich an. Ich stehe hier gerade mit einem Campingnachbarn des Toten vor dessen Camper. Und der hat mir erzählt, dass Theo Thönes wahrscheinlich schon seit letztem Sonntag da tot in seinem Wagen sitzt. Und das jetzt bei der Sommerhitze, die wir diese Woche hatten.«

Dann berichteten die beiden Männer der Kommissarin, worüber sie zuvor gesprochen hatten.

Nachdem sie fertig waren und noch einige ergänzende Fragen der Beamtin beantwortet hatten, sagte diese: »Vielen Dank, das sind für uns sehr wichtige Hinweise! Bleiben Sie bitte vor Ort, bis wir bei Ihnen sind, und sprechen Sie mit niemandem am Platz über die Angelegenheit. Wenn möglich, verhindern Sie, dass weitere Personen den Stellplatz des Toten betreten. Unsere Spurensicherung müsste eigentlich schon jeden Moment bei Ihnen eintreffen. Wir sehen uns gleich.«

2. Kapitel

Das Stammteam der Soko Wittmund, das immer bei Kapitalverbrechen im Kreisgebiet zum Einsatz kam, saß noch während des Telefonats der Chefin mit dem Bauunternehmer Ingo Bauhagen am Besprechungstisch und bekam das Gespräch über den Lautsprecher mit.

»Wir brauchen Verstärkung«, sagte Nina, nachdem sie das Telefongespräch beendet hatte. »Bert wird erst – wenn die Ärzte es erlauben – in frühestens zwei Wochen bei uns wieder im Einsatz sein können. Und da wird er sich auch noch schonen müssen. Ich spreche mal mit Femke. Vielleicht kann sie uns nochmal Lars zur Verfügung stellen.«

»Gute Idee, Nina«, stimmte ihr die vor Kurzem zur Polizeioberkommissarin ernannte Rita Schneider zu. Sie war vor einiger Zeit aus Osnabrück zum Team in Wittmund dazugestoßen. Eine ehrgeizige, quirlige junge Polizistin mit sportlicher Figur, mittelblonder Kurzhaarfrisur, sehr sympathischen, ebenmäßigen Gesichtszügen und einem sehr gewinnenden Lächeln. In ihrer Jugend war sie Landesmeisterin im Sprint gewesen und hatte schon so manchen Ganoven mit ihrer Schnelligkeit überrascht.

Auch Polizeioberkommissarin Silke Jansen nickte ihrer Chefin zu. Die in Ostfriesland geborene blonde Silke war mit ihren etwa ein Meter fünfundsechzig, ihrer gemütlichen Figur und sympathischen Ausstrahlung fast sowas wie das emotionale Zentralgestirn im Team. Sie kümmerte sich überwiegend um den Innendienst. Außerdem war sie sehr mit der ostfriesischen Scholle verbunden, denn sie sollte mal das Haus ihrer Großeltern erben.

Polizeikommissar Oke Helmers, der Jüngste im Team, zeigte durch Daumen hoch ebenfalls seine Zustimmung. Auch er war wie Silke in Ostfriesland geboren. Seine Eltern betrieben in Neuharlingersiel einen Milchwirtschaftsbetrieb, den sein Bruder mal übernehmen sollte. Er war mit gut zwei Meter Länge und den blonden Strubbelhaaren ein typischer Ostfriese. Besonderheit bei ihm war, dass er und sein Bruder auf dem damals noch von ihrem Großvater geführten Hof zweisprachig aufgewachsen waren. Zu der Zeit wohnte auch noch der Bruder ihres Vaters mit seiner

Frau, die von den Niederländischen Antillen stammte, und ihren beiden Töchtern, die im gleichen Alter wie ihre Cousins waren, auf dem Hof. Zudem war Oke der Computer- und IT-Freak im Wittmunder Kripoteam.

Der eigentliche Soko-Leiter, Erster Kriminalhauptkommissar Bert Linnig, war bei seinem letzten Einsatz im als Wattführermord geführten Fall von einem Geschosssplitter im Kopf getroffen worden und hatte dabei riesiges Glück gehabt, dass er überhaupt noch lebte. Er musste sogar noch einmal nachoperiert werden und dann war noch eine Lungenentzündung hinzugekommen. Es hatte eine Zeit lang so ausgesehen, dass er selbst im Fall des Überlebens nicht mehr in den Dienst zurückkommen würde.

In dieser Phase hatte man Nina zur Ersten Kriminalhauptkommissarin befördern wollen. Bevor ihr der Polizeidirektor in Aurich die Urkunde überreichte, hätte sie sich aber mit einer Versetzung auf einen entsprechend dotierten Dienstposten bei der Polizeidirektion in Osnabrück einverstanden erklären müssen, für den Fall, dass Bert doch wieder seinen Dienst würde aufnehmen können. Denn zwei gleich dotierte Dienstposten als Erste Kriminalhauptkommissare in der Leiter- und Stellvertreterfunktion sah die Dienstpostenstruktur des Kommissariats in Wittmund leider nicht vor.

Bert, gebürtiger Rheinländer, war schon vor Jahren von Essen in das Kommissariat nach Wittmund gekommen. Inzwischen war er Mitte fünfzig und über dreißig Jahre im Polizeidienst, davon die meiste Zeit in der Ruhrmetropole Essen, was schon so manche Spur bei ihm hinterlassen hatte. Seine muskulöse Statur, die ausgeprägten Züge und sein glattrasierter Schädel mit dem bereits leicht ergrauten Dreitagebart verliehen dem über eins achtzig großen Mann mit dem stechenden Blick fast etwas Verwegenes. Er war ein Mann der Tat, der von sich selbst und seinem Team sehr viel verlangte. Dabei blieb er aber ausgesprochen fair. Bei seinem Engagement war es kaum verwunderlich, dass seine erste Ehe schon vor Jahren auf der Strecke geblieben war.

Das traf auch auf seine Partnerin Nina Jürgens zu. Auch sie hatte ihr Leben absolut auf den Beruf ausgerichtet, eine gescheiterte

Ehe hinter sich und einen hohen Anspruch an sich selbst und das Team. Zur Zeit ihrer Ehe war Nina in Hannover bei der Drogenfahndung eingesetzt gewesen. Die nicht planbaren Dienstzeiten führten seinerzeit zum Scheitern ihrer ersten Ehe, woraufhin sie sich auf eine freie Stelle beim Kommissariat in Wittmund bewarb. Im Laufe der Zeit wurde sie dort nicht nur Berts dienstliche Partnerin. Inzwischen waren die beiden verheiratet und bewohnten einen ehemaligen Fünfsterne-Ferienbungalow in Carolinensiel.

Als Frau hatte sie sehr markante, ja sogar fast etwas zu harte Gesichtszüge, was durch ihre extrem kurzen schwarzen Haare noch unterstrichen wurde. Sie war etwa einen halben Kopf kleiner als Bert, mit drahtiger, sportlicher Figur und hatte schon manchen Karatekampf gewonnen. Aber so, wie es beim letzten Fall Bert erwischt hatte, war sie vor einiger Zeit – mit einem Kind von ihm unter dem Herzen – auf einem einsam gelegenen Gulfhof Kriminellen in die Falle gegangen. Sie hatte mit ihrem Privat-Pkw ein zufällig entdecktes gesuchtes Fahrzeug verfolgt. Aufgrund der vielen Funklöcher in den Mobilfunknetzen in Ostfriesland konnte sie mit ihrem Handy keine Verstärkung bei der Dienststelle anfordern und verlor deshalb bei dieser Aktion ihr Kind.

Jetzt rief Nina bei der vorgesetzten Dienstelle in Aurich an. Nach mehrmaligem Läuten des Telefons meldete sich Erste Kriminalhauptkommissarin Femke Peters von der dortigen Polizeiinspektion, die schon im Display gesehen hatte, wer anrief: »Moin Nina. Das war jetzt Gedankenübertragung, ich war gerade auf dem Weg in mein Büro, um dich anzurufen, als ich das Läuten hörte. Aber als Erstes, wie geht es Bert?«

»Moin Femke«, begrüßte Nina die Leiterin und Fallanalystin der Soko ihrer vorgesetzten Dienststelle. »Danke der Nachfrage, er ist auf gutem Weg und will in zwei Wochen wieder seinen Dienst aufnehmen. Aber wir haben jetzt einen Leichenfund auf dem Campingplatz in Neuharlingersiel. Daher meine Frage, könnte Lars uns nochmal unterstützen?«

»Deswegen sprach ich von Gedankenübertragung. Das mit dem Leichenfund haben wir schon mitbekommen und Lars macht sich gleich auf den Weg nach Neuharlingersiel. Zusammenarbeit wie bei eurem Wattführermordfall, du hast die Leitung. In zwei

Wochen kann Bert dann ja wieder übernehmen. Übrigens, Dr. Rabe war gerade mit dem Hubschrauber aus Emden unterwegs. Die Piloten werden ihn in Neuharlingersiel absetzen. Seinen Rücktransport zur Rechtsmedizin nach Oldenburg könnt ihr dann übernehmen.«

»Danke, Femke! Dann werden wir auch sofort starten. Unsere Spusi müsste schon dort sein. Lars wird dich auf dem Laufenden halten. Bis dann.«

»Brauchen wir noch Teamverstärkung aus der Bereitschaft?«, wollte Silke wissen.

»Vorerst noch nicht«, entschied Nina. »Heute ist Freitag und wir haben seit dieser Woche auch in Niedersachsen Sommerferien. Da wird einiges auf dem Platz in Neuharlingersiel los sein. Da will ich nicht die Zufahrtswege mit unseren Fahrzeugen zustellen. Auch ich werde bei euch, Rita und Oke, im Einsatzfahrzeug mitfahren. Silke hält wie immer die Stellung und Verbindung.«

Kurz darauf waren die Kommissare aus Wittmund mit ihrem Einsatzbus und Blaulicht unterwegs nach Neuharlingersiel. Per Handy hatte Nina bereits mit Kriminalhauptkommissar Lars Brodersen, der im Auricher Kripoteam die gleiche Funktion innehatte wie sie, Kontakt aufgenommen. Er würde in etwa einer Viertelstunde eintreffen.

Als die Wittmunder Beamten mit ihrem Einsatzfahrzeug bei der Anmeldung ankamen, vor der sich bereits eine Schlange von Urlaubern gebildet hatte, fuhr Rita gleich bis zur Schranke vor, die sich sofort öffnete, da die Kennzeichen der Polizeifahrzeuge des Kreises im automatischen Schrankensystem gespeichert waren. Aber bevor Rita weiterfuhr, sah Oke eine junge Frau des Servicepersonals winkend auf das Polizeifahrzeug zulaufen. »Rita, stopp!«, rief er seiner Kollegin am Steuer zu.

»Ich hab das Blaulicht gesehen. Ihre Kollegen sind schon auf dem Platz«, sagte die junge Frau und zeigte Oke auf einem Lageplan die Parzelle des Toten im Ostteil der Anlage. Sie konnte ja nicht wissen, dass Nina schon von Ingo Bauhagen wusste, wo der Standplatz des Toten lag.

Oke informierte die Servicekraft des Platzes, dass gleich noch ein ziviles Dienstfahrzeug aus Aurich kommen würde, und gab ihr das Fahrzeugkennzeichen für das Schrankensystem, das Lars Nina durchgegeben hatte. Dann fuhr Rita den Einsatzwagen durch die Schranke zum Fundort der Leiche. Oke gab über Handy die Parzellennummer und Wegbeschreibung an den Kommissar aus Aurich durch.

Rund um den Leichenfundort hatten die Kollegen der Spurensicherung bereits die unmittelbar an die Parzelle angrenzenden Straßen- und Zufahrtswege gesperrt. Nina verschaffte sich zunächst einen ersten Überblick und von der Tür des Campers aus auch einen Blick auf den Toten. Dann ließ sie sich vom Leiter der Spusi, Erster Kriminalhauptkommissar Sören Nansen, einweisen. Der sagte: »Allein das Stromkabel um den Hals des Toten zeigt, dass wir es hier sehr wahrscheinlich mit Mord zu tun haben. Dafür spricht auch, dass laut der Fundmeldung irgendjemand vergangenen Sonntag in der Nacht mit dem Wagen des Toten weggefahren ist. Ingo Bauhagen sitzt übrigens beim Nachbarn gegenüber in dessen Camper. Die beiden warten auf deine Befragung.«

»Sören, darum werde ich mich gleich kümmern. Habt ihr sonst schon irgendwelche Erkenntnisse?«

»Ich will unserem Rechtsmediziner nicht vorgreifen, aber wie du selbst gerade gesehen hast, ist der Verwesungsprozess schon ziemlich weit fortgeschritten. Bei der Witterung in dieser Woche in dem aufgeheizten Campinganhänger kein Wunder.«

»Wenn man das hier riecht, dann hätten doch eigentlich die umliegenden Parzellennutzer längst Alarm schlagen müssen«, wunderte sich die Ermittlerin.

»Nina, die Tür steht jetzt schon eine ganze Weile offen, wodurch sich der Leichengeruch natürlich auch draußen gut verbreiten konnte. Das hier ist ein Ganzjahrescamper und entsprechend gut ist der isoliert. Andernfalls wäre die Leiche hier drinnen bereits gekocht worden«, antwortete der Forensikleiter. »Das hat aber auch verhindert, dass die ganze Gegend schon den Leichengeruch hätte wahrnehmen können. So drang dieser nur durch die kleinen Lüftungsschlitze nach draußen und wurde dort im wahrsten Sinne des Wortes vom Winde verweht.«

»Na klar, hätte ich auch selbst drauf kommen können. Aber wie sieht es mit Handy, Tablet und so weiter aus?«

»Wir haben die Leiche beim Suchen nach seinem Handy unberührt gelassen. In seiner Badehose wird er sicher kein Handy versteckt haben. Es könnte höchstens sein, dass er darauf sitzt, was ich aber nicht glaube. Im Camper war jedenfalls keins zu finden, ebenso weder Tablet noch Notebook, was der Tote nach Aussage des Bauunternehmers eigentlich sonst immer dabeihatte. Auch das deutet schon auf ein Tötungsdelikt hin.«

Als Nina und Sören ihr Gespräch beendeten, kamen zwei Kollegen der Spusi gerade mit Dr. Rabe am Leichenfundort an. Sie hatten den Mediziner von der neben der Kite- und Windsurfschule Windloop liegenden Ballspielwiese abgeholt. Die Hubschrauberbesatzung hatte ihn dort abgesetzt, nachdem die beiden Kollegen am Boden dafür gesorgt hatten, dass kein Unbefugter mehr auf der Wiese war. Andernfalls hätte der Pilot den Rechtsmediziner zum Flugplatz nach Harlesiel fliegen müssen.

Als sie sich kurz begrüßt hatten und Dr. Rabe ging, um die Leiche einer ersten Untersuchung zu unterziehen, ließ Nina den Bauunternehmer von Oke zu einem Zeugengespräch in den Einsatzbus holen. Rita schaute sich derweil im unmittelbaren Umfeld der Parzelle des Toten nach potenziellen Zeugen um.

Mit Bauhagens Einverständnis zeichnete Nina das Gespräch auf, um es später zu protokollieren. Ingo wiederholte zunächst das, was er am Telefon bereits gesagt hatte.

»Wie gut kannten Sie und der Tote sich?«, wollte die Kommissarin dann wissen.

»Wir hatten uns vor wenigen Jahren hier beim Kitesurfen in der Windloop-Strandbar kennengelernt. Theo war hier schon etwas länger Dauermieter. Ich selbst bin im Gegensatz zu ihm verheiratet und wohne in Wittmund, wo ich auch mein Geschäft habe. Zudem befinden sich meine Baustellen im gesamten Umland, sodass ich nicht so viel Zeit zum Surfen habe wie er. Außerdem hatte ich ihn schon gelegentlich bei gerichtlichen Auseinandersetzungen als Bausachverständigen.«

»Sachverständige machen sich mit ihren Gutachten ja nicht immer nur Freunde, wie ich vor Kurzem mal in einem Fernsehbeitrag gesehen habe«, stellte Oke fest. »Wie war das denn bei Ihrem Surferkollegen?«

»Wahrscheinlich auch nicht anders. Ich selbst hatte bisher keine Probleme mit ihm. Aber in den Fällen die jeweilige Gegenseite schon. Nur, deswegen jemand gleich umbringen?! Ich weiß nicht.«

»Und was wissen Sie über seine privaten Verhältnisse?«, hakte Nina nach.

»Ich weiß, dass er geschieden ist und eine etwa achtjährige Tochter hat. Seine Ex-Frau wohnt mit dem Kind in Papenburg, wie er mir mal erzählte. Die Adresse habe ich aber nicht.«

»Und wie sieht es mit Partnerschaften seit seiner Scheidung aus?«, wollte es Oke genau wissen.

»Ich glaube, da kann Ihnen Mattes Kruse, sein Campingnachbar, sicher noch mehr erzählen. Ich weiß nur von Theo, dass er schon mal Dates aus einer Kontaktbörse hatte und sauer darüber war, dass da so viel mit Fakes gearbeitet wurde. Vor allem, wenn er mal wieder enttäuscht worden war. Aber Genaueres, geschweige denn Namen habe ich dazu nicht.«

»Okay, Herr Bauhagen«, übernahm wieder Nina, »dann erst einmal vielen Dank für Ihre Meldung und Informationen. Wir werden Sie in Kürze bitten, für eine Unterschrift des Protokolls ins Kommissariat zu kommen. Jetzt können Sie sich aber erst einmal von dem Schock eines Leichenfundes erholen. Sollte Ihnen doch noch etwas einfallen – und sei es vielleicht für Sie noch so unbedeutend –, Sie wissen ja, wie Sie mich erreichen.«

Der Bauunternehmer hatte gerade den Einsatzwagen verlassen, um nach Hause zu fahren, als Lars mit seinem zivilen Dienstwagen ankam. Auch Rita war von ihrer kleinen Erkundungstour zurück. Nachdem sich die Beamten begrüßt hatten, setzten sie sich für eine kurze Einweisung in den Wittmunder Dienstwagen. Der Kommissar aus Aurich hatte eine vergleichbare Statur wie Bert, allerdings war er durch und durch Ostfriese und entsprach manchmal sogar dem Klischee eines mundfaulen Küstenfischers. Zudem wirkte er mit seinem blonden Wuschelkopf und dem kurzen Vollbart auch eher wie ein Krabbenfischer als wie ein Kriminalkommissar. Aber man sollte sich nicht in ihm täuschen. Er war ein ausgezeichneter Ermittler.

Rita zeigte im Parzellenplan des Platzes die von ihr markierten Stellplätze, bei denen sie jemanden angetroffen hatte. Ferner war dort auch bereits vermerkt, wer von denen am letzten Wochenende hier gewesen war. Von den zwölf am nächsten liegenden Stellplätzen hatte sie bei sieben jemanden angetroffen. Vier davon waren auch am vergangenen Wochenende hier gewesen. Die Betroffenen wussten bereits von ihr, dass sie nochmal zu einer Zeugenbefragung vorbeikommen würde und dass die Leute sich schon mal darüber Gedanken machen sollten, ob ihnen am vergangenen Wochenende im Zusammenhang mit ihrem Campernachbarn Theo Thönes irgendetwas aufgefallen war.

»Gut gemacht, Rita«, sagte ihre Chefin. »Dann schlage ich vor, dass Lars und du noch einmal zu den Campern geht, die letztes Wochenende hier gewesen sind. Oke und ich werden zum Nachbarn gegenüber gehen, mit dem wir schon am Telefon gesprochen haben. Wie uns Theo Bauhagen sagte, könnte der uns wohl auch einiges über die privaten Verhältnisse unseres Toten erzählen.«

Kurz darauf saßen Nina und Oke bei einer Tasse Kaffee in Mattes Kruses Camper. Auch hier zeichneten sie das Gespräch mit seinem Einverständnis auf. Zunächst wiederholte er noch einmal seine Aussagen aus dem Telefongespräch. Danach fragte Nina ihn, ob er etwas darüber wüsste, dass sich der Tote vielleicht hier auf dem Campingplatz oder beim Surfen Feinde gemacht haben könnte.

Mattes überlegte und zögerte mit einer Antwort. Schließlich wollte er niemanden zu Unrecht beschuldigen oder gar denunzieren.

Die erfahrene Ermittlerin spürte, dass der Befragte offensichtlich etwas wusste, aber sich nicht traute, darüber zu reden. Daher versuchte sie ihm zu helfen: »Das, was Sie uns sagen, ist natürlich vertraulich und wird zudem auch von uns überprüft. Also machen Sie sich keine Sorgen, dass nur durch Ihre Aussage jemand unschuldig verurteilt werden könnte. Zudem gilt auch in diesem Zusammenhang immer noch für uns Polizisten und die Staatsanwaltschaft die Unschuldsvermutung, bis einem eventuell Verdächtigen etwas anderes faktisch bewiesen wird.«

»Wir haben hier beim Surfen so manches Bier gemeinsam geköpft. Hinzu kam, dass wir beide zurzeit Single sind beziehungsweise waren. Und da kam schon mal so das eine oder andere zur Sprache. Das ist jetzt zwei oder drei Jahre her, da erzählte Theo mir mal, dass er einen Drohbrief von jemand erhalten hätte, weil sein Gutachten zu dessen Ungunsten ausgefallen war.«

»Haben Sie dazu Namen und Adresse?«, hakte Oke ein.

»Nein, Namen hat Theo nie genannt. Und schon gar nicht, wenn er über Klienten sprach. Da müssten Sie bei ihm zu Hause in seinem Büro nachforschen. Ich könnte mir nicht vorstellen, dass er den Drohbrief weggeworfen hat.«

»Kam das nur einmal vor?«, wollte Nina wissen.

»Von einem Drohbrief hat er nur einmal gesprochen. Telefonische und Drohungen per E-Mail hat er in der Zeit, solange ich ihn kenne, wohl zwei- oder dreimal erwähnt. Aber er nahm das nicht wirklich ernst. Er meinte jedes Mal: ›Die regen sich auch wieder ab! Das ist eben so in meinem Job. Des einen Freud, des anderen Leid!‹ Aber auch dazu müssten Sie in seinem Büro nach Namen und Adressen schauen.«

»Das werden wir«, sagte die Kommissarin. »Und wie sieht es im privaten Umfeld Ihres Surferkollegen aus?«

»Naja, wenn Theo was getrunken hatte, ging er nicht grade jedem Streit aus dem Weg. Einmal sind Fabbel und Stefan, die Geschäftsführer von Windloop, dazwischengegangen und haben geschlichtet.«

»Und was haben Sie gemacht?«, wollte Oke wissen.

»Der Streit mit zwei Typen war in dem Fall nicht von Theo ausgegangen, da war ich natürlich auf seiner Seite. Aber wie gesagt, Fabbel und Stefan haben geschlichtet und die beiden Typen rausgeschmissen. Das waren auch keine Kitesurfer, sondern nur Zufallsgäste aus dem Umland, die auch nicht hier vom Campingplatz waren. Die hatten nämlich auch keinen Nachweis über einen Gästebeitrag dabei.«

»Wie sah das denn hier auf dem Campingplatz aus?«, bohrte Nina weiter.

»Also von einem regelrechten Streit weiß ich nichts. Es war aber schon mal vorgekommen, dass wir abends bei ihm oder mir im Camper noch was getrunken haben und unsere Musik zu laut war. Dann haben wir uns am nächsten Morgen bei den Nachbarn entschuldigt.«

»Das ist für eine tödliche Feindschaft wohl etwas wenig«, stellte der junge Kommissar trocken fest, um dann noch etwas enttäuscht nachzuschieben: »Kein Eifersuchtsdrama oder Ähnliches?«

»Doch, da fällt mir noch etwas ein. Das ist noch gar nicht so lange her, die Saison hatte gerade begonnen und Theo hatte auch übers Wochenende Besuch von einer Motorradbraut aus der Internet-Kontaktbörse. Da tauchten plötzlich hier zwei Männer in Motorradmontur und Helmen auf. Die Frau ist, soweit ich das von meinem Fenster aus beobachten konnte, wohl mehr oder weniger freiwillig mit denen mitgegangen. Theo war anschließend weniger sauer auf die beiden Motorradfreaks als mehr über die ›Tussi‹, die ihm da etwas vorgemacht hatte. Einer von den beiden war zu Hause im Notebook der Frau auf Theos Namen und den Treffpunkt der Verabredung hier auf dem Campingplatz gestoßen.«

»Wie blöd muss man sein. Aber sicher auch für ein Mordmotiv etwas dünn«, sagte Oke.

»Und wie war das mit seiner Verabredung am letzten Wochenende, von der Sie schon im Telefonat sprachen?«, hakte die Polizistin noch einmal nach. »Ist Ihnen dazu noch etwas eingefallen?«

»Wie ich schon am Telefon sagte, war meine Freundin der Meinung, dass der Name Isi oder Isabell Neumann aus Essen falsch sein könnte, zumal sie diesen nur in der Partnerbörse finden konnte«, antwortete Mattes.

Oke ließ sich von Mattes den Namen der Kontaktbörse geben. »Schon gefunden. Wow, ist aber eine Hübsche«, konnte sich Oke den Kommentar nicht verkneifen, als er das Bild der Frau auf seinem Tablet hatte. »Und zumindest mal ein vom Betreiber geprüftes Profil. Eine echte Garantie ist das allerdings auch nicht.«

»Braucht man da nicht Zugangsdaten, um auf so eine Plattform zu kommen?«, wunderte sich die Kommissarin.

»Braucht man. Habe ich aber, weil ich mich da schon wegen einer ähnlichen Suche vor einiger Zeit selbst mal als User registriert habe«, antwortete Oke grinsend und überließ es seiner Chefin, darüber nachzudenken, bei welchem Fall das gewesen sein könnte oder ob das jetzt nur ein Vorwand gewesen war.

»So ist meine Freundin auch an die Daten gekommen«, warf Mattes ein.

»Okay, Oke, dann besorgst du die Daten von Isi Neumann vom Betreiber der Plattform. Wir müssen dann die Echtheit prüfen. Notfalls besorgen wir uns dafür einen gerichtlichen Beschluss, denn so wie es aussieht, war diese Frau ja wohl die Letzte, die Theo Thönes lebend gesehen hat«, gab Nina Anweisung an ihren Mitarbeiter. Und zu Mattes gewandt, fragte sie: »In diesem Zusammenhang noch einmal konkret die Frage an Sie, Herr Kruse, wann haben Sie Theo Thönes am letzten Sonntag zum letzten Mal gesehen?«

»Das war gegen Mittag. Wir hatten mit unseren Mädels lange geschlafen und haben dann bei ihm unter der Markise zusammen gefrühstückt. Aufs Wasser konnten wir erst am Nachmittag, da wir gegen elf Uhr dreißig Niedrigwasser hatten. Meine Freundin und ich sind dann gegen vierzehn Uhr zum Strand gegangen, weil wir, bevor Mia nach Hause fuhr, nochmal kiten wollten.«

»Und was hatten Theo Thönes und seine Freundin vor?«, wollte der Kommissar wissen.

»Isi wollte am Nachmittag nach Hause fahren und Theo war sich noch nicht sicher, ob er dann nochmal an den Strand kommen würde. Aber er kam nicht. Mia und ich waren dann noch bis gegen achtzehn Uhr in der Strandbar. Anschließend ist meine Freundin nach Hause gefahren.«

»Und was haben Sie dann gemacht?«, wollte Nina wissen.

»Da bei Theo noch Musik an war, habe ich geklopft. Da niemand aufmachte, dachte ich, dass Isi wohl doch noch nicht gefahren war und die beiden wahrscheinlich … Na, Sie wissen schon, was ich meine … zumal ich glaubte, dass Theo mit einer Frau sprach. Dann bin ich allein nochmal zur Strandbar und dort bis nach Sonnenuntergang geblieben.«

»Als Sie zu Ihrem Camper zurückkamen, war da beim Toten immer noch Musik?«, fragte Oke.

»Nee, es war keine Musik mehr an und alles dunkel. Da aber der SUV da stand, ging ich davon aus, dass Theo nach der langen Nacht und der Bettarbeit des Wochenendes schon schlief. Ich hatte nochmal leise geklopft und an die Türklinke gefasst. Aber die Tür war zu. Dann hab ich noch ein wenig ferngesehen und dann auch geschlafen. Bis ich nachts dann den SUV hörte. Hab aber nicht auf die Uhr geschaut und gleich weitergeschlafen.«

Nina beendete die Anhörung und teilte Mattes mit, dass sie das Protokoll zu den Kollegen nach Emden schicken würde und er es dort unterschreiben könnte.

Draußen sagte sie zu Oke: »In Bezug auf die Suche nach Isi Neumann könnte ich mir auch vorstellen, dass unsere Spurensicherung einige DNA-Spuren von ihr sicherstellen wird. Dann können wir in unserer Zentraldatei nachforschen und auch der Frage nachgehen, ob eventuell ein gehörnter Ehemann oder Lebenspartner als Täter in Betracht käme.«

Im gleichen Augenblick kamen Rita und Lars auch von ihren Befragungen zurück. Keiner der Befragten hatte etwas Ungewöhnliches wahrgenommen oder näheren Kontakt zu dem Toten gehabt. Das erschien auch nicht ungewöhnlich, denn von den befragten Nachbarn waren zwei junge Familien mit Kleinkindern und zwei Rentnerehepaare. Nicht gerade die klassischen engeren Kontakte für einen Singlemann, der auf der Suche nach einer neuen Partnerin war.

Inzwischen war auch der von Sörens Leuten angeforderte Bestatter eingetroffen und der Rechtsmediziner mit seiner ersten Untersuchung vor Ort fertig.

»So wie es aussieht, wurde der Tote im Sitzen mit dem Kabel, das um seinen Hals geschlungen war, von hinten stranguliert«, stellte der Mediziner fest. »Die Einschnitte im Hals sind trotz der fortgeschrittenen Verwesung noch zu erkennen. Der Tod ist sehr wahrscheinlich vor etwa einer Woche eingetreten. Genaueres, soweit dazu überhaupt möglich, erst nach weiteren Untersuchungen.«

Silke hatte für Dr. Rabe inzwischen ein Fahrzeug mit Fahrer geschickt, der diesen zur Rechtsmedizin nach Oldenburg bringen sollte. Auch die Leiche wurde vom Bestatter dort hingebracht.

Das Spurensicherungsteam würde noch eine Weile zu tun haben und Nina wollte mit ihrem Team gerade abrücken, als ein Anruf der Kollegen kam, die inzwischen Spuren im Haus des Toten sichern wollten. Sie hatten auf der Rückseite des Hauses eine aufgehebelte Terrassentür vorgefunden. Auch dort fehlten Computer und Speichermedien.

Den SUV des Ermordeten, einen weißen Ford S-MAX, hatte Silke bereits zur internen Fahndung ausgeschrieben. Denn die Ermittler gingen davon aus, dass der Täter mit dem Wagen zumindest den Campingplatz verlassen hatte.

Die kommissarische Leiterin der Soko disponierte um. Sie schickte Rita und Oke mit dem Einsatzfahrzeug nach Wittmund zurück. Sie selbst stieg zu Lars in den zivilen Dienstwagen, um mit ihm zum Haus des Toten nach Friedeburg zu fahren.

Oke fuhr mit dem Einsatzbus vorweg aus dem Campingplatz, unmittelbar gefolgt von Lars mit seinem zivilen Dienstfahrzeug. Als Oke in den Kreisel bei der Campingplatzeinfahrt einfuhr, meldete sich Rita über Funk: »Auf dem Parkplatz des Lebensmittelmarktes steht in der äußersten Ecke ein weißer SUV. Oke und ich schauen uns den mal an. Sollte mich nicht wundern, wenn das der gesuchte Wagen des Toten ist.«

In diesem Moment fuhr auch Lars in den Kreisel ein und Nina sah das Fahrzeug am gegenüberliegenden Ende des Parkplatzes stehen. »Lars, das sollten wir uns auch anschauen. Ich könnte mir vorstellen, dass Rita mit ihrer Vermutung recht hat.«

Als Nina und Lars bei dem SUV ankamen, bestätigte sich der Verdacht. Es war der gesuchte Wagen, wie das Kennzeichen belegte. Nina informierte den Leiter der Spurensicherung über den Fund. Sören wollte die Abholung mit einem Transporter veranlassen.

»Rita, Oke, ihr habt gut aufgepasst!«, sagte Nina. »Ihr beide bleibt bitte hier, bis die Spusi den Wagen sichergestellt hat. Lars und ich werden mal mit dem Marktleiter sprechen, ob er uns etwas über den Wagen sagen kann. Immerhin dürfte der ja schon fast eine Woche da auf dem Parkplatz stehen.«

Kurz darauf saßen die beiden Beamten in Zivil beim Leiter des Lebensmittelmarktes im Büro. Nachdem sie sich vorgestellt hatten, sagte Nina: »Können Sie uns sagen, seit wann der weiße SUV in der Nähe der Ausfahrt am Ende Ihres Parkplatzes steht?«

»Der wurde mir von einem Mitarbeiter am Montagmorgen schon vor Geschäftseröffnung gemeldet. Den muss wohl jemand am Wochenende dort abgestellt haben.«

»Das wurde aber nicht von Ihnen gemeldet oder angezeigt, sonst hätten wir den ja in unserem System gehabt«, stellte Lars fest. »Eigentlich wären Sie doch berechtigt, offensichtlich unberechtigt parkende Fahrzeuge gebührenpflichtig abschleppen zu lassen.«

»Das stimmt, aber es könnte ja auch ein Kunde unseres Geschäfts sein, der seinen Wagen, aus welchen Gründen auch immer, nicht beim Campingplatz parken wollte. Wobei mir schon klar ist, wenn, dann wahrscheinlich um die Parkgebühren zu sparen. Aber da, wo der Wagen steht, nimmt er meinen Kunden keinen Platz weg. Also wollte ich nicht so kleinlich sein.«

»Können Sie es zeitlich genauer eingrenzen, seit wann der Wagen da steht?«, wollte Nina noch wissen.

»Also, als ich am Sonntag den Laden geschlossen habe, stand kein Auto mehr auf dem Parkplatz. Daher gehe ich davon aus, dass der Wagen am Sonntagabend oder in der Nacht dort abgestellt wurde. Meinen Sie, dass das etwas mit dem Mann zu tun hat, den Sie tot in seinem Campingwagen gefunden haben?«

»Das wollen wir gerade ermitteln. Vielen Dank für die Auskunft!«, antwortete Nina.

Auf dem Weg zum Auto sagte sie zu ihrem Kollegen: »Hat mich jetzt nicht wirklich überrascht, dass sich der Tod unseres Kitesurfers und Campers schon rumgesprochen hat. Aber ich glaube, das ist überall auf dem Lande so. Das ist bestimmt kein typisch ostfriesisches Phänomen.«

»Ich war zwar noch nie woanders im Einsatz, aber dem würde ich zustimmen«, antwortete Lars und man hätte meinen können, dass hinter seinem Bart ein Grinsen über sein Gesicht gehuscht war.

Als die beiden wieder beim Einsatzwagen ihrer Kollegen ankamen, die noch auf die Spurensicherung warteten, meldete Rita: »Sören und Silke sind informiert. Abschleppdienst ist bestellt und wird den SUV zum Kommissariat bringen. Wir bleiben so lange hier.«

»Okay«, antwortete Nina. »Dann machen Lars und ich uns auf den Weg nach Friedeburg zum Haus des Toten. Bin mal gespannt, was uns da erwartet.«

3. Kapitel

»Warum ruft Papa denn nicht zurück?«, fragte die achtjährige Leefke ihre Mutter schon zum gefühlt tausendsten Mal.

»Leefke, wie oft soll ich es dir denn noch sagen? Ich weiß es doch auch nicht. Er hatte heute Vormittag mit einem Klienten einen Gerichtstermin. Ich denke, er sitzt noch in einer Besprechung und kann deswegen nicht an sein Handy gehen.« Lydia Thomsen wurde langsam sauer, wollte es ihrer Tochter aber nicht zeigen. Denn sie hatte morgen früh selbst eine wichtige Verabredung am Bremer Flughafen. Sie wollte mit ihrem neuen Bekannten eine Woche Urlaub auf Mallorca machen, während ihre Tochter, die jetzt Ferien hatte, eine Woche bei ihrem Papa auf dem Campingplatz in Neuharlingersiel verbringen sollte.

Eigentlich hätte Theo direkt nach dem Gerichtstermin nach Papenburg kommen sollen, um seine Tochter abzuholen. Aber Lydia war sich gar nicht so sicher, ob er das nicht vergessen oder vielleicht gar keine Lust hatte, eine Woche mit seiner Tochter auf dem Campingplatz zu verbringen. Für Kitesurfen würde er dann nämlich kaum Zeit finden. Leefke konnte ganz schön nervig werden, wenn sie keine Beachtung und Bespaßung bekam.

Normalerweise hätte es die Kleine als gar nicht so schlimm empfunden, wenn das mit den »Papa-Ferien« nicht geklappt hätte. Zu Hause würde Leefke die Ferien mit ihren Freundinnen aus der Nachbarschaft und der Schule auch gut rumbekommen. Allerdings hätte Mama dann für sich selbst keine Woche auf Malle einplanen können. Anfangs hatte Leefke sogar überhaupt keine Lust auf einen »langweiligen Papa-Urlaub« gehabt, wie sie das ausdrückte. Erst auf Druck ihrer Mutter und als ihr Vater versprach, dass er mit ihr auch zur Seehundstation Norddeich fahren würde und sie am täglichen Ferienprogramm des Leuchttürmchen-Clubs des Kurvereins Neuharlingersiel teilnehmen könnte, hatte sie eingewilligt.

Aber jetzt gab es für Lydia kein Zurück mehr. Der Flug und die Finca auf Malle waren gebucht. Leefkes Vater musste sich spätestens ab heute Abend um seine Tochter kümmern, damit Lydia morgen früh den Flieger nicht verpassen würde. Sie gedachte, ihrem Ex, der offensichtlich mal wieder versuchte, sich seinen Vaterpflichten zu entziehen, einen Strich durch die Rechnung zu machen. Sie schaute auf die Uhr. Dass er jetzt noch mit seinem Klienten zusammensitzen würde, glaubte sie nicht.

Sie war eher davon überzeugt, dass er vom Gericht aus kurz nach Hause gefahren war, um seine Klamotten zu tauschen. Denn sie wusste, dass er seit dem letzten Wochenende das gute Wetter zum Kitesurfen hatte nutzen wollen. Und jetzt war er wahrscheinlich schon wieder beim Surfen. Daher fasste sie einen Entschluss und sagte: »Ich bringe dich zu Papa! Wir werden erst bei ihm zu Hause nachschauen, das liegt ja fast auf dem Weg, und wenn er da nicht mehr ist, dann fahren wir weiter direkt nach Neuharlingersiel.«

Kurz darauf war sie mit ihrer Tochter unterwegs. Wie befürchtet war reichlich Verkehr auf der Strecke, denn es war nicht nur Wochenende, sondern seit dieser Woche waren in Niedersachsen auch Sommerferien mit unzähligen Nordseeurlaubsgästen von nah und fern. Aus der sonst üblichen einen Stunde Fahrzeit wurden fast eineinhalb Stunden.

Als Lydia endlich auf die Parkfläche vor der Garage ihres Ex einbiegen wollte, standen dort zwei Kleinbusse und dahinter sogar quer ein großer Pkw. Prompt kam auch schon Leefkes Frage: »Hat Papa so viel Besuch? Dann hat er ja vielleicht doch keine Zeit für mich und ich kann nächste Woche mit meiner Freundin und ihren Eltern zum Freizeitpark nach Thüle.«

»Bleib im Auto, Leefke! Ich geh mal schauen, was da los ist«, erwiderte ihre Mutter. Sie stellte den Wagen in der Zufahrt halb auf der Straße ab und stieg aus. Irgendetwas stimmt hier nicht, ging ihr durch den Kopf, während sie zum Haus ging. Die Haustür stand offen und von drinnen hörte sie einige Stimmen. Dann sah sie im Hausflur eine Frau mit kurzen schwarzen Haaren, die sich mit einem großen Seebären unterhielt. Erst in diesem Moment erfasste Lydia, dass beide weiße Handschuhe trugen und über die Schuhe blaue Kunststoffüberzüge gestülpt waren.

Ehe sie etwas sagen konnte, sprach die Frau sie auch schon an: »Moin, Kommissarin Nina Jürgens vom Kommissariat Wittmund. Sie können hier im Moment nicht rein! Darf ich fragen, wer Sie sind?«

»Lydia Thomsen. Das Haus bewohnt mein Ex-Mann, und was machen Sie hier?« In Lydias Kopf kreisten die Gedanken. Was wollte die Polizei hier, sogar mit mehreren Fahrzeugen?! Es musste etwas Schlimmes geschehen sein! Deshalb schob sie noch die Frage hinterher: »Ist etwas passiert?«

Ein Mann in einem weißen Overall kam in den Flur und die Polizistin fragte ihn: »Können wir schon ins Wohnzimmer?«

»Ja«, antwortete er, »da bin ich gerade fertig.«

»Kommen Sie, Frau Thomsen. Ja, es ist etwas passiert«, sagte die Kommissarin und wollte Lydia sanft beim Arm nehmen und ins Wohnzimmer führen.

Diese entzog sich dem allerdings. »Ich finde das Wohnzimmer alleine, kenne mich hier aus. Aber meine achtjährige Tochter sitzt noch draußen im Auto. Sie wollte eine Woche bei ihrem Papa Ferien machen.«

»Frau Thomsen, es tut mir sehr leid, dann muss ich es Ihnen hier sagen. Ihr Ex-Mann ist leider tot aufgefunden worden. Die näheren Umstände untersuchen wir gerade«, sagte Nina.

»Oh, mein Gott«, entfuhr es Lydia und sie musste sich für einen Moment am Sideboard, neben dem sie gerade stand, festhalten.

»Wollen Sie sich nicht doch einen Moment setzen?«, fragte der Seebär und machte Anstalten, sie zu stützen.

»Nein, danke! Geht schon wieder. Es hat mich im Moment nur kalt erwischt. Gefühle sind da schon lange nicht mehr. Ich frage mich gerade vielmehr, wie ich das meiner kleinen Tochter beibringe. Sie hängt zwar nicht übermäßig an ihrem Papa und hätte die nächste Woche eigentlich viel lieber zu Hause mit ihren Freundinnen verbracht, aber man weiß ja nie, was bei sowas in einem Kind vorgeht.«

»Da gebe ich Ihnen recht«, sagte Nina. »Vielleicht wird es am besten sein, einen Kinderpsychologen hinzuzuziehen und die Kleine jetzt nicht vor dem Haus ihres Vaters mit seinem Tod zu konfrontieren. Aber das müssen Sie selbst entscheiden. Wir können nicht einschätzen, wie sensibel Ihre Tochter ist und ob und wie sie bereits die seinerzeitige Trennung ihrer Eltern verkraftet hat.«

Lydia dachte einen kurzen Moment nach. Dann sagte sie: »Wenn ich hier den ganzen polizeilichen Aufmarsch sehe, dann gehe ich mal davon aus, dass mein Ex keines natürlichen Todes gestorben ist.«

»Das stimmt«, bestätigte der bärtige Kommissar. »Aber Näheres können wir Ihnen aus ermittlungstaktischen Gründen im Moment noch nicht dazu sagen.«

»Genau das habe ich mir gerade schon gedacht. Aber Sie werden sicher eine Menge Fragen an mich haben und ich glaube, ich kann Ihnen auch eine Menge erzählen. Die Trennung von meinem Mann hatte ja, wie Sie sich denken können, Gründe. Um es kurz auf den Punkt zu bringen: Mein Ex war ein kleiner Hochstapler, aber nicht dumm. Er konnte sehr charmant sein, aber auch, vor allem wenn er was getrunken hatte, recht ruppig werden. Und Wahrhaftigkeit zählte nicht unbedingt zu seinen Tugenden.«

»Wollen Sie damit sagen, dass er zu den notorischen Lügnern gehörte?«, versuchte sich Nina ein Bild zu machen.

»Nein, als notorischen Lügner würde ich ihn nicht bezeichnen. Es waren eher so die kleinen Verbiegungen der Wahrheit, denen aber dadurch auch schwer auf die Schliche zu kommen war. Auch wenn ich das fachlich nicht so genau beurteilen kann, dürfte er diese in meinen Augen schon fast zur Perfektion entwickelte Fähigkeit auch in seinen Begutachtungen eingesetzt haben.«

»Sie haben recht, Frau Thomsen, wir sollten so schnell wie möglich miteinander reden. Aber was machen wir mit Ihrer Tochter?«

»Ich werde hier mit der Nachbarin sprechen. Die beiden kennen und mögen sich. Leefke werde ich sagen, dass ihr Papa eine wichtige Konferenz hat. Das kennt sie. Es ist auch nicht das erste Mal, dass die Parkfläche vor der Garage so mit Autos vollsteht.«

»Das ist gut«, sagte die Kommissarin, »die Nachbarin war vorhin schon hier und wollte wissen, was los ist. Wir mussten sie natürlich erst einmal wieder wegschicken. Sie weiß nur, dass Theo Thönes in Neuharlingersiel tot aufgefunden wurde und dass wir jetzt dabei sind, die näheren Umstände zu ermitteln. Sagen Sie der Nachbarin auch das mit der Konferenz, damit sie sich der Kleinen gegenüber nicht verplappert.«

»Das werde ich ihr gleich sagen und dann eine Freundin in Papenburg anrufen. Die ist Kinderpsychologin. Sie hat sich auch schon nach unserer Trennung um Leefke gekümmert. Aber es ist unglaublich, schon wieder nimmt mein Ex-Mann Einfluss auf meine persönliche Lebensplanung. Die Urlaubswoche auf Mallorca mit meinem neuen Freund werde ich wohl oder übel absagen müssen. Morgen früh hätte Abflug sein sollen. Mein Ex wird sich da oben irgendwo die Hände reiben … Ich bringe Leefke eben zur Nachbarin und bin gleich wieder da.«

»Wir warten im Wohnzimmer auf Sie«, sagte Nina.

Es dauerte nicht lange, dann kam Lydia Thomsen ins Wohnzimmer und setzte sich auf einen der Sessel. Sie war eine attraktive, mittelgroße, schlanke Frau von Anfang vierzig mit sympathischen Gesichtszügen. Allein schon ihre etwas eigenwillige rote Kurzhaarfrisur und die Tattoos auf ihren Oberarmen sprachen für ein ausgeprägtes Selbstbewusstsein.

»Ihre Kleine ist versorgt?«, fragte die Kommissarin, und als die Frau nickte, fuhr sie fort: »Sind Sie einverstanden, wenn wir unser Gespräch zum Zweck der späteren Protokollierung aufzeichnen?«

Nachdem Lydia zugestimmt hatte, machte die Beamtin die üblichen Belehrungen. Dann sagte sie: »Frau Thomsen, wir hörten von einem unserer Kollegen, der aus Friedeburg kommt, dass dies hier mal Ihr Elternhaus gewesen ist.«

»Das stimmt. Und nach der Trennung meiner Eltern wohnte ich als Jugendliche hier bei meinem Vater. Meine Mutter zog in das Haus ihrer Eltern nach Papenburg, wo ich heute mit meiner Tochter allein wohne, nachdem meine Mutter in ein Pflegeheim gegangen ist. Meine Eltern hatten spät geheiratet, daher ist meine Mutter schon etwas älter. Ich ging damals in Friedeburg auf die Realschule und wollte die Schule nicht wechseln.«

»Wie war denn das Verhältnis zu Ihrer Mutter?«, wollte die Kommissarin wissen.

»Sie sehen ja meine Tattoos, und meine Haare hatte ich mir schon damals knallrot gefärbt. Wie manche Mütter auf sowas reagieren, können Sie sich vorstellen. Das heißt, ich verstand mich als Jugendliche nicht so gut mit meiner Mutter. Da ich Papas Liebling war, hatte er diesbezüglich ein großes Herz. Er sorgte mit seinen Beziehungen auch dafür, dass ich nach der Schule eine Ausbildung zur Bankkauffrau bei der örtlichen Raiffeisen-Volksbank machen konnte und später dort auch eine Anstellung bekam. Zu der Zeit musste ich dann leider auf meine roten Haare verzichten. Und eine so sommerliche Bekleidung wie heute, die meine Oberarme zeigt, wurde natürlich auch nicht gern gesehen.«

»Wie lernten Sie denn Ihren Mann kennen?«, fragte Lars. »Der ist ja nicht von hier, wie wir inzwischen wissen.«

»Beim Kitesurfen in Neuharlingersiel. Er machte dort mit einem Freund vierzehn Tage Urlaub auf dem Campingplatz. Ich hatte zu der Zeit gerade mit einer Beziehung Schluss gemacht und so traf ich mich fast jeden Tag mit ihm in Neuharlingersiel. Er fand es sehr interessant, dass mein Vater Bausachverständiger war. Dann erzählte er mir, dass er Bauingenieur wäre und in Iserlohn im Sauerland als Sachverständiger im Büro eines Bausachverständigen arbeiten würde. Was für ein Zufall.«

»Und jetzt sagen Sie nur, dass Theo Thönes bei Ihrem Vater im Büro anfing«, hakte die Kommissarin ein.

»Nicht nur das. Meinem Vater ging es zu der Zeit schon nicht mehr so gut. Hirntumor. Theo und ich trafen uns nach seinem Urlaub, wenn es ging, fast jedes Wochenende, entweder hier bei mir oder bei ihm im Sauerland. Aber das war immer, gerade an den Wochenenden, eine nervige Fahrerei. Ja, und da Theo zertifizierter Bausachverständiger war, schlug mein Vater vor, dass er doch seine Klientel übernehmen und er sich aufgrund seiner Krankheit zur Ruhe setzen könnte. Theo übernahm und wir heirateten. Kurz darauf starb mein Vater. Dann wurde Leefke geboren.«

»Das mit Ihrem Vater war zwar sehr traurig, aber für Ihren Mann war das doch ein Glücksfall. Beruflich konnte er sich in ein gemachtes Nest setzen«, stellte der Kommissar fest. »Aber Ihr Eheglück war ja leider nicht von Dauer, wie Sie vorhin schon sagten. Und wie kamen Sie darauf, dass Ihr Ex-Mann ein kleiner Hochstapler gewesen wäre?«

»Kurz bevor mein Vater starb, sagte er mir, dass er sich große Sorgen machte. Er sagte wörtlich: ›Ich kann es zwar nicht beweisen, aber wenn Theo Bauingenieur ist, dann fresse ich einen

Besen samt Stiel.‹ Aber er hatte ja tatsächlich eine Zertifizierung als Bausachverständiger. Die Urkunde hing inzwischen sogar im Büro meines Vaters. Irgendwann schaute ich mir diese mal genauer an und stellte fest, dass diese erst ganz kurz, bevor Theo das Büro von meinem Dad übernommen hatte, ausgestellt worden war. Angeblich hatte er ja aber schon in Iserlohn als zertifizierter Bausachverständiger gearbeitet, wie er meinem Vater glauben machen wollte.«

»Das wäre aber doch leicht zu überprüfen gewesen«, fand Nina.

»Wohl wahr. Ich habe unter falschem Namen in dem Büro in Iserlohn angerufen und so getan, als hätte mir jemand den Bausachverständigen Theo Thönes empfohlen. Da wurde mir gesagt, man könnte mich mit dem Chef verbinden. Herr Thönes sei nur Büroangestellter gewesen und würde dort auch nicht mehr arbeiten. Ich habe dann so getan, als wäre die Leitung gestört, und habe aufgelegt. Ich hatte genug gehört.«

»Wie ich Sie einschätze, werden Sie Ihren Mann zur Rede gestellt haben«, merkte Lars an.

»Natürlich, ich fühlte mich in einer Mausefalle. Mein Vater war gerade unter der Erde. Leefke sollte in zwei Monaten das Licht der Welt erblicken und dann so eine Info! An der Zertifizierung hing ja nicht nur die Fortführung des Büros meines Vaters, sondern unsere ganze Existenz! Erst wollte er sich mit seiner charmanten Eloquenz rausreden. Aber damit kam er bei mir nicht mehr durch. Dann schwenkte er um und beichtete, zum Teil sogar unter Tränen. Es wurde eine sehr lange Nacht. Für mich sehr aufschlussreich.«

***

Bau-Steine-Erden-Thönes aus dem sauerländischen Hemer war in der Region rund um die Städte Iserlohn und Hemer eine Institution, an der kaum ein öffentlicher oder anderer großer Bauauftrag vorbeikonnte. Der Firmengründer hatte von den Boomjahren des Wirtschaftswunders in den fünfziger/sechziger Jahren gewaltig profitiert, das gerade im nordwestlichen Sauerland viele mittlere metallverarbeitende Betriebe hatte aus dem Boden wachsen lassen. Für Stahl und Kohle aus dem Ruhrgebiet waren das kurze Lieferwege zur Metallverarbeitung. Und diese Firmen brauchten Werkshallen und Wohnungen für ihre Mitarbeiter, die sie überall in Deutschland anwarben. Der Ausbau des Straßen- und Wegenetzes war dann noch das Sahnehäubchen für das Hoch- und Tiefbauunternehmen Thönes.

Der Vater der beiden jetzigen Firmeninhaber hatte in dem an Hemer angrenzenden Deilinghofen ein Riesenareal günstig gekauft und dort eine stattliche Villa als Familiensitz gebaut, die nach seinem Tod vom älteren der beiden Brüder übernommen worden war. Aus dem Areal war im Laufe der Jahre ein richtiger Park entstanden. Für den jüngeren der beiden Brüder baute die Firma auf dem Grundstück ein nicht ganz so großes, aber dafür modernes Haus mit einer separaten großen Garagenanlage.

Der ältere der beiden Firmeninhaber hatte bereits für männlichen Nachwuchs namens Theodor gesorgt, während sein jüngerer Bruder noch auf der Suche war. Klein Theodor konnte seinen Namen anfangs noch nicht aussprechen und nannte sich selbst immer Dori. Diesen Namen übernahm am Ende nicht nur seine Mutter als Kosenamen.

Kurz bevor Dori eingeschult werden sollte, heiratete auch der jüngere Bruder seines Vaters. Dessen Frau brachte einen Jungen namens Theo, im gleichen Alter wie Dori, mit in die Ehe. Da Theos Stiefvater aufgrund einer spät erlittenen Kinderkrankheit zeugungsunfähig war, wurde er von diesem bereits kurz nach der Hochzeit adoptiert.

Als Theodor und Theo gemeinsam in die gleiche Klasse eingeschult wurden, blieben auch die Lehrer und Klassenkameraden der Einfachheit halber bei den Namen Dori und Theo für die beiden Stiefcousins, die in der großen Parkanlage ihres Großvaters fast wie Brüder in einem Paradies aufwuchsen. Auch Klassenkameraden der beiden tobten sich gerne in dem großen Areal aus. Es gab sogar einen Rasenplatz mit kleineren Toren für die Jungen.

Ende der achtziger Jahre, als in Deilinghofen ein Fußballclub gegründet wurde, gingen einige der Klassenkameraden und auch Theo dort zum Training hin, wodurch der Rasenbolzplatz im

Thönespark, auf dem die Jungen immer viel Spaß gehabt hatten, verwaiste. Dori hatte es nicht so mit Sport. Er saß lieber hinter seinen Büchern.

Aber schon bald begann sich Theos sportliches Interesse zu verlagern. Der Vater eines seiner Klassenkameraden nahm ihn mit zu einem Eishockeyspiel in die Eishalle am Seilersee im nahe gelegenen Iserlohn. Eigentlich hätte auch Dori mitgehen sollen, aber der hatte dazu keine Lust gehabt.

Natürlich wusste Theo, dass der Eishockeyclub Deilinghofen 1959 in einer kleinen Eishalle im dortigen Camp des Royal Regiment of Canadian Artillery gegründet worden war. Und er besaß auch Schlittschuhe und war schon öfter zum Eislaufen in der Halle am Seilersee gewesen. Aber für Eishockey hatte er sich bislang noch nicht interessiert. Das war jetzt auf einmal völlig anders. War es die Stimmung in der ausverkauften Halle gewesen oder die Euphorie, die der Sieg der Heimmannschaft ausgelöst hatte? Oder war es vielleicht, weil sein Klassenkamerad auch plötzlich Eishockey spielen wollte? Er hätte es nicht sagen können.

Jedenfalls brachte der Vater seines Klassenkameraden, selbst ein Eishockeyfan, es gleich gegenüber Theos Eltern zur Sprache, als er ihren Sprössling zu Hause ablieferte. Theos Vater hatte nichts dagegen, wenn er künftig zum Eishockeytraining gehen würde. Seine Mutter befürchtete allerdings die Verletzungsgefahren, denn sie wusste, dass es sich um einen ruppigen Sport handelte. Ihr Vater war nämlich in den Anfängen des ECD, als dieser noch in der Eishalle im kanadischen Armeecamp in Deilinghofen spielte, Fan des Vereins gewesen. Und sie erinnerte sich noch daran, dass damals mancher Spieler frühzeitig seine Vorderzähne durch den heftigen Einschlag des Pucks verloren hatte.

Als dann aber der Vater von Theos Freund erklärte, dass die Spieler durch die heutigen Helme viel besser geschützt waren und das auch mit Bildern aus dem Werbeflyer eines Ausstatters belegen konnte, gab auch seine Mutter nach. Die beiden Väter verabredeten sich daraufhin gleich für den nächsten Trainingstermin der Jugendmannschaft zum Anmelden ihrer Söhne. Es war eine Entscheidung, die auch noch auf Theos weiteren schulischen und beruflichen Werdegang sehr starken Einfluss nehmen sollte. Aber das konnte zu diesem Zeitpunkt noch niemand wissen.

Zu Theos sechszehntem Geburtstag bekam er einen Motorroller und von da an brauchte er die etwa neun Kilometer bis zur Eishalle am Seilersee nicht mehr mit dem Fahrrad fahren. Sein Trainer hatte schnell erkannt, dass Theo ein besonderes Talent als Angriffsspieler hatte. Wobei er sowohl als Mittelstürmer als auch als linker Flügelspieler einsetzbar war.

Für besonders talentierten Nachwuchs gab es zusätzliche Trainingseinheiten, die Theo gern in Anspruch nahm. Sein Trainer hatte ihm den Floh ins Ohr gesetzt, dass er es bei seinem Talent durchaus zum Profispieler bringen und eines Tages damit viel Geld verdienen könnte.

Als schulisch die Entscheidung anstand, ob er die Gesamtschule mit der Mittleren Reife abschließen oder wie Dori bis zum Abitur weitermachen wollte, entschied er sich dafür, die Gesamtschule mit dem Realschulabschluss zu beenden. Um zu den Profis zu wechseln, war er noch zu jung. Außerdem ging es dem Eishockeyverein gerade mal wieder finanziell nicht besonders gut.

Also begann Theo eine Ausbildung zum Bürokaufmann im Bauunternehmen Thönes. Nach der Abschlussprüfung hoffte er, dass es dem ECD wieder so gut gehen würde, dass der ihn als Profispieler übernehmen könnte. Unabhängig davon trainierte und spielte Theo weiter in der Jugendmannschaft des Vereins. Häufiger Trainerwechsel und finanzielle Probleme des Vereins erforderten von Theo mit Abschluss seiner Ausbildung zum Bürokaufmann auch die Verabschiedung von seinen Träumen und eine neue Orientierung.

Abgesehen davon, dass er verletzungsbedingt sein Training für längere Zeit aussetzen musste, verlor er auch durch die Vereinsquerelen und häufigen Trainerwechsel die Motivation, sodass er schon bald nach Abschluss seiner Ausbildung den Verein verließ. Der Einfachheit halber blieb er im Bauunternehmen seines Vaters und dessen Bruders.

Dori, der inzwischen in der Schule seinen Kosenamen abgelegt hatte und von seinen Klassenkameraden einfach nur noch abgekürzt Theo gerufen wurde, ging nach dem Abitur zur Technischen

Universität Dortmund und studierte Bauwesen. Nachdem er das Studium als Diplom-Bauingenieur erfolgreich abgeschlossen hatte, trat er in das Unternehmen Bau-Steine-Erden-Thönes als Juniorpartner ein.

Obwohl Theodor als Juniorpartner bei seinem Vater und dessen Bruder fast sowas wie der Chef von Theo war, fanden die beiden wieder zu alter Freundschaft und Kameradschaft zurück. Da beide noch keine feste Beziehung hatten, waren sie an manchen Wochenenden gemeinsam in den Diskotheken des Umkreises unterwegs.

Allerdings tat sich Dori, wie Theo noch immer seinen Stiefcousin nannte, mit dem Tanzen etwas schwer, es fehlte ihm irgendwie an Rhythmus. Aber auch optisch konnte er mit seiner Bohnenstangenfigur und der typischen Thönes-Hakennase, die Theo dank seiner Adoption nicht hatte, bei den jungen Frauen nicht besonders gut punkten. Dafür reichte Theos Charme nicht selten für zwei, insbesondere wenn sie zwei enge Freundinnen angebaggert hatten. Das war auch der Grund, warum Dori überhaupt großes Interesse daran hatte, mit Theo durch die Diskotheken zu ziehen. Dafür übernahm er auch gerne mal die Verzehrrechnungen, zumal das Gehalt eines Büroangestellten Theo, im Vergleich zu den Einkünften seines Cousins, leider etwas engere Grenzen setzte.

Daran änderte sich auch nicht besonders viel, als Theo nach einem Streit im Büro mit seinem Onkel das Angebot eines Bausachverständigen aus Iserlohn annahm, der ihm einen Bürojob sogar mit etwas besserer Bezahlung anbot. Auf das Verhältnis der beiden Fastbrüder Thönes wirkte sich das jedenfalls nicht negativ aus. Wie gehabt, machten sie mindestens einmal im Monat ihre Züge durch die Gemeinde, wie sie das immer nannten.

Eines Tages kam Theo von einem vierzehntägigen Sommerurlaub aus Neuharlingersiel zurück. »Dori, ich glaube, ich habe die Frau meines Lebens getroffen«, schwärmte er. »Du solltest auch kitesurfen. Da lernt man ganz andere Frauen kennen als in den Discos hier bei uns. Wobei das wohl weniger an den Frauen an sich liegt. Die sind wahrscheinlich im Grunde auch nicht anders als bei uns. Zum Teil kommen die als Urlauberinnen ja auch von wo weiß wer her. Aber du führst in der Strandbar am Beach ganz andere Gespräche. Vor allem, du kannst dich da auch wirklich unterhalten. Da dröhnt dir keine Mucke die Ohren zu. Man isst ’ne Kleinigkeit zusammen, dann geht man wieder gemeinsam aufs Wasser. Anschließend trinkt man wieder was. Das müsstest du erleben! Einfach geil!«

»Mag ja alles sein, Theo. Aber du weißt doch, mit Sport und vor allem mit Wassersport habe ich es nicht. Allerdings weiß ich, wovon du redest. Wir waren mit meiner Abteilung aus der Firma im letzten Herbst zum Boßeln in Ostfriesland. Anschließend Grünkohlessen mit Pinkel und Kassler. War mal ganz anders, nicht wie bei uns als Eintopf zusammengekocht. Nur haben mich anschließend die Schnäpse umgehauen. Da konnte ich mit den Ostfriesen nicht mithalten.«

»Du hast doch hoffentlich den Ostfriesen nicht gesagt, dass du aus dem Sauerland kommst und dann nix verträgst. Hoffentlich haben deine Kolleginnen und Kollegen die Sauerländer Fahne hoch gehalten«, meinte Theo grinsend.

»Ich kann dich beruhigen, haben sie.«

»Na, dann ist die Welt ja wieder in Ordnung. Aber du konntest dich doch da bestimmt gut unterhalten, oder nicht? Anders als in der Disse«, warf Theo ein.

»Stimmt, unterhalten konnte man sich. Aber die Frauen von da warten ja nun auch nicht gerade auf einen Sauerländer Single. Trotzdem hast du recht, von wegen mundfaule Ostfriesen. Man konnte wirklich sehr nett miteinander quatschen. Allerdings, von dem ostfriesischen gemischten Boßelverein, mit dem wir uns da getroffen haben, kamen die meisten Frauen ja mit ihren Partnern. Also war da nix für mich zum Abschleppen. Vielleicht sollte ich doch mal mit Surfen anfangen.«

Schon am darauffolgenden Wochenende besuchte Theos große Liebe, Lydia Thomsen aus Amerika, ihn im Sauerland. Dori glaubte es erst gar nicht, dass es im Landkreis Wittmund zwei Ortsteile der Gemeinde Friedeburg geben sollte, die tatsächlich Amerika und Rußland hießen. Erst als er Fotos von den Ortsschildern sah, glaubte er seinem Cousin. Sie machten auch mit Lydia einen Zug durch die Gemeinde, die das sogar ausgesprochen cool fand. Selbst beim Trinken konnte die gebürtige Ostfriesin locker, und sogar noch wesentlich besser als Dori, mithalten. Und als sie schon gegen Morgen mit dem Taxi zur Thönes-Villa, wie das Areal von den Einheimischen genannt wurde, gebracht wurden, war Lydia die Einzige, die noch geradeaus gehen konnte. Das hatte Dori schon sehr beeindruckt, wie er auch immer wieder kundtat.

Beide Cousins bedauerten, dass Lydia nicht öfter für einen Zug durch die Gemeinde kommen konnte oder wollte. Meistens fuhr Theo an den Wochenenden zu ihr. Umso mehr freute sich Dori, als Theo verkündete, dass er am Wochenende nicht nach Ostfriesland fahren würde und dass sie mal wieder alleine zusammen losziehen könnten. Da Theo jetzt verständlicherweise nicht mehr dauernd das Bedürfnis hatte, in der Disco auf die Tanzfläche zu wollen, kamen die beiden noch mehr als sonst zum Trinken.

Was Dori dabei allerdings gar nicht auffiel, war, dass Theo mit seinen Getränken mehr den neben der Theke stehenden Blumenkübel als seine Kehle begoss. Somit entging ihm auch, dass Theo im Gegensatz zu ihm kaum alkoholisiert war. Dass sie heute schon früher mit dem Taxi nach Hause fuhren, registrierte Dori ebenso wenig.

Dafür freute er sich, dass Theo noch mit auf einen Absacker in die von ihm in der Villa seiner Eltern bewohnte separate Wohnung mitkam. Von seinem Großvater war die Wohnung seinerzeit extra für Bedienstete in einem Nebenflügel eingerichtet worden. Sein Vater hatte seit dem Tod des Großvaters keine Bediensteten mehr im Haus. Der hielt das für ein Relikt des Adels aus alten Zeiten.

Dori hatte eine gut bestückte Bar, auch wenn er selbst gar nicht so viel trank. Er kannte die Vorliebe seines Cousins und goss zwei Gläser Single Malt pur ein. Dann ging er, um sich Erleichterung zu verschaffen. Die zuvor konsumierten Getränke forderten ihren Tribut. Dass ihm Theo in seiner Abwesenheit ein paar Tropfen in sein Getränk gegeben hatte, konnte er nicht ahnen. Jedenfalls lag er kurz darauf schnarchend auf seiner Couch.

Theo hatte es auf einmal erstaunlich eilig. Er ging, offensichtlich ziemlich nüchtern, in das Büro seines Cousins. Er kannte sich aus und holte aus einem Ordner mit der Aufschrift »Urkunden« ein paar Papiere heraus, die er mit dem dort stehenden hochwertigen Farbkopierer kopierte. Die Kopien legte er vorsichtig in einen leeren Schnellhefter. Dann schaltete er das benutzte Gerät aus, stellte die Ordner wieder an Ort und Stelle zurück und verließ das Büro, wie er es vorgefunden hatte.

Anschließend schaute er noch einmal nach Dori, der immer noch schnarchend auf der Couch lag. Die benutzten Gläser brachte er in die Küche und spülte sie sorgfältig. Dann goss er in das Glas seines Cousins noch etwas von dem Whisky und stellte sein eigenes Glas wieder in den Schrank an seinen Platz. Danach verließ er Theodors Wohnung über die Hintertür, die er einfach in das Schnappschloss zuzog. So brauchte er nicht durch die Villa seines Onkels zu gehen, um zu seiner Wohnung zu gelangen.

Seine eigene Wohnung auf dem Areal befand sich nicht wie bei seinem Cousin in einem Anbau zum großen Haus seines Vaters, sondern war als Dachgeschoss über der großen, etwas abseits liegenden Garagenanlage extra für ihn ausgebaut worden. Ein Vorteil, wenn man Sohn eines Bauunternehmers war. Obwohl er ansonsten, wenn es um Geld ging, eher den Geiz seines Stiefvaters zu spüren bekam.

Als er in seiner Wohnung ankam, ging er noch nicht zu Bett. Stattdessen fuhr er in seinem Büro den PC hoch. Dann bearbeitete er die mitgebrachten Papiere und druckte diese mit seinem ebenfalls hochwertigen Farbdrucker erneut aus. Anschließend steckte er diese in einen Umschlag, der offensichtlich bereits vorbereitet in seiner Schreibtischschublade gelegen hatte, und verschloss diesen, um ihn am nächsten Tag zur Post zu bringen.

Jetzt gönnte sich Theo noch einen doppelten schottischen Single Malt. Es war ihm gut gelungen, das Abiturzeugnis und die Diplomurkunde seines Cousins auf seinen Vornamen und sein Geburtsdatum zu ändern. Dazu brauchte er in den Kopien bei Theodor nur die letzten drei Buchstaben zu löschen und beim Geburtsdatum aus Juni Juli zu machen. Da sein Stiefcousin und er im gleichen Jahr und beide an einem Zehnten, nur Dori im Juni und er im Juli, geboren waren, brauchte er beim Monat nur einen Buchstaben zu ändern.

Im Umschlag lag bereits seine geänderte Vita, in der er natürlich die Lehre zum Bürokaufmann und seine Mittlere Reife weggelassen und stattdessen Abitur und Studium eingebaut hatte. Sein Wechsel in das Büro eines Bausachverständigen passte auch zeitlich zu dem Uniabschluss, was seine Angabe, sich als Bausachverständiger in Ostfriesland selbstständig machen zu wollen, absolut authentisch machte. Damit war seine nicht ganz wahrheitsgemäße Aussage über seine Ausbildung und Tätigkeit gegenüber Lydias Vater nicht nur geradegerückt, sondern auch seine berufliche Zukunft in Ostfriesland gesichert. Darauf gönnte er sich einen weiteren doppelten Single Malt. Den hatte er sich mehr als verdient, wie er fand.

***

»Theo hat das alles säuberlich in einem Ordner aufbewahrt. Ich kann es Ihnen nachher mal zeigen«, schloss die Ex-Ehefrau des Toten ihre Schilderung ab.

»Wie konnte er denn ohne die tatsächlichen Qualifikationen hier so lange als Bausachverständiger vor Gericht überhaupt unentdeckt durchkommen?«, wunderte sich die Kommissarin.

»Mein Ex kam ja, man könnte fast sagen, aus einer Bau-Dynastie. Bei den Thönes drehte sich alles nur rund um das Bauen. Das habe ich selbst bei Familienfeiern im Sauerland immer wieder erlebt. Und blöd war er nicht. Ich möchte fast sagen, er hätte durchaus auch Abitur machen und studieren können. Aber Theo war eben, was das anging, ein Minimalist. Nur so viel wie nötig. Außerdem hatte er mit dem Eishockey andere Visionen im Kopf gehabt. Hinzu kam, dass er einige Jahre tatsächlich bei einem Bausachverständigen ständig mit der Materie und auch mit Gutachten beschäftigt war. Ihm musste niemand zeigen, wie ein Gutachten für ein Gericht aussehen muss.«

»Trotzdem war das Zertifikat unberechtigt erteilt worden«, monierte der Kommissar. »Wenn Sie das alles wussten, hätten Sie doch eigentlich etwas dagegen unternehmen müssen.«

»Ich bin zwar nur Bankangestellte und keine Juristin, aber ich glaube, ich wäre nicht zu einer Aussage gegen meinen Mann verpflichtet gewesen. Und um ganz ehrlich zu sein, wie blöd hätte ich denn sein müssen?! Ich hätte damit doch unsere Existenzgrundlage und das geschäftliche Erbe meines Vaters zerstört. Zumal Theo, wie sich in der Praxis ja gezeigt hat, es durchaus draufhatte.«

»Es ist nicht nur aus juristischer Sicht nachvollziehbar, dass Sie als Ehefrau nicht gegen Ihren Mann aussagen müssen. Man kann sogar moralisch zumindest ein gewisses Verständnis aufbringen«, sagte Nina. »Allerdings stellt sich mir die Frage: War es wirklich alles sauber, was Theo Thönes da als Sachverständiger gegenüber Klägern und Beklagten als Gutachten abgeliefert hat? Man hört immer wieder, dass Gutachten auch Existenzen vernichten können, was ja durchaus ein Mordmotiv sein könnte.«

»Es gab tatsächlich schon mal eine konkrete anonyme Morddrohung. Die müssten Sie aber eigentlich in seinen Akten finden, denn sowas hat er bestimmt nicht weggeschmissen. Auch in seinen E-Mails gab es schon mal Drohungen, wenn auch nicht so konkret. Aber ich glaube, so richtig ernst hat er das nicht genommen.«

»Erstellte er Gefälligkeitsgutachten für eine Seite?«, wollte der Kommissar wissen. »Konkret gefragt, ließ er sich schmieren?«

»Das kann ich nicht sagen. Dazu fehlt es mir an Fachkenntnis«, erwiderte Lydia.

»Aber als Ehefrau bekommt man doch mit, wenn zum Beispiel plötzlich unerwartete Bargeldeinnahmen auftauchen«, hakte Lars nach. »Es ist ja kaum anzunehmen, dass solches Geld ganz offiziell über Bankkonten fließt, oder hat Ihr Ex-Mann Konten im Ausland?«

»Ich kann nur sagen, dass ich von außergewöhnlichen Bargeldeingängen nichts mitbekommen habe, zumindest solange ich hier im Haus wohnte, und ich hatte auch Zugang zum früheren Wandtresor meines Vaters. Und auch von Auslandskonten weiß ich nichts. Allerdings verfügt Theo über ein Krypto-Wallet mit Digitalwährungen. Er fand die enormen Wertentwicklungen beim Bitcoin interessant und dürfte damit inzwischen auch ganz schöne

Kursgewinne erzielt haben. Aber das ist doch legal und hat mit seinen Begutachtungen nichts zu tun.«

»Könnte aber dennoch damit etwas zu tun haben, wenn er sich für Gefälligkeitsbegutachtungen Geld auf das Krypto-Konto hat einzahlen lassen«, stellte Nina fest. »Wie kommen wir an die Kontendaten?«

»Auf das Konto kann nur über das Internet zugegriffen werden. Er hat es mir mal gezeigt, als wir noch zusammen waren. Die Zugangsinformationen hatte er zu der Zeit im Tresor. Die Zahlenkombination für den Tresor habe ich immer noch bei mir zu Hause. Das hatten wir nach der Trennung so vereinbart. Für den Fall, dass er mal einen Unfall hätte, weil seine Tochter testamentarisch die Haupterbin ist.«

»Dann sollten wir uns den Safe doch mal ansehen«, sagte der Kommissar. »Aber wie kommen wir jetzt an die Zahlenkombination? Die liegt ja bei Ihnen zu Hause. Vielleicht wissen Sie, wo Ihr Ex-Mann die Zahlenkombination in seinem Büro aufbewahrte, oder hatte er sie im Kopf?«

»Die hatte er im Kopf, aber ich weiß, wo die im Notfall zu finden ist. Da müssten wir in sein Büro gehen.«

Als die beiden Kommissare mit der Frau ins Büro kamen, waren die Kollegen der Spurensicherung gerade dabei, die letzten Kartons mit Asservaten aus dem Büro in ihre Fahrzeuge zu bringen.

»Hinter dem großen Bild über dem Sideboard befindet sich ein Wandtresor mit Zahlenkombinationsschloss«, sagte eine Kollegin der Spurensicherung, nachdem Nina sie darauf angesprochen hatte. »Auch hier haben wir genau wie im Wohnwagen keinen PC, keine elektronischen Speichermedien und auch kein Handy finden können. Da aber elektronische Peripheriegeräte mit entsprechenden Anschlusskabeln vorhanden sind, muss neben dem Schreibtisch ein PC gestanden haben. Das wurde wahrscheinlich alles vom Einbrecher mitgenommen.«

»An die Daten kommen Sie aber heran«, sagte Lydia. »Theo hat eine externe Datensicherung in einer Cloud gemacht. Auf diese Weise konnte er auch von unterwegs mit dem Tablet oder Notebook auf seine Daten zugreifen. Die Zugangsdaten habe ich für den Notfall auch zu Hause in Papenburg. Aber die liegen mit Sicherheit auch hier im Safe. Die Zahlenkombination für den Tresor wird er wohl immer noch da haben, wo er sie schon immer hatte, nämlich im Bilderrahmen vom Bild seiner Tochter auf dem Schreibtisch.«

»Also doch«, sagte die Forensikerin. »Ich hatte mir fast sowas gedacht und wollte eigentlich schon nachgeschaut haben, bin dann aber irgendwie abgelenkt worden und so steht das Bild da noch.«

Die Vermutung bestätigte sich und kurz darauf hatte die Kollegin der Spurensicherung den Safe geöffnet. Allzu viel lag nicht darin. Lediglich ein kleiner Stapel nicht gebündelter Fünfzig- und Hundert-Euro-Scheine. Nach Durchzählen stellte die Kommissarin der Spusi fest: »Zwanzigtausend Euro. Es würde mich nicht wundern, wenn es sich hierbei um Schwarzgeld handelt.«

Ferner eine Mappe, die verschiedene Zugangsdaten mit PINs und ein Testament enthielt. Von den Zugangsdaten und PINs machte Nina mit ihrem Smartphone ein Foto und sagte zu der Kollegin: »Um die Cloud kann sich unser IT-Spezialist Oke kümmern. Wir werden auch die Verbindungsnachweise und das Bewegungsprofil von der Handynummer des Toten anfordern, dann braucht ihr das nicht zu machen und wir haben gleich Zugriff auf die für unsere Ermittlung wichtigen Informationen. Für die Auswertung der Finanz- und Wirtschaftsdaten aus der Cloud werde ich am Montag die Kollegin Kerstin Heese als Spezialistin für Wirtschaftskriminalität von unserer Polizeiinspektion hinzuziehen.« Und zu Lydia gewandt sagte sie: »Sie wollten uns doch noch die Unterlagen über die Zertifizierung des Herrn Bausachverständigen zeigen.«

»Ja, wenn der Ordner noch im Schrank steht und von Ihren Kollegen noch nicht verpackt und mitgenommen wurde«, sagte Lydia und öffnete die Tür eines der Aktenschränke.

»Was für uns relevant erschien, habe ich vorhin in Kartons verpackt. Das haben wir schon in die Fahrzeuge verladen«, sagte die Kommissarin der Spusi.

Lydia holte einen Ordner heraus, der mit ›Alte Urkunden‹ beschriftet war.

»Den Ordner habe ich grob durchgeschaut«, informierte die Kommissarin. »Die alten Urkunden schienen mir für unsere Auswertungen allerdings nicht von Bedeutung zu sein. Offensichtlich eine Fehleinschätzung. Da bin ich jetzt mal gespannt, was ich da übersehen habe.«

Theos Ex-Frau öffnete den Ordner und fand kurz darauf, was sie gesucht hatte.

»Sehen Sie, im Aufheben war mein Ex gut. Das ist die bearbeitete Kopie der Diplomurkunde seines Cousins, die er zur Zertifizierung eingereicht hat, und das ist das dazugehörige kopierte Abiturzeugnis, ebenfalls von seinem Cousin. Und hier haben Sie seinen tatsächlichen Realschulabschluss und den Kaufmannsgehilfenbrief von der IHK. Wenn Sie die Abschlussdaten vergleichen, werden Sie ganz schnell erkennen: Alles gleichzeitig beziehungsweise mit Überschneidungen abzuschließen, wäre rein chronologisch schon nicht möglich gewesen.«

Nina nahm die Unterlagen und sagte zu der Kollegin: »Gibst du mir mal eine Hülle dafür? Das gehört tatsächlich auch zur Asservatensammlung. Vorher will ich aber im Zusammenhang mit diesen Unterlagen ein paar Recherchen anstellen. Die eventuell auf den Papieren haftenden Fingerabdrücke und DNA-Spuren sind dabei nicht mehr von Bedeutung, um dem Eigentümer noch Betrug bei der Beantragung seines Zertifikats als Bausachverständiger nachzuweisen. Der liegt ja bei Dr. Rabe bereits auf dem Seziertisch.«

»Auf so eine Idee wäre ich gar nicht gekommen«, sagte die Kollegin. »Mein Auftrag war, alles zu sichten und einzupacken, was in Bezug auf das Tötungsdelikt von Bedeutung sein könnte. Dass der Tote seine Gutachtertätigkeit mit einem gefakten Zertifikat ausgeübt hatte, gibt dem Ganzen ja nochmal einen ganz besonderen Ansatz, aber das ist dann in der Tat euer Job als Ermittler.«

Nina bedankte sich bei Lydia Thomsen für die Informationen und beendete die Anhörung. Lydia hatte mit ihrer Tochter noch einen schweren Gang zu ihrer Freundin, der Psychologin, vor. Mit dieser war sie im Anschluss an das Gespräch mit der Polizei verabredet.

Inzwischen waren auch die Forensiker mit ihrer Arbeit so weit und die Beamten rückten ab, um im Kommissariat mit den Auswertungen zu beginnen.

4. Kapitel

Als Nina mit ihrem Team in der Wittmunder Dienststelle zurück war, übernahm Silke die Anforderung der Verbindungsnachweise und des Bewegungsprofils des Ermordeten beim Handyprovider. Auch wenn sein Handy verschwunden war, seine Handynummer stand ja auf seinen Visitenkarten, von denen Nina einige von seinem Schreibtisch mitgenommen hatte. Das reichte für die amtliche Anforderung der Daten. Die Informationen des Providers würden allerdings erfahrungsgemäß wohl kaum vor Anfang der kommenden Woche vorliegen.

Derweil verschaffte sich Oke Zugang zur Cloud des Toten und damit einen ersten Überblick. Dort fand er auch die Office-Speicherdaten mit dem E-Mail-Account, dem Terminkalender und den Kontaktadressen. Die Gutachten waren jeweils in namentlich beschrifteten Ordnern mit diversen Unterordnern digital abgelegt.

Danach erstellte er einen Screenshot vom Krypto-Wallet, welches vierstellige Beträge in Kryptowährungen, Bitcoins und Ethereum auswies. Oke, der sich mit Kryptowährungen auskannte, sagte zu seinen Kolleginnen Rita und Silke, mit denen er gemeinsam in einem Dienstzimmer saß: »Nach dem gegenwärtigen Kurswert von Bitcoin und Ethereum hat der Ermordete auf seinem digitalen Konto fast eineinhalb Millionen Euro. Genau wird uns das die Kollegin aus der Wirtschaftskriminalität nächste Woche sagen können.«

»Das kann der doch im Leben nicht in den paar Jahren durch seine Gutachtertätigkeit eingenommen haben«, stellte Silke fest.

»Dazu wird die Kollegin Heese sicher auch etwas sagen können. Aber so viel weiß ich, die Kryptowährungen sind in den letzten eineinhalb Jahren fast explodiert. Sollte er die Coins also rechtzeitig davor bereits gekauft haben, hätte er wahrscheinlich kaum mehr als dreihunderttausend Euro dafür bezahlt.«

»Sag mal, Oke, wenn du so viel Ahnung davon hast, warum kommst du dann überhaupt noch zum Dienst?«, frotzelte Rita.

Oke lachte und antwortete: »Wenn's so einfach wäre, dann gäbe es nur noch Millionäre. Aber das ist wie mit Aktien bei der Börse:

So wie es raufgeht, kann es morgen auch wieder runtergehen. Und das unterschätzen viele. Wo es große Gewinnchancen gibt, lauern auch mindestens genauso viele Risiken! Und das richtige Timing beim Einkauf und Verkauf zu finden, das ist die große Kunst.«

Lars hatte sich zu seiner Dienststelle nach Aurich abgemeldet, wo noch Aufgaben aus seinen dort laufenden Angelegenheiten erledigt werden mussten. Er würde am Samstag aber wieder zur Verfügung stehen, wie er Nina sagte.

Eigentlich wollte Nina morgen Vormittag nach Lingen im Emsland fahren, um ihren Mann in der Rehaklinik zu besuchen. Dafür hatte sie extra eine Hotelübernachtung gebucht, die sie jetzt telefonisch absagte.

Danach rief sie Bert auf seinem Handy an. Nachdem sie sich begrüßt und Nina sich nach seinem Befinden erkundigt und mit ihm ein paar zärtliche Worte gewechselt hatte, sagte Bert: »Nina, es wird Zeit, dass ich nach Hause komme. Die sind hier zwar alle sehr nett und bemüht, aber mir fällt die Decke auf den Kopf. Ich vermisse dich, aber auch den Dienst. Jedenfalls hätte ich mich schon riesig gefreut, wenn ich morgen mit dir in deinem Hotel hätte übernachten können, auch wenn die das hier in der Klinik nicht so gerne sehen.«

»Bert, du sprichst im Konjunktiv«, unterbrach ihn seine Frau.

»Na klar, ich habe zwar Wünsche, aber bin kein Träumer, wie du weißt. ›Ein toter Surfer auf dem Campingplatz in Neuharlingersiel. Die Kripo in Wittmund ermittelt.‹ Das kam gerade im Radio in den Regionalnachrichten. Da weiß ich doch, was das bedeutet.«

»Und ich wollte es dir möglichst schonend beibringen«, sagte Nina, informierte ihren Mann, dass sie die Hotelunterkunft bereits schweren Herzens storniert hatte, und gab ihm einen groben Überblick über die aktuellen Ereignisse.

»Das Thema Sachverständigengutachten begegnet uns ja immer wieder, auch im Zusammenhang mit Strafprozessen«, meinte Bert, als seine Frau mit ihrem Bericht fertig war. »Zurzeit komme ich viel zum Fernsehen. Da hatten sie in einem Beitrag dieses Thema im Zusammenhang mit Gutachten in Versicherungsfällen und mangelnder Bauausführung und -qualität. Da ging es unter anderem auch um zum Teil fragwürdige Zertifizierungen der Sachverständigen und Gutachter. Ferner um Auswirkungen von Gutachten, die einer wirklich fachlichen und objektiven Überprüfung nicht standhalten.«

»Subjektiv wird doch wahrscheinlich jeder, der aufgrund eines Sachverständigengutachtens vor Gericht unterliegt, genau so etwas annehmen oder vielleicht sogar unterstellen«, unterbrach Nina ihren Mann.

»Sehr gut möglich. Allerdings stellte der Bericht nicht die große Masse der Sachverständigen und ihre Gutachten infrage. Es ging auch nicht um die große Zahl der ordnungsgemäß zertifizierten und vereidigten Sachverständigen. Hier ging es wie so oft nur um die schwarzen Schafe, die es aber nach dem Fernsehbericht wirklich zu geben scheint und die damit diesen wichtigen Berufszweig in ein schlechtes Bild rücken.«

»Dazu zählt dann wohl auch unser Ermordeter. Eine Fake-Zertifizierung ist bei ihm bereits durch unsere Ermittlungsergebnisse nachgewiesen. Diesbezüglich werde ich nächste Woche bei der zuständigen Stelle nachfragen, wie es dazu kommen konnte.«

»Auf die Antwort bin ich gespannt. Jedenfalls erhielt die Redaktion des Fernsehens nach dem Bericht in aller Regel weder von den Gerichten noch von den Begünstigten befriedigende Stellungnahmen, wenn überhaupt. In einigen Fällen hatte die Fernsehredaktion sogar Gegengutachten eingeholt. Manchem der zu Unrecht Benachteiligten hatte das aber bereits die Existenz gekostet. Also jeder so Geschädigte hätte theoretisch zumindest ein Mordmotiv. Das heißt für euch mal wieder jede Menge Recherchearbeit und Überstunden.«

»Du sagst es, Bert. Wir fangen morgen damit an und machen am Sonntag gleich weiter. Ich hoffe, dass ich dich aber wenigstens Sonntagnachmittag mal kurz besuchen kann.«

»Das würde mich riesig freuen, liebe Nina. Du fehlst mir sehr!«

Als Nina das Telefonat beendet hatte, rief sie Silke, Rita und Oke zu einer Besprechung, bevor sie dann ihre Leute für heute in den Feierabend schicken wollte. Oke gab sie noch den Auftrag, die namentlichen digitalen Ordner mit den Gutachten auf drei Sticks aufzuteilen, sodass ihr Team am Samstagmorgen gleich mit der

Auswertung der Gutachten beginnen konnte. Ihn selbst hatte sie für Internetrecherchen vorgesehen. Die Sticks sollte er ihr, bevor er Feierabend machte, noch bringen. Dazu auch auf einem Stick die Auswertung mit Zugangsdaten des Krypto-Wallets sowie die bereits vorhandenen Informationen mit Zugangsdaten zum Singleportal, auf dem er Isi Neumann gefunden hatte, und die Zugangsdaten zur Cloud. Sie wollte sich noch heute mit den E-Mails, dem Terminkalender und den Kontaktdaten des Ermordeten beschäftigen. Schließlich wartete zu Hause niemand auf sie.

Silke fragte noch, bevor sie ging, ob sie für Nina einen Döner oder etwas Ähnliches holen sollte. Daran hatte die Soko-Leiterin überhaupt nicht gedacht. Getränke standen in der Dienststelle zur Verfügung. Aber der Süßkram aus dem Automaten war sicher nicht gerade das Richtige, um eine Abendmahlzeit zu ersetzen, zumal sie heute mal wieder vergessen hatte, eine Mittagspause zum Essen einzuplanen.

Nachdem Nina den Döner gegessen hatte, nahm sie sich als Erstes den Terminkalender des Toten vor. Dazu ging sie zunächst bis zum Jahresbeginn zurück. Die meisten Eintragungen waren geschäftlicher Natur, wie zum Beispiel Gerichtstermine, Besprechungstermine mit Klienten, Objektbesichtigungen mit Architekten und Baufirmen und dazugehörige Meetings, Rückrufe und diverse Vorlagetermine.

Privat standen die regelmäßigen Besuchswochenenden und bestimmte Kontaktbesuche mit seiner Tochter im Kalender, zum Teil sogar mit genauen Angaben zum Anlass oder Vorhaben mit der Kleinen. Dates mit Frauen hatte er entweder nicht gehabt, hier nicht eingetragen oder in einem privaten Kalender geführt.

Dass er überhaupt keine Dates mit Frauen gehabt haben sollte, konnte sich Nina nach den Ausführungen seiner Ex-Frau eigentlich nicht vorstellen. In dem Zusammenhang erschien der Kommissarin merkwürdig, dass im Gegensatz dazu sein Date mit Isi Neumann am Freitag der letzten Woche sogar mit Uhrzeitangabe zwölf Uhr und dem Eintrag ›I.N.‹ vermerkt war.

Außerdem hatte er an einigen Wochenenden und auch in der gesamten letzten Woche jeden Tag mit ›K.S.‹ gekennzeichnet, was Nina als ›Kitesurfen‹ interpretierte. Zumal an diesen Tagen nur geschäftliche Aktivitäten notiert waren, die auch per Telefon oder am Notebook erledigt werden konnten.

Einziger auswärtiger Geschäftseintrag war in dieser Woche der Gerichtstermin mit Ingo Bauhagen beim Landgericht Aurich um elf Uhr. Für vierzehn Uhr war die Abholung von Leefke in Papenburg vermerkt. Ab dem morgigen Samstag bis zum nächsten Samstag war an jedem Tag ›Leefke‹ eingetragen und für Montag ohne Uhrzeitangabe die ›Seehundstation Norddeich‹.

Aus Sicht der Kommissarin gab der Terminkalender auf den ersten Blick keine Anhaltspunkte für ein Treffen mit einem potenziellen Mörder her. Außerdem blieb die Frage im Raum: Hatte Theo Thönes überhaupt keine weiblichen privaten Kontakte gehabt oder nur – aus welchen Gründen auch immer – diese nicht vermerkt? Gerade bei der Tätersuche kam es darauf an, nicht nur dem Offensichtlichen nachzugehen. Oft verbarg sich die Wahrheit hinter dem Unscheinbaren und kaum Wahrnehmbaren.

Es war also nicht nur weibliche Neugier, dass ihr diese Frage keine Ruhe ließ. Sie nahm den Telefonhörer in die Hand und rief bei der Ex-Frau des Toten an. Vielleicht hatte diese darauf eine Antwort. Nach einigem Klingeln meldete sich Lydia Thomsen.

Auf Ninas Frage sagte sie: »Wie ein Eremit hat Theo bestimmt nicht gelebt. Weder während unserer Ehe, geschweige denn danach. Das war ja mit ein entscheidender Grund für unsere Trennung gewesen. Aber eins hat er wahrscheinlich aus alter Gewohnheit beibehalten. Solche Dates hatte er nicht in seinem Timer eingetragen. Er wusste ja, dass ich da reingucken konnte.«

»Wie war das denn, als Sie noch verheiratet waren? Hat er da zum Beispiel eingetragen, wenn er für einen Kino- oder Theaterbesuch mit Ihnen Karten gekauft hatte? Standen diese Termine dann in seinem Kalender?«, versuchte die Kommissarin der Sache auf den Grund zu gehen.

»Termine mit mir und/oder Leefke, die hatte er immer eingetragen.«

Nina bedankte sich und beendete das Telefonat. Für sie stand ziemlich sicher fest, dass Theo wie möglicherweise nicht wenige Männer ein Gewohnheitstier war. Allerdings konnte sie sich auch vorstellen, dass er seine hormongesteuerten Dates spontan und vielleicht sogar gegen Bezahlung gemacht hatte. In dem Fall bedurfte es sowieso keiner Termineintragung. Und der Termin mit Isi Neumann hatte für ihn den Status einer angehenden festen Beziehung, wie es auch sein Surferkollege Mattes Kruse schon angedeutet hatte.

Um das zu verifizieren, ging Nina auch noch die Eintragungen des Vorjahres durch. Und siehe da, ihre Vermutung schien sich zu bestätigen. Da gab es über das Jahr verteilt tatsächlich einige ähnliche Eintragungen wie zu seinem Date mit Isi Neumann, nur mit anderen Buchstabenkürzeln.

Einer Eingebung folgend öffnete die Beamtin den Explorer der Cloud und ging die Ordner- und Unterordnerbezeichnungen auf der linken Seite des Explorers durch. Da fand sie in dem Ordner ›Persönlich‹ mehrere Unterordner mit den gleichen Buchstabenkürzeln wie im digitalen Terminkalender. Im Hauptordner waren auch die Zugangsdaten zu der Kontaktbörse hinterlegt. Im Ordner ›I.N.‹ fand die Kommissarin Printscreens, Bilder, Videos und Audiodateien aus dem Chat mit ihr. In den letzten Dateien erfuhr sie so auch von den Absprachen der beiden offensichtlich sehr Verliebten zu dem Date am vergangenen Freitag auf dem Campingplatz in Neuharlingersiel.

Auch in die anderen Ordner warf sie einen kurzen Blick und schaute sich vor allem die jeweils letzten Datenspeicherungen an. Bei jeder endeten die Speicherungen kurz vor oder nach einem der eingetragenen Termine im Kalender. Dabei war aus dem Chat schon erkenntlich, dass dieser für Theo offensichtlich enttäuschend geendet hatte. Aber in keinem konnte die Kriminalistin auch nur ansatzweise ein Motiv für einen Mord entdecken.

Zu Isi Neumann fand Nina in den Outlook-Kontakten nur unvollständige Eintragungen. So war dort keine Post- und/oder Wohnanschrift eingegeben, nur eine E-Mail-Adresse und eine Handynummer. Für die Einholung von Verbindungsnachweisen und Bewegungsprofil, geschweige denn für eine Handyortung mit ›Stiller SMS‹ brauchten die Ermittler einen richterlichen Beschluss. Aus Erfahrung wusste die Ermittlerin, dass die bisherigen Erkenntnisse und Fakten dafür nicht ausreichen würden.

In Bezug auf die Identität und die Adresse dieser Isi, und vor allem ob diese in Essen in einer festen Beziehung lebte, sollte sich morgen Oke nochmal im Internet dahinterklemmen.

Unabhängig davon schickte Nina über alle Kanäle, die ihr nach den bisherigen Erkenntnissen zur Verfügung standen, per WhatsApp, SMS und E-Mail, eine Nachricht an Isi Neumann, dass Theo Thönes tot aufgefunden worden sei und sie sich umgehend mit dem Kommissariat in Wittmund in Verbindung setzen sollte. Mehr konnte Nina diesbezüglich im Moment nicht unternehmen.

Obwohl es inzwischen schon zweiundzwanzig Uhr war, schaute die Beamtin noch in den Mandantenordner von Ingo Bauhagen und zwei weiterer Klienten, um sich einen Eindruck zu verschaffen, wie die gespeicherten Daten strukturiert waren. Dabei fand sie schnell heraus, dass der gesamte Schriftverkehr in Form von Word- oder PDF-Dateien und Screenshots dokumentiert war. E-Mails waren als PDF-Dateien ausgedruckt hinterlegt.

Sie sortierte die Dateien jeweils zurücklaufend nach dem letzten Speicherdatum. So hatte sie am schnellsten einen Überblick, ob ein Verfahren bereits durch einen gerichtlichen Beschluss abgeschlossen war. Aus diesem ging dann auch der letzte Entscheidungsstand hervor. Und vor allem, ob es danach noch Schriftverkehr mit unzufriedenen Beteiligten gegeben hatte. Sie wollte morgen ihre Leute einweisen, genauso vorzugehen und vor allem nach Informationen zu suchen, aus denen sich für gerichtlich Unterlegene eventuell ein Mordmotiv ergeben könnte.

Als Nina gerade im Auto saß, um nach Hause zu fahren, meldete sich Bert auf ihrem Handy, da er sie über das Festnetz zu Hause nicht erreichen konnte. Es war schon in den letzten Wochen zum abendlichen Ritual geworden, dass Bert anrief, bevor er schlafen wollte. Heute interessierte ihn natürlich besonders, was Nina inzwischen bereits herausgefunden hatte, und so dauerte das Telefonat der beiden Eheleute noch, bis Nina ihr Auto zu Hause in die Garage fuhr und der Handyempfang schlechter wurde.

***

Es war Samstag und das Azorenhoch, welches seit gut einer Woche das Wetter bestimmt hatte, war über Nacht von einem Zwischentief an der Nordseeküste verdrängt worden, was für einige heftige Sturmböen und Regenschauer sorgte.

Nina saß pünktlich um neun Uhr mit ihrem Team in ihrem Dienstzimmer am Besprechungstisch und teilte die Ergebnisse ihrer gestrigen Abendarbeit mit. Sie verteilte die Sticks, ließ in den Explorern der Notebooks die chronologische Sortierung in den digitalen Klientenordnern durchführen, sodass die jüngsten Dateien oben und die ältesten unten standen, und erläuterte ihre gestern erarbeitete Vorgehensweise.

Nur Oke bekam einen anderen Auftrag. Er sollte sich von seinem PC in seinem Dienstzimmer aus im Internet um die Klärung der Identität und die Adresse von Isi Neumann kümmern. Ferner sollte er versuchen herauszufinden, ob diese in Essen in einer festen Beziehung lebte.

Gegen Mittag ließ Nina für ihr Team den Pizzadienst kommen. Damit sie ihre Notebooks und manuellen Auswertungen an ihrem Arbeitsplatz liegen lassen konnten, setzte sie sich mit ihrem Team zum Essen in Berts Dienstzimmer an seinen Besprechungstisch. Natürlich drehte sich das Tischgespräch um die ersten Eindrücke aus den Auswertungen.

»Ich hatte selbst schon mal nach einem Umbau an meinem Haus eine Auseinandersetzung mit einer Baufirma«, sagte Lars, »und da spielte auch das Gutachten eines zertifizierten Sachverständigen eine entscheidende Rolle. In meinem Fall zu meinen Gunsten. Aufgrund meiner so gemachten Erfahrung kann ich nur sagen: Auch wenn Thönes eine gefakte Zertifizierung hatte, Ahnung hat er offensichtlich gehabt.«

»Das sagte auch schon seine Ex-Frau in unserem Gespräch mit ihr«, bestätigte Nina. »Was uns interessiert, ist weniger die Qualität der Gutachten als vielmehr, was diese für Auswirkungen auf die Beteiligten hatten. Dabei kommt es mir besonders darauf an, wie ich schon bei der Einweisung sagte, dass wir herausfinden, ob sich zum Beispiel im jeweils gespeicherten Schriftverkehr zu den gerichtlichen Verfahren irgendwo ein Mordmotiv verstecken könnte.«

»Danach habe ich natürlich auch geschaut und habe bereits zwei Fälle gefunden, in denen Betroffene sehr heftige Droh-E-Mails geschrieben haben«, sagte Lars. »Bei einem war zum Beispiel eine Audiodatei gespeichert. Da sagte eine Männerstimme: ›Pass auf, dass du mir nachts nicht irgendwo über den Weg läufst!‹ Thönes hat dazu einen Vermerk in einer Word-Datei gemacht. Dort schreibt er, dass er den Mann an seiner Stimme erkannt hat und der Anruf in der Nacht nach der Gerichtsverhandlung gekommen war. Das stimmt auch mit den gespeicherten Signaturen überein. Der andere Fall, den ich gefunden habe, ist ähnlich.«

»Dann haben wir doch aber die Handynummern«, warf Rita ein. »Ich habe nämlich auch so etwas Ähnliches nur mit anderen Formulierungen gefunden.«

»Ich kann das am Montag mit den Providern prüfen«, mischte sich Oke ein. »Aber ich gehe mal davon aus, dass es sich in allen Fällen um Prepaidnummern handelt.«

»Das nehme ich auch an«, sagte Nina. »Aber ich sehe, ihr seid schon auf dem richtigen Weg. Und Oke nimmt Montag Kontakt zu den Providern auf. Dann werden wir sehen. Übrigens, dass Theo Thönes Ahnung von seinem Geschäft hatte, dafür spricht aus meiner Sicht allein schon die Tatsache, dass er inzwischen über Jahre als Sachverständiger vor Gericht zugelassen war.«

»Obwohl er ja eigentlich gar nicht hätte zugelassen werden dürfen«, meldete sich auch Silke zu Wort.

»Stimmt«, bestätigte Nina. »Bert hat mir gestern Abend von einem Fernsehbericht erzählt, in dem die Journalisten einige Fälle herausgefunden hatten, bei denen die Zertifizierungen ähnlich wie bei Thönes gefakt waren. Außerdem kamen da fachliche und neutrale Überprüfungen zu einem anderen Ergebnis als das vorliegende Gutachten. Im Fall unseres Ermordeten wäre noch die Frage von Wichtigkeit, ob er sich für die Gutachten hat schmieren lassen. Aber das können wir nicht herausfiltern. Dazu fehlt es uns an fachlicher Kompetenz. Damit kann sich am Montag unsere Spezialistin für Fragen der Wirtschaftskriminalität beschäftigen.«

Nina wollte gerade Oke fragen, ob er schon mit seinen Internetrecherchen auf der Suche nach Isi Neumann weitergekommen war, als ihr Handy klingelte.

Es war Mattes Kruse. »Frau Jürgens, mir ist noch etwas ganz Wichtiges eingefallen. Es gab vor drei Wochen einen Vorfall, in dem ein Typ Theo massiv bedroht hat. Wenn Sie wollen, könnte ich gleich bei Ihnen im Kommissariat vorbeikommen.«

Die Kommissarin stimmte sofort zu. Dann fragte sie Oke, ob er schon etwas gefunden hätte.

»Habe ich«, antwortete er. »Es gibt auf Facebook ein Profil einer ›Isa Bell‹. Das gibt es zwar mehrfach. Aber eines der Facebook-Profilbilder entspricht dem Bild von Isi Neumann in der Singlebörse. Ich wollte gerade die Seite durchgehen, als unsere Pizza kam.«

»Okay«, sagte die Soko-Leiterin. »Da ihr fertiggegessen habt, hebe ich die Tafel auf und wir gehen wieder an unsere Arbeit. Jeder sorgt dafür, dass sein Platz hier sauber verlassen wird. Dann braucht unsere gute Seele Silke das nicht zu machen. Sie soll mir nämlich einen Kaffee vorbereiten, dann werde ich das Gespräch mit Mattes Kruse hier in Berts Büro führen. Bin mal gespannt, was dem noch eingefallen ist.«

Es dauerte nicht lange, dann brachte eine Kollegin vom Empfang Mattes Kruse zu Nina. Als die Kommissarin und ihr Zeuge am Besprechungstisch Platz genommen hatten, mit Kaffee versorgt waren und das Aufnahmegerät lief, sagte Nina: »Herr Kruse, Sie sprachen vorhin am Telefon davon, dass Ihnen noch ein Vorfall eingefallen ist, bei dem Theo Thönes von jemandem bedroht worden ist.«

»Ja, das war genau heute vor drei Wochen. Der Campingplatz und auch der Strand waren sehr gut besucht, denn in Nordrhein-Westfalen hatten gerade an dem Wochenende die Sommerferien begonnen. Es waren angenehme Temperaturen und wir hatten einen kräftigen Wind. Für Profis und Geübte unter uns Kitesurfern ideale Bedingungen, um auch etwas höhere Sprünge zu üben. Nichts für Anfänger und auch für Erfahrene, vor allem zu Beginn der Saison, mangels Training nicht ganz ungefährlich.«

»Ich selbst habe Kitesurfen bisher noch nicht probiert«, sagte die Kommissarin. »Aber ich war mit meinem Mann schon des Öfteren in der Windloop-Strandbar. Da habe ich immer bewundert, wie manche den Schirm, das Board, Wind und Wellen zu beherrschen scheinen. Wie hoch gehen die Sprünge eigentlich?«

»Das hängt von vielen Faktoren ab. Das fängt bei den Fähigkeiten des Kiters an, dann spielen die Windverhältnisse eine Rolle und die gewählte Größe des Schirms. Theo und ich hatten so einige Tricks mit Sprüngen drauf. Da konnte es schon so um die zehn bis fünfzehn Meter hochgehen.«

»Das ist aber eine Höhe, die selbst beim Turmspringen im Schwimmbad schon beherrscht werden sollte«, merkte die Kommissarin an.

»Das ist hier nicht anders. Hinzu kommt, dass man ja nicht allein auf dem Wasser ist und entsprechend aufmerksam sein muss.«

»Und genau das war Ihr Kollege nicht, sehe ich das richtig?«

»Stimmt. Angefangen hatte es mit der Tageszeitung beim gemeinsamen Frühstück vor drei Wochen.«

Ein Samstagmorgen, wie ihn Urlauber, die ihr erstes Ferienwochenende an der ostfriesischen Nordseeküste verbrachten, sich nicht besser wünschen konnten. Schon vor Sonnenaufgang hatten sich die Ersten an der Wasserkante eingefunden, um die besten Schnappschüsse zu erhaschen. Es galt, die Augenblicke einzufangen, in denen das Nachtblau zum Horizont hin in ein kräftiges Azur überging, um schließlich in einem satten Orange, weit in der Ferne an der Wasserlinie, zu enden. Und die Momente, wenn sich die gleißende Kugel der Sonne langsam ins Bild schob und einen spiegelbildlich verzerrten Feuerstrahl über das Wasser bis in die Linsen der Kameras zu senden schien.

Wobei in diesem Moment nur das geübte Auge ausmachen konnte, dass es die Insel Wangerooge war, über deren Horizontlinie sich die Sonne erhob. Die dahinterliegende Wasserlinie gaukelte das Gehirn manchem Betrachter als Fata Morgana vor das geistige Auge. Der Schönheit der Bilder tat das aber keinen Abbruch.

Und genau dafür standen die Frühaufsteher, sicher nicht nur in Neuharlingersiel, schon vor fünf Uhr in der Früh noch etwas fröstelnd am Strand. Manches der Fotos machte gleich über die Social-Media-Kanäle seinen Weg in die Welt und würde seinem Absender so manches Like und Herzchen einbringen, von schmachtend anerkennenden bis leicht neidischen Kommentaren begleitet.

Die beiden Kitesurfer Theo Thönes und Mattes Kruse bekamen in ihren Wohnwagen kurz hinter dem Deich, keine zweihundert Meter vom Strand entfernt, von diesem malerischen Schauspiel nichts mit. Sie hatten als Ganzjahrescamper auch schon unzählige Varianten des Himmelsschauspiels eines Sonnenaufgangs an der ostfriesischen Wattenmeerküste in ihren digitalen Fotogalerien. Und heute Morgen konnten sie sich ohnehin jede Menge Zeit lassen.

Gegen fünf Uhr, fast pünktlich zum Sonnenaufgang, war heute Hochwasser. Gegen elf Uhr würden sie Niedrigwasser haben. Also war bis zum Nachmittag mit auflaufendem Wasser an Kiten nicht zu denken. Und aus dem Stadium der Trockenübungen der Kite- und Windsurfschulen waren sie schon seit Jahren raus.

Mattes war heute Morgen für den Brötchendienst zuständig. In der Zeit deckte Theo unter seiner windfest verankerten Markise vor seinem Campinganhänger den Kaffeetisch für die beiden. Er musste heute länger als sonst auf die frischen Brötchen warten.

Als Mattes endlich kam, stöhnte dieser: »Wir hätten heute auf Toastbrot umsteigen sollen. Ich hatte gar nicht mehr daran gedacht, dass ab diesem Wochenende Nordrhein-Westfalen Sommerferien hat.«

»Hatte ich jetzt auch nicht im Fokus. Bei uns in Niedersachsen beginnen die Ferien erst in zweieinhalb Wochen«, sagte Theo. »Leefke wird die erste Ferienwoche hier bei mir am Strand verbringen. Da muss ich immer sehen, wie das mit der Tide passt, dass sie im Leuchttürmchen-Club untergebracht ist und ich mal aufs Wasser kann. Einmal will ich mit ihr zur Seehundstation nach Norddeich. Das musste ich ihr versprechen.«

»Ich bin in der Woche nicht da, wie du weißt. Dann wünsche ich dir jetzt schon viel Spaß mit deiner kleinen Süßen.«

»Süß ist sie ja wirklich. Aber sie kann auch eine ganz schöne Nervensäge sein, wenn sie nicht bekommt, was sie will.«

»Na, das spricht doch für gute Gene«, konnte sich Mattes grinsend nicht die Bemerkung verkneifen. »Der Apfel fällt bekanntlich nicht weit vom Stamm.«

»Und die hat sie im Doppelpack. Du hast ihre Mutter ja schon mal kennengelernt. Ihre knallrot gefärbten Haare hätte ich damals schon als Warnfarbe wahrnehmen sollen. Aber ich fand es zu der Zeit einfach nur geil, genauso wie ihre Tattoos mit den ganzen Hexenmotiven.«

»Aber immerhin hast du es ja ein paar Jahre mit ihr ausgehalten. Oder vielleicht sie mit dir?«

»Mattes, wer solche Freunde hat, der braucht keine Feinde mehr! Aber wenn ich ehrlich bin, hast du wahrscheinlich gar nicht so unrecht«, zeigte Theo Einsicht und biss herzhaft in sein frisches Krabbenbrötchen.

»Wie sagt man immer? Einsicht …«, bestätigte Mattes. »Übrigens, du bist heute in der Zeitung, sogar mit Bild«, fuhr er dann fort und zog die mitgebrachte Regionalzeitung, die neben ihm auf dem Stuhl lag, heran. Gleich auf der zweiten Seite war ein großes Porträtbild von Theo mit dem Titel: ›Regionaler Sachverständiger hebelt überregionales Baugutachten aus!‹. »Da, schau selbst«, sagte Mattes und gab seinem Kollegen die Zeitung rüber. »Ich habe den Artikel über die Gerichtsverhandlung vor dem Oberlandesgericht Oldenburg schon in der Warteschlange gelesen. Das, was da geschrieben steht, wird ja für dich keine Neuigkeit sein. Aber man könnte meinen, die Redakteurin wäre in dich verliebt, so wie die dich als regionalen Experten in den Himmel hebt.«

»Wer weiß«, antwortete Theo mit einem schalkhaften Augenzwinkern. Dann las er den Artikel. »Ich glaube, wir haben was zu feiern!«, sagte er schließlich, als er mit dem Lesen fertig war.

»Wie? Auf einmal? Das konnte doch jetzt für dich keine Neuigkeit sein, oder?«

»Nee, ich war ja bei der Verhandlung dabei. Aber du hast recht. Eine bessere Werbung könnte ich mir gar nicht wünschen. Ich kenne die Redakteurin nicht, aber ich sollte mal Kontakt zu ihr aufnehmen. Vielleicht wird ja zumindest ein Quickie daraus. Jedenfalls habe ich eine Flasche Schampus im Kühlschrank. Solche Werbung muss begossen werden.«

»Mit Sektfrühstück das Wochenende einläuten, und dann bei solchem Wetter, das lass ich mir gefallen! Auf deinen Erfolg, Theo!« Nachdem sie getrunken hatten, fügte Mattes noch mit einem schalkhaften Grinsen hinzu: »Also, wenn ich den Artikel richtig verstehe, scheint die Redakteurin eine echte ostfriesische Regionalpatriotin zu sein. Ich glaube, der geht es gar nicht so sehr um deine Person, sondern um den regionalen Sachverstand, der sich hier durchgesetzt hat. Wer weiß, wie der Artikel ausgesehen hätte, wenn sie wüsste, dass du ein in Amerika eingemeindeter Sauerländer bist.«

»Aus meiner Sicht ein absolut objektiver Bericht«, widersprach der Bausachverständige und ein tiefgründiges Schmunzeln hätte einem Psychologen vielleicht offenbart, dass er etwas verbarg. »Aber in jedem Fall ein echter Grund zum Feiern. Ich werde mich in der nächsten Zeit vor Aufträgen nicht retten können. Am Ende muss ich sogar noch Personal einstellen und ein Großraumbüro in Wittmund anmieten.«

Bei der einen Flasche blieb es nicht. Daran, dass die beiden Surfer am Nachmittag noch zum Kiten wollten, verschwendeten sie mit zunehmend guter Stimmung keinen Gedanken. Als sie dann am frühen Nachmittag in der Strandbar eintrafen und sich auch noch zwei nette Urlauberinnen aus dem Ruhrgebiet an ihren Tisch setzten, waren sie ganz schnell bei den nächsten Cocktails, die Theo heute in seiner Euphorie großzügig spendierte. Auch wenn die Getränke in Bezug auf Alkohol eher soft waren, wäre es sicher besser gewesen, wenn sie nicht mehr aufs Wasser gegangen wären.

Aber im Gegenteil: Animiert von den beiden attraktiven Kiterinnen, zogen sie nicht nur ihre Bahnen auf dem Wasser, sondern wollten sich auch mit ihrer Kite-Trickkiste in Szene setzen. Die ersten Sprünge gelangen beiden ganz gut. Dann wurde Theo übermütig und wollte mit einem Megasprung bei den Girls punkten. Vor dem Absprung warf er einen Blick zurück. In einigem Abstand folgten ihm Mattes und die beiden Frauen als Formation.

Auf einmal schienen alle drei ihm jeweils mit einer Hand aufmunternd wie wild zuzuwinken. Er wertete das als Aufforderung, noch einen Zahn zuzulegen. Deshalb kantete er sein Board noch etwas schärfer ins Wasser und zog den Schirm sogar tiefer als fünfundvierzig Grad, um noch mehr Fahrt für seinen Sprung zu bekommen. Statt sich auf seine Bar, wie die Steuerungseinrichtung des Kiteschirms bezeichnet wurde, zu konzentrieren, warf er wieder einen effekthaschenden Blick hinter sich. Sie winkten immer noch wie wild, wodurch er sich noch mehr angefeuert fühlte. Zeit für seine große Show. Im gleichen Augenblick, als er abhob, erkannte er, dass er dadurch, dass er so enorm an Fahrt aufgenommen hatte, einem anderen Kiter, der sich gerade in einem Sprung befand, gefährlich nahe gekommen war.

Dieser hatte die Gefahr für sich selbst realisiert und versuchte einer Kollision der Schirme durch entsprechende Steuerbewegung zu entgehen. Theo reagierte zwar ebenfalls, offensichtlich aber alkoholbedingt viel zu langsam. Zwar wurde eine Kollision vermieden, aber für beide Kiter war eine kontrollierte Landung durch die heftigen Steuerbewegungen der Schirme nicht möglich. Dabei hatten beide noch Glück, obwohl der andere Kiter mindestens doppelt so hoch gewesen war wie Theo. Trotz harter, schmerzhafter Landung keine Knochenbrüche, Sehnenrisse oder ähnliche schwere Verletzungen.

Der andere Kiter drohte anschließend mit der Faust in Richtung seines Kontrahenten. Seine gebrüllten Worte aber trug der Wind übers Meer. Theo nahm unbeeindruckt den Daumen hoch, was den anderen noch mehr in Wut zu bringen schien, wie seine drohend geschwenkte Faust zeigte.

Während Theo und Mattes mit den beiden Frauen noch eine Weile ihre Bahnen in Formationen zogen, hatte der andere Kiter mit einem Kumpel inzwischen das Wasser verlassen.

Als sie auf dem Weg zum Strand waren, wollte Mattes wissen: »Sag mal, Theo, was für ein Floh hatte dich denn gebissen? Wir haben noch versucht dich zu warnen und wie bekloppt gewinkt. Aber statt langsamer zu machen, drehtest du erst richtig auf, wie an deinem Schirm und der Schaumkrone deines Boards zu sehen war.«

»Wieso ich? Der Idiot ist mir mit seinem Sprung doch in meine Bahn gegrätscht.«

»Das haben wir aber anders gesehen«, mischte sich nun eine der beiden Frauen ein. »Ich hatte eher den Eindruck, dass du da für uns eine Show abziehen wolltest. Und damit du einen möglichst hohen Sprung zeigen konntest, brauchtest du noch mehr Fahrt. Ich kenn mich da aus. Hab mal einen Kurs dafür gemacht. Also erzähl hier keinen Scheiß. Hast deinen Kopf ja extra zu uns hingedreht, anstatt auf deinen Schirm und deine Bahn zu achten. Wolltest wohl sehen, ob wir dich auch bewundern.«

»Blödsinn!«, wiegelte Theo ab. »Außerdem ist doch nix passiert. Okay, war 'ne unkomfortable Landung.«

Am Strand gingen die vier sich erst einmal umziehen. »Dann bis später«, rief Mattes den beiden Kiterinnen nach.

»Bis dann«, rief eine von beiden zurück und hob winkend den Arm, ohne sich umzuschauen.

Nach dem Umziehen war den beiden Surferfreunden das Glück hold. Es wurde gerade ein Vierertisch frei und die beiden waren der Meinung, dass sie sich nach diesem kleinen Surfabenteuer einen Caipi gönnen konnten.

Trotz der freigehaltenen Plätze und dem Zuruf »Bis dann« erschienen die zwei Frauen nicht wieder, was die beiden Kiter sehr bedauerten. Sie waren inzwischen bei ihrem dritten oder vierten Caipi angelangt, zwischendrin hatten sie sich eine Mantaplatte mit Currywurst und Pommes gegönnt.

Auf einmal sagte Mattes: »He Theo, dahinten kommt der Kiter, den du zum Absturz gebracht hast.«

Dieser setzte sich mit einem Kumpel in der Nähe der Bar auf eine kleine Eckbank an einen Tisch. Da Theo und Mattes im dunkleren Außenbereich zum Strand ganz am Ende saßen, waren sie für die beiden Männer schlecht auszumachen. Jedenfalls dachten sie das.

Theo fühlte sich von seinem Kollegen immer noch zu Unrecht an den Pranger gestellt und sagte daher: »Jetzt hör doch mal auf mit dem Scheiß. Okay, war nicht gut. Aber der Idiot hätte ja auch aufpassen können. Lass uns lieber noch einen nehmen, und wenn die Mädels bis dahin nicht hier auftauchen, machen wir uns vom Acker. Ich hab noch einen leckeren Whisky für besondere Anlässe in meinem Wagen.«

Die Bedienung hatte gerade den Caipi gebracht und Theo schon mal bezahlt, als plötzlich der Kiter mit seinem Kumpel neben Theo am Tisch stand. Mattes, der Theo gegenübersaß und gegen das Licht gucken musste, sah nur zwei riesige Schatten. Ihm wurde ganz mulmig. Die beiden muskelbepackten Figuren sahen für ihn aus wie zwei Schwergewichtsboxer.

»Hey Buddy, wir beide haben noch eine Rechnung offen!«, sagte der Kiter zu Theo.

Dieser sprang auf. Der Kiter überragte ihn fast um Haupteslänge, wie Mattes registrierte. Wobei ihn die Reaktion seines Surferkollegen dennoch nicht wirklich überraschte. Wenn Theo was getrunken hatte, konnte er schnell ausrasten, und Mattes wusste im Moment nicht, ob er sich solidarisch auf Angriff oder lieber auf Flucht einstellen sollte.

Aber diese Entscheidung wurde ihm abgenommen. Der Kiter drückte Theo an der Schulter wie eine Feder mindestens so schnell, wie dieser aufgesprungen war, wieder auf die Bank zurück und sagte völlig unbeeindruckt und nicht sehr laut: »Ich weiß, wer du bist, und über die Rechnung reden wir noch, aber nicht hier! Du wirst es merken, wenn ich da bin!«

Dann fuhr seine Hand mit der Wucht eines Skatspielers, der seinen wichtigsten Trumpf ausspielt, neben Theo auf den Tisch. Danach gingen die beiden Kleiderschränke wieder zu ihrem Platz zurück. Auf dem Tisch lag ein abgerissenes Stück einer Zeitung. Zu sehen war Theos Porträtaufnahme aus dem Artikel von heute Morgen. Über sein Bild war mit einem dicken Edding ein schwarzes Totenkreuz gemalt.

»Aufgeblasener Typ!«, schimpfte der Bedrohte. »Der hat se doch nicht mehr alle!«

»Sieht ja fast aus wie eine Todesdrohung«, sagte Mattes.

»Quatsch!«, wiegelte Theo ab. »Wir sind hier doch nicht im Wilden Westen! Der hat mein Bild in der Zeitung gesehen und will sich nur wichtigtun.«

Theo hatte gerade mit seinem Smartphone ein Foto von dem Zeitungsausschnitt mit seinem Bild und dem schwarzen Kreuz gemacht, als eine Gruppe junger Leute vom Strand kam und in Richtung Bar ging. Bevor Mattes etwas sagen konnte, lief Theo im Schutz der Gruppe mit und am Tisch seines Kontrahenten vorbei. Nach einer Weile kam er auf dem Umweg über den Strand wieder an den Tisch zurück.

Dann zeigte er Mattes zwei Fotos von dem Kiter und dessen Kumpel auf seinem Smartphone. »Ich glaub zwar nicht, was du vorhin sagtest, aber ich dachte mir, die Gelegenheit ist günstig, für den Fall der Fälle. Jedenfalls haben die Idioten gar nicht mitbekommen, dass ich hinter den jungen Leuten an ihnen vorbei bin und sie fotografiert habe.«

Da Theo ja schon bezahlt hatte, gingen die Campernachbarn über den dunklen Strand zu ihrem Wohnwagen. So mussten sie nicht durch die beleuchtete Strandbar und an den zwei Kleiderschränken vorbei. Da sie beide jeder zuerst auf ihr Campingklo wollten, sagte Mattes: »Wenn du fertig bist, kannst du ja mit deiner flüssig veredelten Gerste zu mir rüberkommen. Ich hab noch zwei Fertigpizzen in meiner Gefriere und auch noch was zu knabbern.«

Es wurde eine lange Nacht und als Theo zu seinem Camper rüberschwankte, zeigte im Osten schon ein Silberstreif am Horizont den nahenden Morgen an.

Nachdem Mattes mit seinem Bericht geendet hatte, fragte Nina: »Hat sich dieser Kiter nochmal bei Theo blicken lassen?«

»Das nicht«, antwortete Mattes.

»Ich hatte Sie gestern doch schon nach Bedrohungen Ihres Surferkollegen gefragt. Gab es einen bestimmten Grund, warum Sie mir das gestern nicht erzählt haben?«

»Ob Sie es glauben oder nicht. Ich hatte geschäftlich in den beiden Wochen danach ganz schön was um die Ohren. Ab letzten Samstag hatte ich in jedem Fall eine Woche hier am Platz eingeplant und musste etwas vorarbeiten. Die positive Wetterprognose kam dann noch als Goodie obendrauf. Jedenfalls ist mir das tatsächlich erst heute Morgen wieder eingefallen, als beim längst überfälligen Großreinemachen unter der Sitzbank die leere Whisky-Flasche zum Vorschein kam.«

Auch wenn die Kommissarin nicht hundertprozentig davon überzeugt war, ob dies nicht doch eine Ausrede war, schien ihr die Frage, warum Mattes das nicht schon gestern erzählt hatte, nachrangig zu sein. Viel entscheidender war, ob er den Mann wiedererkennen würde und dass sie möglichst schnell dessen Identität ermittelten. Daher sagte sie: »Kommen Sie, Herr Kruse. Wir gehen mal eben zu einem Kollegen.« Sie ging mit ihm in das Dienstzimmer nebenan, in dem Oke an seinem PC saß.

Nachdem Nina Oke kurz ins Bild gesetzt hatte, sagte dieser: »Thönes hatte sein Smartphone mit seinem Windows verbunden und damit auch Bilder aus seiner Galerie in der Cloud gesichert. Herr Kruse, habe ich das richtig verstanden, das ist genau am Samstag vor drei Wochen gewesen?«

Der Angesprochene nickte und Oke bearbeitete die Tastatur seines PCs. Kurz darauf sagte er »Schauen Sie mal, das sind die Bilder von diesem Tag« und scrollte die in der Ansicht auf groß gestellten Bilder im Explorer durch.

»Da, das sind die beiden Typen«, sagte Mattes und zeigte auf zwei Bilder von der Strandbar. »Und da sind zwei Bilder von dem Zeitungsausschnitt mit dem schwarzen Kreuz.«

»Sind die Typen vom Ku-Klux-Klan?«, konnte sich Oke die nicht ganz ernst gemeinte Frage nicht verkneifen. »Auf jeden Fall schon makaber!«

»Wer von den beiden ist denn der Kiter, der Ihren Campernachbarn bedroht hat?«, wollte die Polizistin wissen.

»Der da, der mit dem Gesicht zur Kamera sitzt. Der andere hat bei uns am Tisch nur daneben gestanden, aber nichts gesagt.«

Nina hatte es auf einmal sehr eilig, sich von ihrem Gast zu verabschieden. Zu Oke sagte sie: »Du kannst ja schon mal die biometrischen Daten erfassen. Ich bringe Herrn Kruse nur schnell zum Ausgang und bin gleich wieder da.«

Unterwegs sagte sie zu Mattes: »Vielen Dank, Herr Kruse, dass Sie gekommen sind. Wir werden der Sache nachgehen, und mit dem Protokoll werden wir es machen wie gestern abgesprochen.

Sollte Ihnen noch etwas einfallen, dann wissen Sie ja, wie Sie mich erreichen. Fahren Sie jetzt gleich nach Emden?«

»Ja, das hatte ich vor. Zum Kiten lädt das Wetter heute ja wirklich nicht ein. Deswegen stand heute Morgen bei mir auch Großreinemachen auf dem Programm.«

»Okay, dann wünsche ich Ihnen noch ein schönes Restwochenende und gute Heimfahrt.«

5. Kapitel

Auch Polizisten haben ein Recht auf Privatleben und Gefühle. Daher ging Nina, als sie sich von Kruse verabschiedet hatte und auf dem Weg zu ihrem Büro im ersten Stock des Gebäudes war, in eines der zurzeit nicht genutzten Ersatzbüros. Sie wollte mal schnell ungestört bei Bert in der Rehaklinik anrufen, bevor sie wieder zu ihrem Team zurückkehrte. Es ging ihm recht gut und am liebsten wäre er sofort zur Dienststelle nach Wittmund gekommen, um an den Ermittlungen teilnehmen zu können.

Nachdem Nina ihm die Geschichte vom Kitesurfen erzählt hatte, sagte er: »Auf den ersten Blick scheint das ein nicht wirklich ernstzunehmendes Motiv für einen Mord zu sein, trotz der martialischen Drohung mit einem schwarzen Totenkreuz über dem Bild des Bedrohten. Schließlich hat es bei dem Zwischenfall ja offensichtlich keine schweren Verletzungen oder Schäden gegeben, die auch nur ansatzweise eine derartige Drohung rechtfertigen würden. Aber der Sache nachgehen müsst ihr in jedem Fall. Denn der Bedrohte wurde ja nun mal tatsächlich ermordet. Ich bin gespannt, was sich dahinter verbirgt.«

Die beiden Eheleute tauschten noch ein paar zärtliche Worte aus, dann drängte es Nina doch wieder an den Schreibtisch. Als sie zu Oke zurückkam, war dieser inzwischen nicht untätig gewesen. Er hatte die Bilder auf seinen PC geladen und bearbeitet. Der biometrische Abgleich mit der polizeilichen zentralen Datenbank lief gerade.

»Von dem zweiten Mann konnte ich keine biometrischen Daten selektieren«, informierte Oke seine Chefin. »Der ist auf beiden Bildern nur schräg von der Seite aufgenommen.«

»Was hältst du denn von der Drohung?«, wollte Nina von ihm wissen.

»Okay, es ist nicht spaßig bei einem hohen Kitesprung durch den Fehler eines anderen zu einer unkontrollierten gefährlichen Landung gezwungen zu werden«, antwortete der junge Kommissar. »Aber das als Mordmotiv? Fakt ist, der Bedrohte wurde ermordet! Sowas könnte ich mir mit einem solch banalen Motiv allerdings nur bei einem Psychopathen vorstellen. Aber der sollte dann schon in unserer Datei zu finden sein.«

Im gleichen Moment zeigte sein PC einen Treffer an. Ludger Salewski aus Dortmund. Sechs Jahre Haft wegen Totschlags. Er hatte im Affekt einen Mann erschlagen, wie es in der digitalen Akte stand. Hinzu war noch eine durch Kokain verminderte Schuldfähigkeit gekommen.

Nach Überfliegen der Informationen sagte Nina: »Sieht nach einem guten Anwalt aus. Allerdings scheint der Typ ja wirklich eine niedrige Reizschwelle zu haben, zumal wenn er unter Drogeneinfluss steht. Da hat sich die Verfolgungsjagd mit unseren Kollegen nach dem Totschlag am Ende für den Mann noch strafmindernd ausgewirkt. Denn dadurch wurde ihm unmittelbar nach der Tat Blut abgenommen, schon um dieses auf Alkohol zu untersuchen. Jedenfalls wurde damit der Nachweis erbracht, dass er zum Tatzeitpunkt unter Drogeneinfluss stand. Der Nachweis, dass er rauschgiftsüchtig ist, hätte allein dafür nicht ausgereicht.«

»Trotzdem schon merkwürdig«, meinte Oke, der parallel auf seinem Notebook eine Abfrage gestartet hatte. »So wie es in Salewskis Akte steht, war der zu der Zeit als Bodyguard für einen Geschäftsmann tätig. Interessant, dass auch gegen den sauberen Geschäftsmann schon öfter im Rahmen der organisierten Kriminalität ermittelt wurde. Und wen wundert es, immer ohne Erfolg!«

»Oke, wir sollten uns etwas intensiver mit den beiden Akten beschäftigen«, ging Nina auf die Anmerkungen ihres Mitarbeiters ein. »Ich gehe mal davon aus, dass die Antwort auf manche unserer Fragen zwischen den Zeilen zu finden ist. Gib mir mal dein Notebook, ich beschäftige mich mit der Akte des Geschäftsmannes. Du kannst dir inzwischen die Akte Salewski detailliert zur Brust nehmen.«

Nina stellte sehr schnell fest, dass einige Ermittlungen gegen den Geschäftsmann aus Dortmund eingestellt werden mussten, weil Zeugen ihre Aussage zurückgenommen hatten oder plötzlich nicht mehr auffindbar waren. Eigentlich nicht ungewöhnlich bei Ermittlungen im organisierten Milieu. Dann plötzlich war die Kommissarin wie elektrisiert.

»Oke, hieß der von Salewski getötete Mann nicht Kurt Hausmann?«

»Ja, warum fragst du?«

»Der Name taucht hier in einem älteren Fall, in dem gegen den Geschäftsmann ermittelt wurde, als Zeuge auf. Hier steht, dass Hausmann nicht mehr auffindbar war. Seine Wohnung in Dortmund hatte er gekündigt und schließlich kam eine schriftliche Erklärung über einen Anwalt von ihm, dass er sich in Bezug auf seine Aussage doch nicht mehr sicher sei. Die Erklärung kam aus dem Jemen und das Verfahren wurde eingestellt. Das war aber schon ein Jahr, bevor er durch Salewski ums Leben kam.«

»Steht da auch, in welchem Verhältnis Hausmann zu dem Big Boss stand?«, hakte Oke nach.

»Er war LKW-Fahrer in einer Spedition mit mehreren Niederlassungen in der EU, die angeblich Aufträge für den Geschäftsmann durchgeführt haben soll. Diesbezüglich sollte Hausmann als Zeuge aussagen.«

»Nina, ich spinne jetzt mal, aber das würde auch zur Akte von Salewski passen. Nehmen wir mal an, Hausmann hatte als Zeuge kalte Füße bekommen und sich irgendwo in der EU zu einer anderen Spedition, von denen er als LKW-Fahrer mit Sicherheit einige kannte, abgesetzt. Dann hat der Big Boss rausbekommen, für wen Hausmann jetzt fährt, und den Salewski auf ihn angesetzt. Um sicher sein zu können, dass Hausmann sein Wissen nicht eines Tages doch noch zur Staatsanwaltschaft trägt.«

»Wäre nicht ausgeschlossen. Aber wie kommst du darauf, dass das auch zur Akte des aggressiven Kiters passt?«, wunderte sich die Kommissarin.

»Ganz einfach, Salewski hat den Hausmann auf einem Autobahnparkplatz mit einer Brechstange erschlagen. Er hatte nur das Pech, dass gerade eine Zivilstreife auf den Parkplatz fuhr und noch im Scheinwerferlicht sah, wie er auf Hausmann einschlug und dann zu einem Auto rannte. Nachdem die Kollegen erkannten, dass dem Erschlagenen nicht mehr zu helfen war, forderten sie Sanitäter und Verstärkung an und nahmen die Verfolgung auf. Diese endete bei der nächsten Ausfahrt wegen zu hoher Geschwindigkeit für Salewski in der Leitplanke, und über die

Beifahrertür kam er, wohl auch wegen seiner Größe, nicht so schnell heraus.«

»Also dann habe ich das vorhin beim Überfliegen doch richtig gelesen, dass Hausmann den Salewski angeblich durch seine Fahrweise auf der Autobahn in Lebensgefahr gebracht hätte und danach, als dieser ihn zur Rede stellen wollte, sogar noch mit einer Brechstange auf Salewski losgegangen wäre. Was Salewski allerdings hatte abfangen können, bevor er seinen Kontrahenten mit demselben Werkzeug im Affekt erschlug.«

»Ja, so hat es Salewskis Anwalt gegenüber dem Gericht glaubhaft gemacht, dass Hausmann seinen Klienten mit dem LKW auf der Autobahn fast in die Mittelleitplanken gedrückt hätte«, erläuterte Oke. »Zudem hatte Salewski Glück, dass auch die Fingerabdrücke des Toten auf der Eisenstange waren. Zwar war nicht auszuschließen gewesen, dass dieser, nur um den Schlag abzuwehren, nach der hoch erhobenen Stange gegriffen hatte. Dafür sprach, dass sich seine Fingerabdrücke etwa eineinhalb Handbreit vom Ende der Eisenstange befanden. Aber im Zweifel für den Angeklagten, und so blieb die Behauptung von Salewski, dass Hausmann ihn zuvor mit der Brechstange angegriffen hätte und dass er diesem diese entwunden und dann im Affekt damit zugeschlagen habe, unwiderlegt.«

»Stellt sich nur die Frage, warum von niemandem eine Verbindung der beiden Fälle erkannt wurde«, wunderte sich die Soko-Leiterin.

»Nina, wie ich von älteren Kollegen der Forensik bei der EDV-Einweisung erfahren habe, können wir ja schon von Glück sagen, dass wir inzwischen auf eine polizeiliche Zentraldatei zurückgreifen können. Aber die Ermittlungen gegen den Geschäftsmann liefen im Ruhrgebiet, also bei den Kollegen in NRW, und der Totschlag passierte auf einem Autobahnparkplatz der A 2 im Raum Hannover, wodurch unsere dortigen Kollegen zuständig waren. Und das auch noch um ein Jahr versetzt. Zudem war Hausmann ja nur Zeuge. Eine Akte über ihn habe ich nicht gefunden.«

»Das erklärt in der Tat einiges«, stellte nun auch seine Chefin fest. »Aber so, wie es sich jetzt für mich darstellt, ist Salewski möglicherweise sogar ein Berufskiller.«

»Auch das könnte man aus seiner recht umfangreichen Akte ableiten«, bestätigte Oke. »Ähnlich wie du es bei dem Big Boss herausgefunden hast, sind auch bei ihm nicht gerade wenige Ermittlungen im Sand verlaufen. Und da hat er sich noch nicht einmal auf Affekt oder Selbstverteidigung berufen müssen. Es fehlten einfach die forensischen Beweise und/oder belastbare Zeugenaussagen. Übrigens waren von ihm auch keine Fingerabdrücke auf der Brechstange, mit der er Hausmann erschlagen hat. Und wenn die beiden Kollegen es nicht selbst mit eigenen Augen gesehen hätten, dass er es war, der zugeschlagen hat, dann hätte wohl auch im Hausmann-Tod Salewskis Anwalt erklärt, dass sein Klient nur hätte Erste Hilfe leisten wollen. Was dann die Erklärung für Blut an seiner Kleidung gewesen wäre.«

»Ich werde gleich mit dem Staatsanwalt sprechen. Wir müssen auf jeden Fall die Kollegen in Dortmund um Amtshilfe bitten. Die sollen ihn zum Verhör holen«, sagte die Soko-Leiterin. »Der Zeitungsartikel mit dem schwarzen Totenkreuz in Verbindung mit der Zeugenaussage von Kruse ist doch eindeutig eine Morddrohung und der Bedrohte wurde ja tatsächlich ermordet. Und wer weiß, vielleicht war der Beinahezusammenstoß beim Kiten gar kein Zufall, zumal Thönes ja aus dem Sauerland stammt, also gar nicht weit von Dortmund entfernt. Vielleicht gibt es auch beim Ermordeten noch irgendwelche Leichen im Keller, die ein Mordmotiv begründen könnten. Wobei ich Leichen hier im übertragenen Sinn meine.«

»Die Kollegen in Dortmund zu mobilisieren, wird wohl nicht viel nützen.«

»Wieso, wir haben doch seine Daten aus der Akte?«

»Ja, aber danach lebt der nicht mehr in Deutschland, sondern auf Malta. Der hat von den sechs Jahren etwa vier abgesessen und sich die restlichen zwei Jahre regelmäßig bei seinem Bewährungshelfer in Dortmund gemeldet. Vor drei Jahren ist er offiziell nach Malta gezogen. Und wie ich vorhin herausgefunden habe, ist die dort angegebene Adresse identisch mit der Adresse einer

Briefkastenfirma. Seitdem ist aber auch nichts mehr in seiner Akte vermerkt.«

»Unter den Umständen macht es in der Tat wenig Sinn, jetzt schon die Kollegen in Dortmund zu aktivieren. Fakt ist aber: Vor drei Wochen war er hier in Neuharlingersiel beim Kiten«, stellte Nina fest. »Das heißt, wir müssen die Spur da aufnehmen, wo sie zuletzt dokumentiert ist. Und das ist bei Windloop in Neuharlingersiel. Also werden wir beide sofort dorthin fahren.«

»Ich gehe mal davon aus, dass Salewski und sein Kumpel da zu keinem Ferienaufenthalt mit ihren Familien waren, sondern dort nur ein Kite-Wochenende verbracht haben. Also ist die Wahrscheinlichkeit groß, dass die der Einfachheit halber gleich eine Parzelle auf dem direkt nebenan liegenden Campingplatz gemietet hatten. Daher sollten wir auch gleich dort nachfragen.«

»Gute Idee, Oke«, sagte Nina und ging mit ihrem Kollegen zu den anderen Teammitgliedern, die mit den Klientenakten beschäftigt waren. Nachdem Nina diese ins Bild gesetzt hatte, fragte sie: »Und wie sieht es bei euch aus? Habt ihr schon irgendwelche Leichen in Theo Thönes' Keller gefunden.«

»Der hat in seinem Haus in Amerika gar keinen Keller, wie die meisten Häuser in Ostfriesland keinen haben«, gab Lars mit einem Anflug von Humor zum Besten, was bei ihm eher die Ausnahme war. »Aber wenn du wissen willst, ob wir schon mögliche Mordmotive gefunden haben. Dann müssen wir leider sagen, ja!«

»Das macht für uns die Sache nicht einfacher«, stellte Nina fest. »Gibt es denn dabei auch schon echte Morddrohungen? Von einer solchen Drohung hatte gestern ja schon der Camperkollege des Toten gesprochen, mal abgesehen von der Sache mit dem Kiter.«

»Ja, da ist ein Fall, von dem Kruse wohl sprach. Den Klienten können wir selber vorladen, dazu brauchen wir keine Amtshilfe. Der wohnt im Kreisgebiet von Aurich. Wobei ich allerdings eher glaube, dass der nur Dampf ablassen wollte. Außerdem ist die Drohung schon länger als drei Jahre her. Das heißt, für eine Verfolgung der Drohung als eigenständige Straftat, die mit bis zu zwei Jahren Haft geahndet werden kann, gibt es rechtlich keine Grundlage mehr. Der Tatbestand ist bereits nach drei Jahren verjährt.«

»Und die anderen, die ihr gefunden habt? Wie sieht es bei denen aus?«

»Ich fasse es mal mit eurem Einverständnis zusammen«, übernahm wieder Lars das Wort. Und nachdem Rita und Silke genickt hatten, fuhr er fort: »Da geht es eher um die Auswirkungen der Gutachten auf Prozessbeteiligte, die teilweise zu heftigem und zum Teil auch grenzwertigem Schriftwechsel geführt haben. Aber ohne dass konkrete Tötungsabsichten formuliert wurden. Ich würde vorschlagen, dass wir am Montag diesbezüglich den Rat von der Kollegin Heese, unserer Spezialistin in Aurich für Wirtschaftskriminalität, einholen.«

»So machen wir es, Lars«, stimmte Nina zu. »Dann macht ihr hier so weiter! Oke und ich werden versuchen, in Neuharlingersiel die Spur von Salewski aufzunehmen.«

Dann sagte sie zu Oke gewandt: »Hol schon mal unseren zivilen Dienstwagen. Ich werde noch eben schnell bei der Leiterin des Campingplatzes anrufen. Bei Windloop brauchen wir uns nicht anmelden. Wir nehmen dein Notebook und dein Tablet mit. Stelle sicher, dass wir damit Zugriff auf Thönes' Cloud haben.«

Dann rief die Soko-Leiterin beim Campingplatz an. Es dauerte eine ganze Weile, bis sie die Leiterin des Platzes am Telefon hatte. Wie erwartet sagte diese als Erstes, dass eine Befragung des Personals im Moment völlig unmöglich sei.

»Wir wissen, es ist Samstagnachmittag, gerade in den Ferien Anreisetag für viele Urlauberfamilien«, erwiderte Nina. »Aber trotzdem müssen wir kurz mit Ihrem Servicepersonal sprechen. Es geht hier um eine Mordermittlung, und es ist nicht ausgeschlossen, dass sich die Gesuchten noch oder schon wieder auf Ihrem Platz befinden.«

»Wollen Sie damit sagen, dass der oder die Mörder hier noch frei auf unserem Platz rumlaufen?«, wollte die Platzleiterin besorgt wissen.

»Wir sind noch ganz am Anfang unserer Ermittlungen und haben noch keinen konkreten Tatverdacht. Im Moment suchen wir vor allem wichtige Zeugen. Aber wir können auch nicht ausschließen, dass sich der Mörder von Theo Thönes, den Sie ja als Dauergast gut gekannt haben, auch unter Ihren Urlaubsgästen befinden könnte. Deswegen duldet unsere Befragung Ihres Personals leider keinen Aufschub. Ihre Leute sollen sich nur zwei Fotos ansehen und uns sagen, ob sie die beiden Personen wiedererkennen. Das dauert keine Minute.«

»Okay«, gab sich die Platzleiterin geschlagen. »Aber wie soll das ablaufen? Unsere Leute sind im Moment mit den ganzen Anmeldungen beschäftigt. Es wäre mir nicht recht, wenn die Gäste mitbekämen, dass Sie meine Leute im Zusammenhang mit einer Mordermittlung befragen. Das könnte ja Panik unter den Urlaubern auslösen. Es reicht ja schon, wenn es sich rumspricht, dass hier ein Camper tot aufgefunden wurde.«

»Das wollen wir natürlich auf jeden Fall vermeiden. Am besten, Sie stellen uns zum Beispiel einen Aufenthaltsraum Ihres Personals zur Verfügung. Dann kommen Ihre Leute vor der Aufnahme einer neuen Anmeldung mal schnell zwischendurch zu uns in den Aufenthaltsraum, wir zeigen denen die Bilder und das war's dann schon.«

»Das kriegen wir hin«, sagte die Frau am Telefon erleichtert. »Hauptsache, unsere Feriengäste können in Ruhe ihren Urlaub bei uns genießen!«

Kurz darauf waren Nina und Oke bereits bei Windloop. Sie hatten Glück, die Leiterin der Strandbar konnte sich sogar sehr gut an die beiden Kiter erinnern und erkannte diese auf den Bildern auch sofort wieder.

»Ich bediente gerade einen Tisch im Außenbereich und sah zufällig auf das Wasser hinaus«, erzählte sie den Kommissaren. »Mir fielen die beiden Pärchen auf, die gekonnt als Viererformation ihre Bahn zogen. Da sah man, das waren Profis und es war ein sehr schöner ästhetischer Anblick. Auf einmal nahm der vorne Fahrende, wie ich danach erfuhr, Theo, mächtig Fahrt auf. Das konnte man an dem Winkel seines Schirms und der weißen Schaumkrone des Boards erkennen.«

»Wahrscheinlich um Geschwindigkeit für einen Sprung aufzubauen«, merkte Oke an.

»Ja, offensichtlich«, bestätigte die junge Frau. »Aber keine gute Idee! Durch das ideale Kitewetter war einiges auf dem Wasser los und er schoss genau auf einen Kiter zu, der im gleichen Moment auch schon zu einem hohen Sprung ansetzte. Aber Theo schien den nicht gesehen zu haben und setzte selbst zum Sprung an. In dem Moment, als die das merkten, mussten sie beide unkontrolliert abbrechen, um Schlimmeres zu vermeiden. Für Theo nicht ganz so dramatisch.«

»Wieso?«, fragte die Kommissarin nach.

»Er war nach meiner Schätzung höchstens auf einer Höhe von vier bis fünf Meter. Der andere aber mehr als doppelt so hoch. Zum Glück ist nichts Schlimmes passiert. Jedenfalls war der Kiter später am Abend mit einem Kumpel noch hier bei uns in der Strandbar. Und als ich die beiden bedient habe, sprachen wir noch über den Vorfall. Der Mann war stinksauer auf Theo. Der andere versuchte mit mir anzubandeln und wollte mich nach Feierabend zu sich in seinen Camper einladen, den er hier am Platz stehen hatte.«

»Und, sind Sie darauf eingegangen?«, wollte Oke wissen.

»Natürlich nicht. Mein Freund holt mich abends immer ab. Außerdem war das überhaupt nicht mein Typ. Die waren mir beide eigentlich nicht besonders sympathisch. Man entwickelt ja so ein gewisses Gespür. Manchmal stehe ich auch in einer Diskothek hinter der Bar, daher kenne ich mich aus.«

»Was meinen Sie damit?«, hakte die Soko-Leiterin ein.

»Bei dem Gespräch mit denen merkte ich, das waren Typen, die man in einer Disco besser im Auge behält. Schon wie der eine mich da anbaggerte. In der Disse hätte ich unsere Security schon mal vorgewarnt. Und hier wollte ich schon unsere Chefs, Fabbel und Stefan, holen, als ich sah, dass die beiden Buddys zu Theos und Mattes' Tisch im Außenbereich gingen. Aber die schienen Theo wohl nur eine kurze Ansage gemacht zu haben und kamen dann schon wieder an ihren Platz, der in der Nähe meiner Bar war, zurück. Die sind dann auch nicht mehr lange geblieben.«

Nina bedankte sich und ging mit Oke zurück zu ihrem Wagen, der auf der anderen Seite des Deiches stand.

»Du hattest recht, Oke. Also doch Campingplatz. Weitere Befragungen hier bei Windloop können wir uns schenken. Die Version von Kruse dazu kennen wir ja schon«, sagte Nina. »Bin mal gespannt, was uns auf dem Platz erwartet. Da ist wirklich einiges los. An der Schlange vor der Anmeldung sind wir ja vorhin schon vorbeigefahren.«

Als Nina und Oke das Gebäude betraten, wurden sie von der Leiterin persönlich in Empfang genommen und im Aufenthaltsraum von ihr mit Kaffee versorgt. Nina zeigte ihr auf dem Tablet die beiden Bilder mit Ludger Salewski und seinem Kumpel.

»Noch nie gesehen«, sagte die Frau. »Vielleicht waren die beiden ja nur bei Windloop und am Strand gewesen und gar keine Gäste hier auf unserem Platz.«

»Nach dem, was wir gerade gehört haben, wollte einer der beiden die Bedienung nach Feierabend in seinen Camper hier am Platz einladen. Also waren die zwei Männer bei euch angemeldet«, sagte Oke, der mit der Leiterin per Du war.

»Okay, dann schicke ich Ihnen meine Mitarbeiterinnen und Mitarbeiter gleich selbst zu Ihnen rein«, sagte die Platzleiterin zu Nina. »Damit kann ich sicherstellen, dass sich die Auswirkungen auf unser gut durchorganisiertes Begrüßungs- und Annahmeverfahren für unsere Feriengäste auf ein Minimum reduzieren. Im Übrigen haben Sie Glück, normalerweise arbeiten wir in der Saison in Schichten. Aber gerade an den Ferienwochenenden, wo die einen Gäste schon wieder nach Hause wollen und die anderen gerade ankommen, haben wir alle Kolleginnen und Kollegen vom Service voll im Einsatz.«

»Danke! Das finde ich super und Ihren vorgeschlagenen Ablauf eine tolle Idee«, sagte Nina.

»Das mache ich auch besonders im Hinblick darauf, dass mir klar geworden ist, was es bedeuten würde, wenn der oder die Mörder von Theo Thönes sich hier noch auf dem Platz befinden«, meinte die Leiterin. »Es hat sich ja von den Campingplätzen in Bensersiel und Altfunnixsiel rumgesprochen, was ein Einsatz eines Spezialeinsatzkommandos der Polizei bedeuten kann. Deswegen habe ich auch schon meinen Leuten gesagt, dass sie in jedem Fall umfassend mit Ihnen kooperieren sollen. Denn je eher Sie den oder die Täter gefasst haben, umso eher können wir hier wieder ruhig schlafen.«

»Wohl wahr! Vielen Dank für Ihre aktive Kooperationsbereitschaft! Das ist wirklich vorbildlich!«, sagte Nina.

Und dann ging es tatsächlich wie am Fließband. Die Mitarbeiterinnen und Mitarbeiter kamen rein, setzten sich kurz, schauten sich die beiden Bilder auf Okes Tablet an und waren auch schon wieder vorn bei der Anmeldung im Einsatz.

Nach einer Weile schaute die Platzleiterin selbst rein. »Wie läuft's?«, wollte sie wissen. »Die Hälfte meiner Leute haben Sie schon durch. Gibt es denn bereits Ergebnisse?«

»Zwei von Ihren Mitarbeiterinnen meinten, einen der Männer schon mal gesehen zu haben«, antwortete Nina. »Aber wenn die hier auf Ihrem Campingplatz eingecheckt waren, dann müssten sich ja zumindest auch diejenigen erinnern, die die Anmeldung und Abmeldung entgegengenommen haben. Na klar, ein gewisses Personengedächtnis ist bei dem Durchlauf hier schon dafür vonnöten.«

»Stimmt, ich kann aber auch sagen, dass gerade dieser Durchlauf das Gedächtnis zu trainieren scheint. Jedenfalls habe ich bei mir selbst diesen Eindruck. Also, dann auf zur zweiten Hälfte.«

Auch diese Befragungen verliefen zunächst genauso wie die der ersten Hälfte. Dann kam eine zierliche, kleine Frau, die bereits im Rentenalter war, wie sie beim Hinsetzen gleich sagte, und sich eigentlich nur in der Saison ein paar Euro zu ihrer Rente hinzuverdienen wollte. Sie schaute sich die beiden Bilder genau an. Dann sagte sie: »Die Anmeldung habe ich nicht entgegengenommen, aber der ist mir hier auf dem Platz vor ungefähr drei Wochen sehr unangenehm aufgefallen.« Dabei deutete sie mit dem Zeigefinger auf Salewski.

»Kann ich Ihre Aussage für das Protokoll mit dem Smartphone aufnehmen?«, fragte die Kommissarin.

Die Frau stimmte zu.

»Schildern Sie uns doch bitte möglichst genau, wodurch Ihnen dieser Mann sehr unangenehm aufgefallen ist«, sagte die Polizistin.

»Das war während der Mittagsruhe hier am Platz. Wir hatten gerade Schichtwechsel gehabt und ich wollte nach Hause. Dazu gehe ich immer auf dem Platz unten am Deich entlang, bis vorne zum Badewerk und der Kurverwaltung. Von dort habe ich es dann nicht mehr weit zu meiner Wohnung in der Nähe des Hafens.«

»Und da kam Ihnen der Mann auf dem Foto mit einem Auto entgegen, obwohl das Fahren mit dem Auto auf dem Platz während der Mittagsruhe verboten ist«, versuchte Oke die Befragung etwas zu beschleunigen.

»Junger Mann, ich glaube, Sie sind Hellseher! Nur, dass er nicht entgegenkam, sondern mir fast den Allerwertesten abgefahren hätte. Weil mittags sowieso keine Autos auf dem Platz unterwegs sein dürfen und ich ja oft diesen Weg gehe, achte ich nicht so darauf, am Straßenrand zu laufen. Jedenfalls musste er mit seinem Wagen meinetwegen bremsen. Er hielt an, riss die Beifahrertür auf, sprang aus dem Auto, ein ziemlich großer Kerl. Mir wurde angst und bang und dann brüllte er mich an: ›Omma, bisse lebensmüde oder wat?! Misch dich vom Acker, sonst machen wir dich mit unsere Kiste platt!‹«

»Und das hat Sie so geärgert, dass Sie sich das bis jetzt sogar im Kohlenpott-Jargon gemerkt haben?«, hakte Nina ein.

»Ja und nein, Frau Kommissarin. Ja, ich hab mich geärgert über die Rüpelhaftigkeit! Und nein, den Kohlenpott-Jargon, wie Sie das nennen, den brauch ich mir nicht zu merken. Bin selbst ’ne Pflanze aus’m Pott. Mein Mann und ich sind aus Duisburg hierhergezogen. Dahin, wo wir früher schon immer Urlaub gemacht haben.«

Oke hatte auf seinem Notebook den Parzellenplan aufgemacht und ließ sich von der Frau zeigen, wo das gewesen war.

»Das war dann zwischen dem Sanitärgebäude Hafenhus und dem Parzellenblock Süd I«, stellte der Kommissar fest. »Und wenn Sie in Richtung Badewerk wollten und er von hinten kam, dann kam er doch bestimmt von draußen und könnte zu einem Platz im Block Süd I gewollt haben.«

»Das glaube ich nicht, dass der von draußen kam«, sagte die Frau. »Zumindest nicht, dass der bei der Anmeldung in der Mittagsruhe durch die Schranke reingefahren ist. Da hätten meine Kolleginnen und Kollegen dem schon was erzählt und er hätte seinen Wagen auf den Besucherplätzen abstellen und zu Fuß gehen können. Hätte dem auch bestimmt nicht geschadet.«

»Aber Sie haben doch sicher gesehen, wo er dann hingefahren oder zumindest zu welchen Parzellen er abgebogen ist«, warf Nina ein.

»Genau das habe ich nicht. Ich hatte mich zu dem Proleten umgedreht und wollte ihm gerade eine passende Antwort geben, in einer Sprache, die er versteht, da schepperte hinter mir etwas und ein Kind schrie laut los. Da hatte sich ein Fünfjähriger mit seinem Kinderrad auf die Nase gelegt und das eine Knie heftig aufgeschlagen. Der lag jetzt auch noch mitten auf der Straße. Ich bin natürlich gleich hin. Aber der Kleine ließ sich nicht beruhigen. Jedenfalls bekam ich nicht aus ihm heraus, auf welcher Parzelle seine Eltern ihren Camper stehen hatten. Bis schließlich die Mutter angerannt kam.«

»Und der Mann auf dem Bild?«, wollte Nina wissen.

»So nebenbei bekam ich mit, dass der Wagen rückwärts bis zur nächsten Einbiegung fuhr, und dann war er weg. Ich konnte mich in dem Moment doch nicht mehr um diesen Proll kümmern. Da war das Kind doch wichtiger.«

Gerade kam die Leiterin in den Aufenthaltsraum, um zu schauen, warum es denn nicht weiterging.

»Wir sind gleich so weit«, sagte Nina. Dann fragte sie die ältere Servicemitarbeiterin: »Haben Sie sich denn das Nummernschild merken können?«

»Mein Gott, als ich noch so jung war wie Sie, Frau Kommissarin, da war ich auch noch multitaskingfähig, wie man dat heute wohl nennt. Aber die Zeiten sind vorbei, und dann mit einem Kind mit aufgeschlagenem blutenden Knie, da hatte ich meine Augen woanders als auf dem Nummernschild eines Idioten. Aber etwas fällt mir noch ein. Die ersten beiden Buchstaben waren BO. Was dann kam, weiß ich nicht mehr. Ob der oder die Buchstaben danach noch zum Ortskennzeichen gehörten oder nicht, und vor allem, was da für Buchstaben und Zahlen folgten, keine Ahnung. Tut mir wirklich leid.«

Während die Frau noch sprach, hatte Oke auf seinem Notebook gegoogelt und sagte: »Mit BO und der Information Kohlenpott-Slang können wir das schon etwas eingrenzen: In NRW kämen folgende Kennzeichen in Betracht: BO für Bochum, BOH für

Bocholt, BOR für Borken, BOT für Bottrop. Und was war das für ein Auto?«

»Mit Autos, da müssten Sie meinen Göttergatten fragen, junger Mann. Ich kann Ihnen höchstens sagen: sehr großes Auto. Und die Farbe: irgendwie Silber oder Grau.«

Nina bedankte sich bei der Frau, mit dem Hinweis, dass sich nochmal jemand zur Unterschrift des Protokolls bei ihr melden würde. Bevor die Leiterin die nächste Servicekraft schickte, sagte die Kommissarin: »Wenn wir die vollständige Autonummer hätten, bräuchten wir nur in Ihre Anmeldeliste zu schauen und hätten Namen und Adresse des Mannes, zumindest des Fahrers. Oke, wie können wir das datentechnisch eingrenzen?«

»Ganz einfach, wenn ich hier an einen Computer mit Zugang zu den Anmeldungen dürfte.«

»Was willst du denn da machen?«, wollte die Leiterin des Campingplatzes wissen.

»Ich sortiere alle Anmeldungen mit den Kennzeichen von Bochum, Bocholt, Borken und Bottrop raus, die an dem Wochenende vor drei Wochen hier auf dem Platz angemeldet waren. Davon ziehe ich mir die Kontaktdaten der Bucher auf einen Stick.«

»Und was passiert dann damit? Ich denke hier an Datenschutz«, hatte die Leiterin Zweifel, ob sie die Informationen einfach so rausgeben konnte.

»Mit den Kontaktdaten werden wir die zuständigen Polizeidienststellen in den jeweiligen Orten um Amtshilfe bitten«, übernahm die Soko-Leiterin die Antwort. »Diese werden dann mit den beiden Fotos zu den Adressen fahren und prüfen, ob der Betreffende zu einem Zeugengespräch vorgeladen wird. Und bezüglich Datenschutz kann ich Ihnen sagen: Das, was mein Kollege vorschlug, ist die unbürokratische, aber wohl für alle Beteiligten die einfachere und vor allem schnellste Lösung.«

»Und wie sähe die bürokratische Lösung aus?«, wollte die Leiterin es genau wissen.

»Wir beantragen über die Staatsanwaltschaft einen richterlichen Beschluss, den wir mit Sicherheit auch bekommen werden, da wir in einem Mordfall ermitteln, der sich hier auf Ihrem Platz ereignet hat. Dann kommt unsere Spurensicherung und holt den Computer, auf dem die Daten liegen, ab. Nach Auswertung, die mein Kollege hier machen könnte, würden Sie den PC von unserer Spurensicherung wieder zurückerhalten.«

»Koom, Oke«, sagte die Platzleiterin, die den Neuharlingersieler Bauernsohn Oke Helmers persönlich kannte, »wi gahn in mien Büro. Ik segg mien anner dree Lüü Bescheed, dat se sük sülms bi dien Baas hier to de Gespreck melden. Denn kannst du em na de Daten snüüstern, de du bruukst.«

Nina war mit den drei letzten Mitarbeiterinnen schnell durch, da keine von ihnen Salewski bewusst wahrgenommen hatte. Dann ging sie auch nach nebenan in das Büro der Platzchefin. Oke hatte bereits die Daten selektiert und war gerade dabei, diese auf seinen Stick zu ziehen.

Die Kommissarin bedankte sich nochmals für die kooperative Zusammenarbeit und war kurz darauf mit ihrem jungen Kollegen auf dem Weg zum Kommissariat.

»Wie sieht es denn aus?«, wollte Nina wissen.

»Fünf Anmeldungen aus Bochum, drei aus Bottrop und eine aus Borken.«

»Das ist ja überschaubar«, stellte Nina fest. »Du kannst mir den Stick geben. Ich werde nachher die Anfragen an die zuständigen Dienststellen rausschicken. Merkwürdig fand ich, dass keine Mitarbeiterin und kein Mitarbeiter sich an Salewski bei der An- und/oder Abmeldung erinnern konnte. Dabei muss der nach den Beschreibungen ja ein Typ von fast zwei Meter mit Preisboxerfigur sein. So einer fällt doch auf.«

»Sollte man meinen«, stimmte Oke zu. »Aber vielleicht hat sein Kumpel auch die An- und Abmeldungen erledigt und der war nur schräg von der Seite auf dem Bild zu sehen. Bin mal gespannt, was die Kollegen in NRW herausbekommen werden. Wenn sie Salewski selbst antreffen und er tatsächlich der Mörder sein sollte, dann weiß der doch gleich, was die Glocke geschlagen hat.«

»Das ist mir auch schon durch den Kopf gegangen. Ich werde die Kollegen dort grob über Salewski ins Bild setzen und ein paar Auszüge aus den Akten mitschicken. Dann werden die vor Ort selbst wissen, was zu tun ist, und entsprechend vorsichtig vorgehen.«

Kurz nachdem Nina die E-Mails rausgeschickt hatte, erhielt sie aus dem Polizeipräsidium Bochum, Kriminalinspektion 1, Zentrale Kriminalitätsbekämpfung, einen Anruf einer Kollegin.

Nach der Begrüßung sagte diese: »Salewski hält sich zurzeit in unserem Zuständigkeitsgebiet auf. Im Moment läuft eine verdeckte Ermittlung in zwei Mordfällen aus dem Bereich der organisierten Kriminalität, in die er involviert sein könnte. BKA hat die Leitung, LKA Hessen und NRW sind involviert. Deshalb ist auch noch kein Hinweis auf die Ermittlungen in seiner Akte vermerkt. Die Fahndung läuft verdeckt. Damit wir auch intern jede unnötige Aufmerksamkeit im Zusammenhang mit seinem Namen vermeiden, sollten Sie Ihre parallelen Anfragen in Bottrop und Borken sofort zurückziehen. Wobei ich gleich sagen kann, er arbeitet hier zurzeit unter anderen Identitäten. Die Kollegen in Frankfurt sind nach seiner Landung aus Malta auch nur durch den biometrischen Vergleich auf seine wahre Identität gekommen.«

»Ich werde unsere Anfragen in Bottrop und Borken sofort zurückziehen und dort mitteilen, dass sich die Anfrage erledigt hat. Und wie geht es dann mit unserer Anfrage bei Ihnen weiter?«

»Wir wissen, dass er vor drei Wochen bei Ihnen in Neuharlingersiel war. Ob er vor einer Woche auch dort gewesen ist, wissen wir noch nicht. Fakt ist, dass er es genau an diesem Wochenende geschafft hat, sich der Observierung zu entziehen. Wir wissen also nicht, wo er sich zum Zeitpunkt des Mordes bei Ihnen aufgehalten hat. Wir werden Sie über die laufenden Ermittlungen, soweit es Ihren Fall betrifft, telefonisch auf dem Laufenden halten. Ferner bitten wir Sie, keine weiteren schriftlichen Anfragen zu stellen. Meine Durchwahl haben Sie auf Ihrem Display und ich gebe Ihnen auch meine Handynummer.«

Nina zog nach dem Telefonat sofort ihre Anfragen an die Polizeidienststellen in Bottrop und Borken zurück. Anschließend informierte sie ihr Team über den Sachstand.

Inzwischen war es siebzehn Uhr und sie beschloss, ihre Leute für heute nach Hause zu schicken.

»Ich schätze, dass wir morgen noch den halben Tag brauchen, bis wir die Akten durch haben«, sagte Lars. »Nina, eigentlich hattest du ja vorgehabt, dieses Wochenende Bert in Lingen zu besuchen. Für seinen Genesungsprozess wäre das sicher von Vorteil. Ich denke, dass wir zu viert morgen mit den restlichen Akten durchkommen. Wenn sich etwas im Zusammenhang mit Salewski ereignen sollte, können wir dich ja informieren. Schöne Grüße und gute Besserung an Bert.«

Für einen Moment musste Nina sich zusammenreißen, um nicht sentimental zu werden. So viel Einfühlungsvermögen und Fürsorge hätte sie diesem manchmal etwas brummig wirkenden Seebären gar nicht zugetraut. »Danke, Lars. Aber es kämpfen, was das angeht, zwei Seelen in meiner Brust. Einerseits die Sorge um meinen Mann und andererseits möchte ich euch aber auch nicht hier alleine Sonntagsdienst schieben lassen.«

»Quatsch«, meldete sich die für ihre fürsorgliche Ader bekannte Silke zu Wort. »Wir kommen hier schon klar! Wichtig ist, dass Bert so schnell wie möglich wieder gesund und einsatzfähig wird. Ich an deiner Stelle würde sogar versuchen noch heute hinzufahren. So weit ist das doch bis Lingen im Emsland nicht. Vielleicht ist dein Hotelzimmer ja noch nicht neu vergeben.«

»Ich danke euch! Ihr seid ein tolles Team! Dann mache ich mich gleich mal auf den Weg! Wir sehen uns Montag!«

Auf dem Weg zu ihrem Auto rief Nina noch im Hotel an und erneuerte ihre stornierte Buchung, was überhaupt kein Problem war. Anschließend informierte sie Bert, der sich riesig darüber freute, mal wieder eine gemeinsame Nacht mit seiner geliebten Nina verbringen zu können.

6. Kapitel

Es war Sonntagabend und auf der A40 zwischen dem niederländischen Venlo und Essen im Ruhrgebiet herrschte mäßiger Verkehr. In gut zwei Stunden würde es hier ganz anders aussehen, wenn der ab zweiundzwanzig Uhr einsetzende LKW-Verkehr die kommende Werkswoche eingeläutet hätte. Isa Neuberger hatte das Wochenende seit Freitagabend bei ihrer Freundin Anna in Venlo verbracht und fuhr jetzt mit sehr gemischten Gefühlen wieder nach Hause.

War das eigentlich noch ihr Zuhause? Wenn sie ehrlich gegen sich selbst war, dann würde sie die Beziehung zu Martin lieber heute als morgen beenden. Aber dann kam ihr immer wieder das Schicksal ihrer Freundin Anna in den Sinn. Sie kannten sich seit der Schulzeit. Dann lernte Anna ihren Mann kennen. Anfangs hatte sich diese gefühlt wie im siebten Himmel, bis er anfing sie permanent zu kontrollieren und ihr selbst vorzuschreiben begann, was sie essen, trinken und wie sie sich kleiden sollte.

Dann folgten Handgreiflichkeiten, nach denen sich Anna auch noch schuldig fühlte, weil sie ihren Mann mal wieder zu sehr gereizt und damit seine Wut überhaupt erst herausgefordert hatte. Denn eigentlich konnte er ja gar nichts dafür, wenn ihm die Hand ausrutschte, wie sie Isa immer wieder erklärte. Aus Sicht von Isa war es nur komisch, dass seine Hand dann offensichtlich immer zur Faust wurde und genau da traf, wo ein Außenstehender es auf den ersten Blick nicht sehen konnte. Auch ein ungeborenes Kind hatte Anna auf diese Weise schon verloren. Die behandelnden Ärzte hatte sie dabei mit einer Story über einen Treppensturz beschwichtigt, bei dem sie angeblich mit dem Bauch auf einem auf dem Treppenabsatz stehenden Blumenhocker gelandet war.

Schließlich war es Isa doch gelungen, Anna davon zu überzeugen, sich Ärzten anzuvertrauen, in Essen in ein Frauenhaus zu ziehen und die Scheidung einzureichen. Aber damit sollte das Martyrium noch nicht vorbei sein.

Annas Ex lauerte ihr eines Abends vor dem Geschäft, in dem sie als Verkäuferin arbeitete, auf. Er folgte ihr unbemerkt und schlug sie auf einem dunklen Spielplatz zusammen. Dabei hatte er eine Sturmhaube auf, die sie ihm zum Schluss aber herunterreißen konnte. Zwar vermochte sie im dunklen Schatten von hohen Büschen sein Gesicht nicht genau zu sehen, aber sie erkannte ihn an der Stimme. Schließlich kamen ihr Passanten, die durch ihr Schreien aufmerksam geworden waren, zu Hilfe, worauf ihr Ex die Flucht ergriff.

Da Anna äußerlich keine Verletzungen aufwies und auch keinen Notarzt wollte, begleitete ein Pärchen aus der Gruppe der jungen Leute sie noch bis zum Frauenhaus, welches ganz in der Nähe war. Dieses lag ohnehin auf dem Weg des Pärchens. Außerdem konnten sie so sicherstellen, dass Anna nicht noch einmal von ihrem Ex angegriffen wurde. Im Frauenhaus meinte die Leiterin: »Anna, wir sollten einen Arzt und die Polizei kommen lassen!«

Aber Anna hatte noch den Satz in den Ohren, bevor ihr Ex-Mann die Flucht ergriff: »Wage nur mich anzuzeigen, das überlebst du nicht!«

Daher antwortete sie der Leiterin: »Es sah schlimmer aus, als es war. Ich bin mir auch nicht sicher, ob es tatsächlich mein Mann gewesen ist. Ich habe dem Mann zwar diese Strickmaske hier vom Gesicht runterreißen können, aber es war hinter den Büschen am Spielplatz zu dunkel, als dass ich jemand hätte erkennen können.«

»Ja, das sagte das Pärchen, das dich hierher begleitet hat, auch. Ich habe mir aber vorsichtshalber die Adressen von den beiden notiert, falls doch nochmal etwas sein sollte. Aber wie ist das denn genau passiert?«

»Ich bin nach Feierabend aus dem Geschäft raus und den kürzesten Weg hierher gegangen, wie immer. Dann kam ich bei dem Spielplatz vorbei, der hier auf dem Weg liegt. Ich war gerade auf der Höhe, wo es zum Spielplatz reingeht, da hörte ich auf einmal Laufschritte hinter mir und drehte mich um. Ein Mann, der von der Größe und Statur schon mein Mann hätte sein können, mit dieser schwarzen Strickmütze über dem Gesicht, packte und schob mich auf den Spielplatz, gleich hinter die großen Büsche, wo das Licht der Straßenlaterne nicht mehr hinleuchtete.«

»War denn niemand auf der Straße, der dir hätte helfen können?«, wollte die Leiterin wissen.

»Ich habe zwar geschrien, aber niemand gesehen. Auf dem Weg hierher erzählten mir die zwei, die mich hergebracht haben, dass sie auf der anderen Straßenseite gelaufen wären. Aber da hätten sie nicht auf mich geachtet, weil sie rumgeblödelt hätten. Erst als die junge Frau, die mich herbegleitet hat, mein Schreien hörte, sind alle zusammen sofort zum Spielplatz rübergerannt. Einer wäre fast noch vom Auto angefahren worden.«

»Ja, und dann?«

»Der Mann hatte mir einen Faustschlag in den Bauch gegeben und ich bin über irgendetwas rückwärts gestolpert und gefallen. Dann traf mich ein heftiger Fußtritt in den Bauch. Als er mich wieder hochziehen wollte, erschienen die jungen Leute auf dem Spielplatz. Ich griff nach der Strickmaske, mehr um mich daran festzuhalten, als ihm diese runterzureißen. Aber dann hatte ich sie auf einmal in der Hand, als einige der jungen Männer auf meinen Angreifer zustürzten und dieser die Flucht ergriff.«

»Anna, wir sollten in jedem Fall die Polizei und auch einen Arzt holen. Gerade wenn es dein Ex gewesen sein sollte und vor allem, um auszuschließen, dass du innere Verletzungen hast.«

Wieder hatte Anna die Drohung ihres Ex im Kopf und Angst stieg in ihr hoch. Und obwohl ihr die linke Bauchhälfte ziemlich wehtat, lehnte sie ab und ging in ihr Zimmer, um sich hinzulegen.

Schlafen konnte sie wegen der Schmerzen im Bauch nicht. Als sich dann noch eine Schwellung bildete und die Schmerzen sich über die ganze linke Seite auszubreiten begannen, rief Anna laut um Hilfe. Es dauerte eine ganze Weile, bis eine Mutter von zwei kleinen Kindern, von denen eines wach geworden war und die das Zimmer nebenan hatte, schließlich kam, um nach ihr zu sehen.

Dann ging auf einmal alles sehr schnell. Es kamen der Notarzt und die Sanitäter, die sie mit Blaulicht ins Krankenhaus brachten. Dort bestätigte sich die Diagnose des Notarztes: eine Milzruptur, »Milzriss«, übersetzte der Arzt. Aber da das Kleinkind von Annas Nachbarin durch ihre Hilferufe zum Glück rechtzeitig wach geworden war, überlebte sie.

Inzwischen war auch die Polizei bei Anna im Krankenhaus gewesen und hatte aus ihrem Zimmer im Frauenhaus die Sturmhaube abgeholt. Die Forensik konnte in der Sturmhaube zwei Haare sicherstellen. Ein DNA-Abgleich ergab: Die beiden Haare stammten von Annas Ex, der schon mal wegen Körperverletzung aktenkundig geworden war. Er wurde daraufhin verhaftet und ein Verfahren wegen schwerer Körperverletzung gegen ihn eingeleitet. Aufgrund der Tatsache, dass Anna nur mit großem Glück überhaupt überlebt hatte, wurde Annas Ex schließlich zu fünf Jahren Haft ohne Bewährung verurteilt.

Das Verfahren war aufgrund der forensisch eindeutigen Beweise und der zur Bewährung ausgesetzten einjährigen Haftvorstrafe wegen der früheren Körperverletzung außergewöhnlich schnell abgelaufen.

Dagegen legte sein Anwalt aber Berufung ein und beantragte Haftverschonung. Dies begründete er damit, dass Anna ihrem Ex-Mann die Haare untergeschoben hätte. In der Begründung schrieb der Anwalt, dass seinem Mandanten eingefallen sei, dass er in der Ehe öfter die Haarbürste seiner Frau mitbenutzt hätte, was diese angeblich auch wusste, zumal seine Frau braune und er mittelblonde Haare hatte.

Anna, die sich zu der Zeit in einer Rehamaßnahme befand, bestritt das zwar, aber noch bevor sie aus der Reha entlassen worden war, fand die Polizei bei einer Durchsuchung von Annas Zimmer tatsächlich eine Haarbürste mit braunen und mittelblonden Haaren. Anna hatte sogar der Durchsuchung zugestimmt, weil sie sich sicher gewesen war, dass in ihrem Zimmer keine Haarbürste mit den Haaren ihres Ex-Mannes zu finden sein würde.

Es blieb ein Rätsel, wie die Haare ihres Ex auf ihre Haarbürste gekommen waren. Anna ging davon aus, dass ihr Ex es irgendwie geschafft haben musste, entweder selbst oder durch einen Komplizen oder eine Komplizin Haare von ihm auf eine Haarbürste zu bringen, auf der auch ihre Haare zu finden waren, und diese in ihrem Zimmer im Frauenhaus zu platzieren.

Da auch noch eine neue Freundin von Annas Ex diesem für den Abend, an dem Anna überfallen worden war, im Berufungsverfahren ein Alibi gab, wurde die Verurteilung durch das Berufungsgericht aufgehoben. Warum die Alibizeugin nicht bereits bei der ersten Gerichtsverhandlung ausgesagt hatte, erklärte der Anwalt damit, dass diese verheiratet sei und sich daher nicht mit ihrem Verhältnis zu Annas Ex hatte outen wollen. Inzwischen habe sich die Frau allerdings von ihrem Mann getrennt.

Von einer Anklage gegen Anna wegen Manipulation von Beweismitteln sah die Staatsanwaltschaft ab, da sich auch das nicht rechtssicher beweisen ließ. Annas Aussage, dass dies eine alte Haarbürste von ihr sei, die sie wohl damals bei ihrem Auszug aus der ehemals gemeinsamen Wohnung dort vergessen hatte, war letztlich auch nicht beweiskräftig zu widerlegen.

Nachdem Annas Ex jetzt nach Aussage seiner neuen Freundin wieder in einer Beziehung lebte und er vor Gericht beteuerte, an Anna daher auch keinerlei Interesse mehr zu haben, verhängte das Berufungsgericht auch kein Kontaktverbot.

Die Leiterin des Frauenhauses schaute sich mit ihrem Team das Urteil des Berufungsgerichtes sehr genau an und ließ sich den Ablauf des Gerichtsverfahrens von Anna im Detail schildern. Dann sagte sie: »Hast du ein Bild von der neuen Freundin deines Ex?«

Anna schüttelte den Kopf. »Warum?«

»Na, irgendwie muss diese Scheißhaarbürste doch in dein Zimmer gekommen sein, als du in der Reha warst. Wenn ein Mann hier jemand besuchen will, dann schauen wir ja ganz genau hin, aber für eine Frau wäre es grundsätzlich kein Problem, hier jemand besuchen zu wollen.«

»Aber dann hätte sie ja irgendwie an den Schlüssel zu meinem Zimmer kommen müssen«, war Anna unsicher.

»Anna, wir sind nun mal hier eines der ältesten Frauenhäuser in der Stadt und Sicherheitsschlösser für alle Zimmertüren sind schon ein Kostenfaktor. Unsere normalen Bartschlösser bekommst du doch mit einem ganz normalen Dietrich auf. Da würde ja schon ein entsprechend gebogener Kleiderbügelhaken reichen. Das ist die einzige Möglichkeit, wie sie dir deine alte Haarbürste unterjubeln konnten. Wenn man ein Bild von der Frau hätte, dann könnte man hier im Haus mal rumfragen, ob jemand die neue Freundin von deinem Ex hier gesehen hat. Ist euch vielleicht mal eine Frau als Besucherin hier in irgendeiner Weise aufgefallen?«, fragte die Leiterin dann in die Runde ihres Teams.

»Ja, wo du das so sagst. Vielleicht nicht gerade verdächtig, aber irgendwie etwas merkwürdig«, meldete sich eine Mitarbeiterin. »Annas Zimmernachbarin kam einmal – das muss wohl in der Zeit gewesen sein, als Anna in der Reha war – mit ihren beiden Kleinen von dem Spielplatz und brachte eine Frau mit. Der wollte sie etwas zeigen. Wie lange die dann geblieben ist, kann ich nicht sagen.«

»Wie sah die denn aus?«, wollte Anna wissen.

»Ich würde sagen, etwa so groß wie du, schlank, lange blonde Haare. An mehr erinnere ich mich nicht. Ich habe sie auch nur kurz von der Seite gesehen.«

»Etwa meine Größe, schlank und blonde lange Haare, das würde schon passen. Das könnte sie sein. Aber wenn ich nur an die beiden Gerichtsverfahren denke und vor allem die intimen Fragen von dem Anwalt … Nee, ich mag nicht mehr! Ich hab schon mit meiner Freundin Isa gesprochen. Vielleicht hat die woanders eine Arbeit und eine Wohnung für mich und ich kann den ganzen Mist mal hinter mir lassen«, sagte Anna mit tiefer Bitterkeit in der Stimme.

Nur bei dem Gedanken daran, wie es cleveren Anwälten immer wieder gelang, gerade im Zusammenhang mit Stalking und häuslicher Gewalt solche Peiniger rauszuboxen, hätte Isa auf der Stelle das Kotzen kriegen können. Aber sie war immer noch auf der A 40 unterwegs nach Hause.

Wie gut, dass sie für Anna in Venlo eine Bleibe und einen Job gefunden hatte. Sie war richtig froh gewesen, als sie aus der Vertriebscommunity für ihre Beauty- und Wellnessprodukte ein Angebot für Anna bekam.

Eine dortige Vertriebskollegin des Beauty-Konzerns hatte in Venlo eine kleine Einliegerwohnung zu vermieten. Da traf es sich gut, dass Anna schon nebenberuflich bei ihr mitgearbeitet hatte und von ihrer Vermieterin in Venlo gleich mit übernommen wurde. Als besonderer Vorteil erwies sich zudem, dass Annas Eltern in Herongen, an der niederländischen Grenze, keine fünfzehn Kilometer von Venlo entfernt wohnten. Zu ihren Eltern wollte Anna allerdings nicht zurückziehen. Die hatten von Annas ganzen Problemen mit ihrem Mann auch überhaupt nichts mitbekommen.

Isa ließ nochmal das Wochenende mit Anna an ihrem geistigen Auge vorbeiziehen. Mit wie viel Vorfreude war sie am Freitag nach Venlo gefahren. Eigentlich wollten sie einen entspannten Mädelsabend in einer Disco verbringen, worauf sie sich schon sehr gefreut hatte. Anna hatte am Telefon gesagt, dass sie ganz gespannt darauf war, zu hören, wie das letzte Wochenende mit Theo gelaufen war.

Eigentlich hätte sie auch nur Gutes und Schönes zu berichten gehabt. Das Kiten mit Theo und seinen Nachbarn Mia und Mattes in der Viererformation war ein riesiger Spaß gewesen. Und dann … Sie hatte schon lange nicht mehr so zärtliche und erfüllende Stunden mit einem Mann gehabt und sogar schon mit dem Gedanken gespielt, sich Theo gegenüber zu outen und ihm ihren richtigen Namen zu sagen.

Bei Anna waren sie dann aber doch nicht in die Disco gegangen, sondern mit einer Lieferpizza zu Hause geblieben. Isas Freude war nämlich dadurch getrübt, dass Theo nicht zu erreichen war und auch nicht zurückrief. Sie wusste nicht, ob sie sich immer noch über die Erinnerungen des letzten Wochenendes freuen konnte oder ob dies nicht nur ein schöner Traum gewesen war. Andererseits war ihr Theo als bei Gericht zugelassener Sachverständiger nicht so unzuverlässig vorgekommen, wie sie es schon bei anderen Bekanntschaften aus dem Singleportal erlebt hatte. Sie ließ die Gedanken schweifen:

»Ich versteh das nicht, Anna. Theo und ich hatten so ein tolles Wochenende. Und über einige Erfahrungen aus solchen Dates verfüge ich ja inzwischen. Daher bin ich mir sicher, dass er wirklich in mich verliebt ist. Irgendwie dachte ich schon, dass Theo mir sogar einen Antrag machen würde, und das, obwohl es doch unser allererstes persönliches Date war.«

»Und was hättest du gesagt?«, wollte Anna mit einem verschmitzten Lächeln wissen.

»Ich glaube, ich hätte Ja gesagt. Ich verstehe nicht, warum er kein Lebenszeichen von sich gibt. Ob er einen Unfall hatte?«

»Wollen wir nicht hoffen, vielleicht hat er ja sein Handy verloren«, versuchte Anna eine aufmunternde Antwort zu finden. »Oder meinst du, dass er mit einem Prepaidhandy genauso ein Doppelleben führt wie du? Vielleicht ist der ja gar nicht geschieden. Du hast ihm auf der Kontaktbörse ja auch nicht mitgeteilt, dass du noch in einer schwierigen Partnerschaft lebst.«

»Wäre auch denkbar. Ging mir auch schon durch den Kopf. Ich versuche es noch einmal. Vielleicht habe ich ja Glück und er hat sein Handy genauso gerade wieder aktiviert wie ich.«

Der Ruf ging raus. Dann kam die Bandansage, dass der Teilnehmer vorübergehend nicht zu erreichen war.

Isa wollte gerade ihr Handy wieder weglegen, als der Eingang einer Nachricht angezeigt wurde. »Eine WhatsApp«, sagte sie. »Es geht um Theo.«

»Lies mal vor!«

»Hallo Frau Neumann,

nach unseren Informationen haben Sie das vergangene Wochenende mit Herrn Theo Thönes in seinem Camper auf dem Campingplatz in Neuharlingersiel verbracht. Es tut uns sehr leid, Ihnen mitteilen zu müssen, dass Herr Thönes tot in seinem Campingwagen aufgefunden wurde. Sein Tod ist vermutlich schon vor einer Woche eingetreten. Daher gehen wir davon aus, dass Sie eine der Letzten waren, die ihn lebend gesehen haben. Hinzu kommt, dass Herr Thönes keines natürlichen Todes gestorben ist. Deswegen bitte ich Sie dringend um Anruf im Polizeikommissariat Wittmund oder bei einer Polizeidienststelle Ihres Heimatwohnortes!« Die Nachricht endete mit dem Namen der Ansprechpartnerin.

Die beiden Frauen saßen wie in Schockstarre auf Annas Wohnzimmercouch. Selbst das erneute Vibrieren von Isas Handy, welches den Eingang weiterer Nachrichten signalisierte, nahmen die beiden nicht wahr.

Anna war die Erste, die sich aus der Starre löste und spontan ihre Arme tröstend um Isas Hals schlang, als sich ein Tränenstrom bei ihrer Freundin Bahn brach, die so langsam den Inhalt der gerade gelesenen Nachricht realisierte.

»Oh mein Gott! Jetzt weiß ich, warum ich schon die ganze Woche so ein komisches Gefühl hatte«, sagte sie mit tränenerstickter Stimme. »Als ich letzten Sonntagnachmittag weggefahren bin, überlegte Theo noch, ob er nochmal zum Kiten gehen sollte. Seine Campernachbarn Mattes und Mia waren schon an den Strand gegangen. Theo und ich wollten die Zeit noch zum Kuscheln im Bett nutzen. Mein Gott, das darf doch nicht wahr sein!«

Anna drückte ihre Freundin tröstend an sich. »Isa, es tut mir so unendlich leid für dich! Gerade du hättest auch mal ein wenig Liebesglück verdient gehabt! Was kann denn da nur passiert sein? Und was heißt ›keines natürlichen Todes gestorben‹? Meint die Kommissarin vielleicht Mord? Isa, in was bist du da nur hineingeraten, denn das kann doch nichts mit dir zu tun haben?«

Isa löste sich auf einmal aus der Umarmung ihrer Freundin. »Dein Ex hat dir gedroht, dass du es nicht überlebst, wenn du ihn anzeigst, oder?«

»Ja, sein Satz mit so viel Hass hat sich regelrecht bei mir eingebrannt: ›Wage nur mich anzuzeigen, das überlebst du nicht!‹ Mir läuft es jetzt noch eiskalt den Rücken runter, wenn ich nur daran denke. Und das war ja auch der Grund, warum ich nicht wollte, dass der Sache mit der Haarbürste, die während meiner Reha plötzlich in meinem Zimmer gelegen hatte, nachgegangen wird.«

»Ja, ich weiß, denn wir beide trauen deinem Ex zu, dass er seine Drohung wahr macht. Aber sag mal, würdest du Martin auch so etwas zutrauen?«

»Meinst du, dass er dich umbringt, wenn du fremdgehst?«

»Ja, zum Beispiel. Oder dass er mir vielleicht nach Neuharlingersiel nachgefahren ist und Theo umgebracht haben könnte.«

Anna dachte einen Moment nach, dann sagte sie: »Fakt ist, dass er auch vor dir als Frau schon mal nicht haltmacht, um seinen Frust loszuwerden. Da hat er was mit meinem Ex gemeinsam.

Außerdem hast du mir mal erzählt, dass er vor Jahren auch schon wegen Körperverletzung auf Bewährung verurteilt wurde. Aber dass er dich oder deinen Lover umbringt, glaube ich eher nicht. Allerdings kann man niemand hinter die Stirn schauen und du müsstest ihn ja besser kennen.«

»Sollte ich. Aber ich bin mir schon lange nicht mehr sicher, ob ich ihn überhaupt kenne. Auf seine Spezialtrainerstunden, vor allem mit attraktiven Frauen, außerhalb der offiziellen Öffnungszeiten seines Fitnessstudios darf ich ihn jedenfalls nicht ansprechen. Aber du hättest ihn mal erleben sollen, als ich ihm eine offene Beziehung vorgeschlagen habe. Da sagte er zu mir etwas, was ich auch nicht vergessen werde, und das mit einem Ton, dass es mir jetzt auch noch den Rücken runterläuft: ›Wage nicht einmal daran zu denken!‹ Wir standen in der Küche und er machte dabei sogar einen bedrohlichen Schritt auf mich zu. Aber getan hat er mir dann doch nichts.«

»Isa, ich weiß. Seitdem bist du ja auf dem Singleportal. Nach dem Motto: Jetzt erst recht! Aber ich wollte dich seinerzeit schon mal fragen, nur da war ich wohl noch viel zu sehr mit meinen eigenen Problemen beschäftigt: Warum gehst du nicht einfach? Ihr seid doch nicht verheiratet, habt kein Kind zusammen, also was hält dich denn noch bei ihm?«

»Anna, die Frage habe ich mir auch schon oft gestellt. Also wenn ich ehrlich bin, wahrscheinlich nur Gewohnheit und Bequemlichkeit. Wobei auch das Materielle eine Rolle spielt, wenn ich nicht gerade wieder in mein altes Zimmer in der Wohnung meiner Mutter einziehen will. Ich bin bei Martin eingezogen, eigene Möbel habe ich nicht, außer die bei meiner Mutter. Dann haben Martin und ich unseren Vertrieb mit seinen Nahrungsergänzungsmitteln zum Muskelaufbau und meinen Beauty- und Wellnessprodukten zusammen erfolgreich ans Laufen gebracht. Wobei manche Leute aus unseren Communitys sogar für beide Produktlinien unterwegs sind.«

»Das weiß ich ja … Seit ich hier mit deiner Hilfe in Venlo untergekommen bin, habe ich wieder den Kopf etwas freier bekommen … Übrigens, das Neueste, darüber haben wir noch gar nicht gesprochen. Ich habe wieder einen Job als Verkäuferin und das Beauty-Geschäft mache ich, wie bei dir, nur als Nebentätigkeit.«

»Anna, das ist ja eigentlich ein Grund zum Feiern! Aber …«, Isa musste innehalten und sich ein paar Tränen aus den Augen wischen. Nach einer Weile fuhr sie fort: »Aber ich glaube, du wolltest mir etwas sagen, weil du jetzt den Kopf etwas freier hast.«

»Ja genau. Jedenfalls habe ich mir auch schon mal Gedanken über deine Situation gemacht. Ist ja ganz schön kompliziert dein Leben. Wenn du als ›Isi Neumann‹ bei der Singlebörse und als ›Isa Bell‹ bei Facebook im Internet chattest, geht das nicht von zu Hause aus. Das könnte Martin mitbekommen. Deshalb musst du ja immer zu deiner Mutter gehen, weil du da deinen alten PC und dein Prepaidhandy hast.«

»Stimmt, aber was soll ich machen?«

»Na gut, du hast das Glück, dass deine Mutter nur ein paar Straßen weiter wohnt und sich freut, wenn du bei ihr zu Hause bist. Aber das ist doch keine Lebenspartnerschaft! Martin vergnügt sich munter mit anderen Frauen in seinem Studio und für dich muss ich immer als Alibi herhalten. Mache ich ja gerne für dich. Aber wie lange willst du das eigentlich noch so machen?«

»Genau das ist der Punkt, Anna! Vor dieser Antwort drücke ich mich schon eine ganze Weile herum. Da war auch die Hilfe für dich so ein wenig Ablenkung von meinen eigenen Problemen.«

»Dann wird es aber höchste Zeit, dass du mal an dich selbst denkst und reinen Tisch machst! Als Erstes solltest du die Kommissarin anrufen, denn die hat sicher ein paar wichtige Fragen an dich.«

Isa griff schon nach ihrem Handy und wollte gerade die dort angegebene Nummer wählen, als sie sah, dass zwei neue Nachrichten eingegangen waren, eine als SMS und eine als E-Mail. Sie öffnete die beiden Nachrichten, aber es war nur der gleiche Text der Kommissarin.

»Na, was ist?«, fragte Anna. »Du wolltest anrufen, warum tust du das nicht? Verlässt dich auf einmal der Mut oder hast du Angst, dass du selbst unter Verdacht stehen könntest?«

»Dass ich selbst unter Verdacht stehen könnte, daran habe ich noch gar nicht gedacht. Aber ich denke gerade darüber nach, wo Martin eigentlich an dem Wochenende war. Ich habe ihn am Samstagabend vor einer Woche von der Strandbar in Neuharlingersiel aus auf seinem Handy angerufen, weil zu Hause niemand dranging. Keine Ahnung, wo er war, hab auch nicht gefragt. Theoretisch hätte er ja auch mir nachgefahren und sogar in Neuharlingersiel gewesen sein können, während ich ihm sagte, dass ich mit dir in Venlo bei einem Konzert wäre.«

»Wieso erzählst du ihm was von einem Konzert in Venlo? Gut, dass er anschließend nicht bei mir nachgefragt hat.«

»Naja, ich war auf der Toilette und da hörte er ja die Musik von dem Gesangsduo auf dem Dach der Strandbar. Aber wo du das sagst, stimmt, ich hätte dich informieren müssen. Aber allein die Tatsache, dass er anschließend oder am Sonntagmorgen nicht bei dir nachgefragt hat – es wäre ja bei ihm nicht das erste Mal gewesen –, macht mich jetzt noch zusätzlich misstrauisch.«

»Warum macht dich das misstrauisch?«, wollte Anna wissen. »Sei doch froh, sonst hätte ich ihm vielleicht sogar noch was Falsches gesagt.«

»Anna, wenn ich mir vorstelle, Martin wäre tatsächlich in Neuharlingersiel gewesen und hätte mich mit Theo gesehen. Dann brauchte er ja nicht bei dir nachzufragen, weil er dann wusste, wo ich war. Nachdem ich letzten Sonntag am späten Nachmittag nach Hause gefahren bin, geht er dann zu Theo und bringt ihn um. Er kam nämlich Sonntagnacht erst zwischen drei und vier Uhr nach Hause. Ich habe mich schlafend gestellt. Als ich ihn Montag fragte, wo er denn am Wochenende gewesen wäre, sagte er nur: ›Dringende Geschäfte.‹ Mehr war aus ihm nicht herauszubekommen, und da er schon wieder diesen komischen Blick hatte, habe ich gar nicht erst weitergefragt.«

»Mensch, Isa, umso wichtiger ist es doch, dass du sofort bei der Kommissarin anrufst. Die werden auf der Dienststelle sicher auch ihre Handynummer haben, sodass du sie auch am Wochenende erreichst. Das muss die doch unbedingt sofort wissen! Aber du solltest morgen auch besser zu deiner Mutter nach Hause fahren als zu Martin. Nachher bringt der dich dann auch noch um, wenn er rausbekommt, dass du die Polizei informiert hast.«

»Genau das ist der Punkt, Anna! Warum hast du denn die Sache mit der Haarbürste nicht weiter verfolgt?«

»Das weißt du doch, weil ich Angst vor meinem Ex habe und nicht sicher bin, ob die Polizei mich vor ihm beschützen kann. Allein, als ich gesehen habe, wie locker das Berufungsgericht das frühere Kontaktverbot außen vor gelassen hat. Für meinen Ex galt ja seit der Haarbürstenstory die Unschuldsvermutung. Das reichte dem Gericht. Alles, was früher schon gewesen war, spielte keine Rolle mehr, da dies nicht Gegenstand der Berufung war. So einfach ist das. Ich habe mich schlaugemacht, formaljuristisch alles korrekt. Dass das Opfer dabei anschließend ohne Schutz dasteht, ist ein anderes Verfahren, welches aber für das Berufungsgericht nicht Gegenstand des laufenden Verfahrens war. So ähnlich sagte es mir die Online-Opferberatung des Weißen Ringes. Deshalb sollte ich Fotos machen, wenn er wieder vor meinem Haus auftaucht oder mich anderweitig belästigt oder stalkt.«

»Na guck mal, Anna, da sagst du es ja selbst. Wenn ich jetzt die Polizei in Wittmund informiere, dass Martin erst Sonntagnacht nach Hause gekommen ist und mir eine nichtssagende Antwort auf meine Frage gab, wo er am Wochenende gewesen ist, wer schützt mich dann im Zweifel vor ihm? Sollte er wirklich Theo umgebracht haben, dann macht der doch auch vor mir nicht halt!«

»Und was willst du jetzt machen? Vielleicht doch besser zu deiner Mutter gehen?«

»Da würde er mich doch als Erstes suchen. Und wenn ich nicht nach Hause komme, dann kann er sich ja denken, dass ich etwas weiß oder zumindest etwas in Bezug auf Theos Tod ahne.«

»Das ist keine Antwort auf meine Frage!«

»Anna, es ist alles irgendwie Bullshit! Ich weiß es nicht! Wie und was ich mache, kann alles falsch sein. Am besten, ich versuche erst einmal etwas zu schlafen. Es ist ja schon gleich Mitternacht. Und morgen früh sehen wir weiter.«

Isa hatte sich dafür entschieden, einfach ganz normal nach Hause zu fahren. Es stand ja zudem gar nicht fest, dass Martin Theo etwas angetan hatte. Aber bei der Kripo in Wittmund wollte sie auf gar keinen Fall anrufen. Ihr Prepaidhandy war seit heute Mittag auch wieder abgeschaltet. Und auch Theos Campingfreund Mattes kannte nicht ihren richtigen Namen, geschweige denn ihre Adresse.

Zudem, was sollte sie der Polizei auch erzählen? Als sie am Sonntag vor einer Woche nach Hause gefahren war, hatte Theo sie noch bis zum Parkplatz ihres Autos begleitet und ihr noch bis zur Kurve vor dem Kreisel nachgewinkt. Und mit der Aussage, dass Martin irgendwo am Wochenende bis Sonntagnacht unterwegs gewesen war, konnte die Polizei doch auch nicht viel anfangen. Also, warum sollte sie schlafende Hunde wecken? Sie nahm sich vor, Martin gegenüber noch wachsamer zu sein und vorerst ihre Aktivitäten auf der Singleplattform einzustellen.

Inzwischen war Isa vor dem Haus ihrer Mutter in Essen angekommen. Sie musste noch schnell das Prepaidhandy in ihr Zimmer bringen, bevor sie ein paar Straßen weiter nach Hause fahren konnte.

»Ist irgendetwas?«, fragte ihre Mutter, als sie sie im Hausflur begrüßte.

»Ich hab meine Tage und die übliche Migräne, Mama. Mach dir keine Sorgen«, erwiderte Isa.

»Willst du nicht wenigstens nach der Fahrt eine Kleinigkeit essen?«, war ihre Mutter immer noch besorgt. Sie merkte, dass ihre Tochter irgendetwas bedrückte.

»Danke, Mama! Ich habe unterwegs an einer Raststätte etwas gegessen. Ich wollte nur schnell etwas aus meinem Zimmer holen.«

Nachdem Isa ihr Handy hinter einem Stapel Wäsche in ihrem Kleiderschrank versteckt hatte, machte sie sich mit einem flüchtigen Kuss für ihre Mutter auf den Weg nach Hause.

7. Kapitel

Nina war gestern Abend aus Lingen zurückgekommen und voller Hoffnung, dass Bert bald wieder der Alte sein würde. Er hatte in der Reha gute Fortschritte gemacht. Die Nacht von Samstag auf Sonntag im Hotel war ihre erste Liebesnacht nach langen Wochen des Bangens gewesen. Wochen, in denen es eine ganze Zeit gar nicht gut für Bert ausgesehen hatte, mit Komplikationen und einer Lungenentzündung nach der zweiten OP. Bezüglich der Übernachtung im Hotel mit seiner Frau hatte die Reha-Klinik ein Auge zugedrückt. Für Berts Selbstwertgefühl war es gut gewesen, dass er sich in der Nacht mit seiner Nina noch als Mann beweisen konnte.

Und jetzt stand Nina zu Hause unter der Dusche und dachte mit Sehnsucht und Vorfreude an die vorletzte Nacht mit ihrem geliebten Mann zurück. Es war Montagmorgen, und schon kurze Zeit später saß die Soko-Leiterin im Kommissariat, wieder im Polizistenalltag angekommen, mit ihrem Team im großen Meetingraum am Besprechungstisch.

Silke stand an Berts Flipchart, um die wichtigsten Fakten festzuhalten. Später wurden diese links und rechts der Projektionswand für den Beamer an Holzleisten getackert. Damit waren immer alle Mitglieder, auch einer erweiterten Soko, auf dem aktuellen Stand.

Lars berichtete zunächst von den sonntäglichen Auswertungen der Klientenakten des ermordeten Theo Thönes. Es waren zwar noch einige Personen hinzugekommen, die ihrem Unmut über ein Gutachten des Bausachverständigen Thönes Luft gemacht hatten, aber ob dies für einen Mordverdacht reichen würde, war bei kritischer Betrachtung doch sehr fraglich. In einer Stunde wollte die Kollegin aus der Abteilung Wirtschaftskriminalität der Polizeiinspektion Aurich, Erste Kriminalhauptkommissarin Kerstin Heese, dazukommen.

Nina informierte zunächst über den aktuellen Genesungsverlauf ihres Mannes. Für alle Anwesenden eine gute Nachricht. Dann berichtete sie über den ersten vorläufigen Untersuchungsbericht aus der Rechtsmedizin, der inzwischen auf ihrem Rechner eingegangen war. Dabei zeigte sie Bilder aus dem Bericht über den Beamer.

»Der Todeszeitpunkt lässt sich aufgrund des durch die Erwärmung im Camper fortgeschrittenen Verwesungsstatus nur grob auf den Samstag oder Sonntag vor einer Woche datieren«, sagte sie. »Wobei Samstag aufgrund der Zeugenaussage des Campernachbarn schon ausscheidet. Todesursache ist Strangulation von hinten mit einem Verlängerungskabel, das dem Toten noch um den Hals hing, als er aufgefunden wurde. Es sind keine Spuren erkennbar, dass vor der Strangulation ein Kampf stattgefunden hat.«

»Nach der Sitzposition des Opfers auf den Bildern muss jemand vor der Spüle hinter der Rückenlehne der Sitzgruppe gestanden, Thönes von hinten überraschend die Kabelschlinge über den Kopf geworfen und mit großer Kraft zugezogen haben«, stellte Lars fest. »Daher gehe ich davon aus, dass der Ermordete seinen Mörder gekannt haben muss oder zumindest nicht damit gerechnet hat, dass dieser nach seinem Leben trachtet.«

»Das ist auch die Annahme im Bericht«, bestätigte die Soko-Leiterin. »Denn offensichtlich ist Thönes zu diesem Zeitpunkt auf seiner Sitzbank sitzen geblieben und hat dem Täter arglos seinen Rücken zugewandt. Das würde doch eher für einen ehemaligen Klienten als für den Kiter als Täter sprechen. Denn der hatte ihm ja schon mit dem Totenkreuz über dem Pressefoto eine deutliche Warnung erteilt. Allerdings verweist der Bericht auch darauf, dass nicht auszuschließen ist, dass der Ermordete nur sehr eingeschränkt reaktionsfähig gewesen sein könnte, zum Beispiel durch K.-o.-Tropfen.«

»Und die sind nach der Zeit wahrscheinlich nicht mehr nachweisbar«, meldete sich Silke zu Wort.

»So steht es auch im Bericht«, sagte Nina.

»Die Letzte, von der wir wissen, dass sie mit Thönes zusammen war, ist doch diese Isi gewesen. Wäre es denn denkbar, dass sie, aus welchen Gründen auch immer, den Mord begangen hat?«, wollte Rita wissen.

»Nach dem Bericht der Rechtsmedizin muss das aber schon jemand mit einer ordentlichen Kraft gewesen sein, denn der

Strangulierte hat versucht, mit den Händen zwischen Hals und Kabel zu kommen, wie Kratzspuren seiner Fingernägel am Hals belegen«, antwortete Nina. »Offensichtlich ohne Erfolg. Der Bericht schließt nicht aus, dass der Mörder sich von der Rücklehne der Sitzbank mit einem Fuß weggedrückt haben könnte. Dann käme durchaus auch eine kräftige oder sportlich trainierte Frau als Mörderin in Betracht.«

Inzwischen war auch der Leiter der Forensik, Sören Nansen, hinzugekommen, der die letzten Überlegungen noch mitbekommen hatte. »Moin«, begrüßte er die Anwesenden, um dann fortzufahren: »Nina, für diese Annahme scheint einiges zu sprechen. Zum Beispiel könnte das eine Erklärung für die leichten Abschürfungen und Schmutzspuren an der Rückenlehne der Sitzbank sein.«

»Ich versuche mir anhand der Bilder vom Innenraum des Campers vorzustellen, wie sich jemand verhält, der unversehens von hinten eine Kabelschlinge über den Kopf geworfen bekommt und damit plötzlich nach hinten gerissen wird«, versuchte Oke sich ein Bild zu machen. »Also, ich würde mit aller Kraft versuchen, mich aus der Sitzbank herauszudrehen, und dann hätte ich den Angreifer vor mir.«

»Ein guter Gedanke, Oke«, lobte Sören. »Genau das haben wir in der Forensik im Tatwagen, der inzwischen bei uns auf dem Hof steht, nachgestellt. Und genau das wäre die wahrscheinlichste Reaktion gewesen, nachdem der Angegriffene reflexartig versucht hätte, mit den Händen zwischen Hals und Kabel zu kommen. Das scheint nach dem Bericht der Rechtsmedizin und auch nach unseren ermittelten Spuren aber nicht erfolgt zu sein. So wie es aussieht, ist Thönes sitzen geblieben. Deshalb kamen wir zu dem Schluss, dass der Ermordete zum Zeitpunkt des Angriffs auf ihn bereits nur noch eingeschränkt reaktionsfähig gewesen ist.«

»Eine Erkenntnis, zu der auch die Rechtsmedizin tendiert«, bestätigte Nina. »Sören, wie sieht es denn mit den sonstigen forensischen Ergebnissen aus?«

»Da wir weder Handy noch Tablet oder Notebook im Camper oder zu Hause beim Toten gefunden haben, gehen wir davon aus, dass dort Informationen zu finden sind, die einen Rückschluss auf den Täter zulassen.«

»Dann war der Mörder aber nicht darüber informiert, dass Thönes alles in einer Cloud gesichert hatte und wir darauf Zugriff bekommen«, warf Oke ein. »Ich warte noch auf den Verbindungsnachweis und das Bewegungsprofil seines Handys. Auch das könnte uns noch Erkenntnisse liefern.«

»Das sehen wir genauso«, erwiderte der Forensik-Leiter. »Kommen wir zu den Fingerabdrücken und DNA-Spuren. Dass wir im Bett des Campers die DNA sowohl des Toten als auch einer weiblichen Person, die wir aber noch nicht zuordnen können, nachweisen konnten, wird nach den bisherigen Zeugenaussagen niemand überraschen. Dies gilt auch für die Fingerabdrücke, die wir sichergestellt haben. Hier fanden sich zudem auch Fingerabdrücke, die den Referenzwerten des Camper-Nachbarn zugeordnet werden konnten. Fingerabdrücke, die wir aufgrund der Form und Größe einer Frau zuordnen, sind wahrscheinlich von dieser Isi. Aber wie gesagt, es gibt keine Referenzwerte in unserer Datei. Auffällig war allerdings, dass ausgerechnet um den Toten herum im Küchenbereich und im kleinen Bad an allen exponierten Stellen alle Fingerspuren sehr sorgfältig abgewischt worden waren.«

»Und wie sieht es mit forensischen Spuren in Bezug auf den Vorbestraften Ludger Salewski aus?«, wollte Nina wissen.

»Fehlanzeige«, antwortete Sören. »Allerdings hätten wir auch keine erwartet, selbst wenn er der Mörder sein sollte. Es wäre schon ein großer Zufall, dass der mal ein Haar verloren hätte oder Ähnliches. Anders sähe es aus, wenn der Ermordete sich noch hätte wehren können. Dann könnten Hautpartikel unter den Fingernägeln vielleicht Aufschluss geben. Das ist aber nach dem Bericht der Rechtsmedizin hier nicht gegeben.«

»Sören, wahrscheinlich hast du diesbezüglich auch keine anderen Ergebnisse aus den Untersuchungen im Haus und im Auto des Toten«, vermutete die Soko-Leiterin.

»Das ist richtig«, bestätigte der Angesprochene. »Da kamen nur noch einige Fingerabdrücke und DNA-Spuren ohne Referenzwerte hinzu. Und von der Nachbarin fanden wir Fingerabdrücke im Haus, was verständlich ist, da diese sich um die Blumen und die Post gekümmert hat. Die Terrassentür ist schon älterer Bauart und wurde offensichtlich einfach mit einem Stemmeisen aufgehebelt.«

»Gab es noch Erkenntnisse aus dem Inhalt des Tresors?«, wollte Nina wissen.

»Ein Teil der Banknoten war noch druckfrisch. Die anderen Scheine auf Fingerabdrücke zu untersuchen, machte aus unserer Sicht keinen Sinn, da nicht davon auszugehen ist, dass der Mörder und/oder Einbrecher damit in Kontakt gekommen ist. Denn den Tresor hat ja erst meine Mitarbeiterin mit der Zahlenkombination geöffnet, die diese in eurem Beisein von der Ex-Frau des Toten erhalten hatte.«

»War denn überhaupt etwas Verwertbares in dem Safe?«, fragte Lars nach.

»Allerdings. In der im Safe vorgefundenen Mappe fanden wir hinter eine Lasche geklemmt einen einmal gefalteten DIN-A5-Zettel mit einer Morddrohung. Die Worte waren aus einer Zeitung ausgeschnitten und aufgeklebt worden. Nina müsste eine Kopie davon bereits in ihrem internen Messenger haben.«

»Es kam vorhin eine Nachricht. Aber ich habe noch gar nicht reingeschaut«, sagte die Angesprochene und projizierte das Bild mit dem Beamer an die Wand.

Dort stand zu lesen: »Du hast mir mein Haus, meine Frau, meine Tochter und meine Existenz genommen. Wenn ich es noch schaffe, dann nehme ich dein Leben!«

In diesem Moment betrat Kerstin Heese, die Kommissarin aus der Abteilung Wirtschaftskriminalität, den Raum. »Moin zusammen. Ich habe eine Ahnung, von wem diese Drohung stammen könnte«, sagte sie und ging auf einen freien Platz am Tisch zu, auf dem noch ein leerer Kaffeebecher stand.

»Moin, Kerstin! Schön, dass du dir die Zeit nimmst, um uns zu unterstützen«, begrüßte Nina die Kollegin aus Aurich.

»Nina, das ist mein Job und den mache ich sehr gerne, auch für euch! Aber bevor ich euch etwas über meine gerade geäußerte Vermutung sage, wie geht es Bert?«

»Er macht erfreuliche Fortschritte. Ich habe ihn am Wochenende in der Reha in Lingen besucht«, antwortete Nina. »Wir hoffen, dass er in zwei Wochen seinen Dienst hier wieder aufnehmen kann.«

Silke hatte der Wirtschaftsexpertin schon, ohne zu fragen, den Pott mit Kaffee gefüllt. Sie kannte deren Vorliebe, die diese so auszudrücken pflegte: »Kaffee stark und schwarz wie die Seele mancher meiner Kunden.«

»Danke, Frau Jansen, sehr nett von Ihnen!«, sagte Kerstin. Sie legte großen Wert auf etwas Distanz und war daher nur mit wenigen Kolleginnen und Kollegen per Du. Hier im Kommissariat waren das Nina, Bert und Sören, sowie auch ihr Kollege aus Aurich, Lars, der hier zurzeit das Soko-Team Wittmund unterstützte.

Nachdem sie einen Schluck getrunken hatte, fuhr sie fort: »Jetzt zu meiner Ahnung. Es muss etwa vier Jahre her sein, da erbte ein ehemaliger Mitschüler aus der etwas entfernteren Nachbarschaft von mir den Resthof seines Vaters, der zum Schluss da noch alleine gelebt hatte. Nach dem Tod seines Vaters verkaufte mein Schulkollege sein Haus in der Nähe von Wiesmoor und zog mit Frau und Tochter in sein früheres Elternhaus. Was folgte, ist eine ganz tragische Geschichte. Die muss ich euch erzählen, sonst versteht ihr die Zusammenhänge nicht.«

»Wir sind gespannt«, sagte Nina.

»Ich weiß leider nicht, was letztlich aus meinem Mitschüler und früheren Nachbarjungen, Arjen Freerksen, geworden ist. Das herauszufinden, ist dann euer Job«, meinte Kerstin. »Aber jetzt zu der doch recht bedrückenden Geschichte, wie sie manchmal leider das Leben schreibt und in der auch der Bausachverständige Theo Thönes eine Rolle spielte.«

Arjen Freerksen kam von der Arbeit nach Hause, als ihn seine Frau schon an der Haustür empfing: »Vater ist tot, die Polizei war gerade da. Sie haben ihn tot im Stall gefunden.«

Besonders zu berühren schien Arjen die Nachricht nicht. Jedenfalls ging er erst einmal wortlos in die Küche und holte die Schnapsflasche aus dem Kühlschrank. Nachdem er zwei Kurze getrunken hatte, sagte er schließlich: »Wurde ja mal Zeit! Hat sich wahrscheinlich totgesoffen.«

»Totgesoffen nicht, wie die Polizei sagte. Aber er ist wohl besoffen vom Speicher gestürzt. Obwohl wir ständig Ärger mit ihm hatten, tat er mir auch irgendwie leid.«

»Dafür hast du aber immer ganz schön über ihn geschimpft und das auch nicht zu Unrecht! Trotz seines Alters war er ganz schön mobil, bummste sich durch manche Rotlichtkneipe, Führerschein weg, dann fuhr er eben ohne. Und das hat er nicht erst gemacht, als meine Mutter unter der Erde war. Wahrscheinlich hat sie das auch schon früh ins Grab gebracht.«

»Jetzt ist er tot und ich frage mich doch irgendwo, hätten wir uns vielleicht mehr um ihn kümmern müssen?«

»Dann hätte er mich nicht rausschmeißen sollen. Aber du weißt doch selbst, mit ihm war ja nicht zu reden, selbst wenn er nüchtern war. Hatte wahrscheinlich sein ganzes Geld aus dem Verkauf der Felder und Weiden inzwischen verhurt und versoffen.«

Arjens Befürchtungen bewahrheiteten sich, zumindest zum großen Teil, wie der Termin beim Notar bestätigte. Der Hof war zum Glück schuldenfrei und es war auch noch etwas Geld auf dem Konto. Aber das Haus war nicht im besten Zustand, vor allem ungepflegt. Arjen überlegte mit seiner Frau, ob sie den Resthof verkaufen oder, wie ein Freund von ihm vorschlug, den seit Langem ungenutzten Stall- und Scheunenteil als Ferienwohnungen ausbauen sollten. Das würde noch ein schönes Zusatzeinkommen bringen und seine Frau könnte ihren Minijob aufgeben.

Schließlich zog Arjen mit seiner Frau und ihrer vierzehn Jahre alten Tochter in den Wohnteil des Gulfhofes seines Vaters ein. Nachdem entrümpelt, sauber gemacht und die Wände frisch gestrichen waren, konnte man sich darin sogar wieder wohlfühlen. Der Bauunternehmer, der den Umbau des Scheunenteils durchführte, meinte, dass die Bausubstanz der Scheune auf jeden Fall noch ganz gut wäre.

Arjen verkaufte sein Haus in Wiesmoor, um damit den Umbau zu finanzieren. Da er dort auch noch eine Resthypothek abzulösen hatte, war sein Budget unter Strich zwar ausreichend, aber doch ziemlich auf Kante genäht. Auf manches Extra, vor allem bei der

Ausstattung der Küchenzeilen und kleinen Bäder in den Ferienwohnungen, musste er verzichten.

Der Ausbau war so weit schon bis auf ein paar Restarbeiten abgeschlossen und die Bauabnahme stand an. Alles lief reibungslos, bis der Schornsteinfeger erhebliche Mängel am Schornstein feststellte. Dieser ging im Scheunenteil außen an der Trennwand zwischen den beiden Hausteilen von unten bis zum Dach. Es half nichts, er musste trotz der fertiggestellten Ferienwohnungen im Erdgeschoss und Obergeschoss rausgebrochen und neu aufgemauert werden.

Für die zusätzlichen Kosten musste Arjen die bereits bestehende Hypothek noch einmal aufstocken. Als Kraftfahrzeugmechaniker verfügte er über kein großes Einkommen und seine Frau hatte auch nur den Minijob. Daher würde das Geld mal gerade so für den nachträglichen Neubau des Schornsteins und die dadurch notwendige Wiederherstellung der betroffenen und schon bezugsfertig gewesenen Ferienwohnungen reichen.

Der Bauunternehmer wies eine Mitschuld an der nachträglich notwendigen zusätzlichen Baumaßnahme entschieden zurück. Natürlich wäre der Aufbau eines neuen Schornsteins vor Beginn des Scheunenumbaus zu einem Bruchteil des Kostenaufwandes, der jetzt anfiel, möglich gewesen. Aber sein ursprünglicher Bauauftrag bezog sich nach seinem Verständnis ausschließlich auf den Ausbau der Ferienwohnungen und nicht auf den alten Wohnhausteil, zu dem auch der Schornstein mit der Öl- und Kaminheizung gehörte. Aber es sollte noch schlimmer kommen.

Als die Bauleute oben neben dem Giebel begannen, mit Presslufthämmern den Schornstein, der zur Hälfte in die Zwischenwand der beiden Gebäudeteile eingemauert war, herauszuschlagen, brach auf einmal ein Teil des Giebels des Wohnteiles zusammen und stürzte mit den schweren Dachpfannen in die darunterliegenden Mansardenzimmer.

Eine Untersuchung des Gebälks zeigte einen irreparablen Schädlingsbefall, der sich allerdings noch nicht bis zum Scheunenteil durchgezogen hatte. Da der Dachstuhl im Scheunenteil keine Schäden aufwies, war auch niemand auf die Idee gekommen, mal auf dem Dachboden über den Mansardenzimmern des

Wohnteiles nachzuschauen. Weder der neue Hausherr noch der Bauunternehmer, der sich für diesen Teil ohnehin nicht zuständig fühlte.

Für Arjen und seine Frau ein Riesenproblem. Woher das zusätzliche Geld für die Reparatur des Dachstuhles nehmen? Wobei beide auch von Freunden unterstützt der Meinung waren, dass dafür eigentlich der Bauunternehmer verantwortlich war. Schließlich hatten seine Mitarbeiter durch die Vibrationen der Presslufthämmer den Dachstuhl erst zum Einsturz gebracht.

Am Ende landete der Fall vor dem Landgericht Aurich. Das Gutachten des Sachverständigen Theo Thönes bestätigte allerdings eindeutig die Auffassung des Bauunternehmers. Nach seinem Gutachten hätte schon ein heftiger Herbststurm oder eine geringe Schneemenge im nächsten Winter gereicht, um den stark befallenen Dachstuhl zum Einsturz zu bringen.

Arjens Anwalt argumentierte vor Gericht, dass bei Sturm ja die Versicherung hätte zahlen müssen, wobei die Ursache, der Sturm, die Grundlage für den Anspruch auf Versicherungsleistung gewesen wäre. Dementsprechend seien dann ja auch die Arbeiten mit den Presslufthämmern die Ursache für den Einsturz und damit läge die Verantwortung – vergleichbar mit der Versicherung – doch eindeutig beim Bauunternehmer. Aber das ließen die Richter nicht gelten.

Schließlich endete das Ganze damit, dass der Ferienhof unter den Hammer kam. Und da der Verkaufserlös aus der Versteigerung nicht reichte, um Gerichtskosten, Hypotheken und den Bauunternehmer zu bezahlen, blieb Arjen noch auf einem Haufen Schulden sitzen. Sein Gehalt als Kraftfahrzeugmechaniker wurde bis auf den unpfändbaren Teil heruntergekürzt. Ihm blieb für eine kleine Mietwohnung und seine Familie nicht viel mehr zum Leben als einem Sozialhilfeempfänger.

Schließlich konnte er es nicht mehr ertragen und griff wie sein Vater zur Flasche. Es dauerte nicht lange und er verlor seine Arbeit und seinen Führerschein. Seine Frau warf ihn daraufhin aus der gemeinsamen Wohnung und beantragte für sich und die Tochter Hartz IV. Von einem früheren Freund Arjens, der in Leer in der Nähe des Bahnhofs arbeitete, erfuhr sie, dass er diesen dort gelegentlich zusammen mit Obdachlosen saufend gesehen hatte.

Eines Tages war seine Tochter, inzwischen siebzehn, mit ein paar Freundinnen zu einem Bummel in Leer. Sie warteten auf den Bus nach Hause, als die junge Frau etwas abseits des Bahnhofsgebäudes ein paar ältere Obdachlose entdeckte. Kurzentschlossen fasste sie sich ein Herz und sprach die Männer an: »Moin, kennt einer von euch Arjen?«

»Arjen, Kfz-Mechaniker aus Wiesmoor?«, fragte einer der Männer und nahm einen tiefen Schluck aus einer Flasche.

Die junge Frau bestätigte.

»Arjen und ich waren mal dort Kollegen in einer Autowerkstatt. Ja, eine Zeit lang war der öfter mal hier. Aber er meinte, er hätte noch was zu erledigen, und wenn es das Letzte wäre, was er auf dieser Welt erledigen würde. Das waren seine Worte. Deshalb wollte er sogar auf Entzug gehen.«

Einer der anderen Männer pflichtete seinem Kollegen bei: »Stimmt. Ich hab noch gedacht, bin mal gespannt, wann der hier wieder auftaucht.«

»Und, ist Arjen nochmal wieder hier gewesen?«

»Nee«, antwortete Arjens ehemaliger Kollege. »Aber könnte auch sein, dass er doch nach Irland gegangen ist. Da hatte er nämlich einen Cousin, der ihm wohl mal am Telefon gesagt hatte, dass er zu ihm kommen sollte. Aber sag mal, warum interessiert dich das?«

»Ich bin seine Tochter.«

»Ist nicht wahr. Dann kenn ich dich. Du kamst damals gerade in die Schule. Kurz darauf starb meine Frau. Na, und dann …« Der Mann nahm wieder einen tiefen Zug aus der Flasche.

»Naja, wer weiß, vielleicht ist Arjen Freerksen ja tatsächlich bei seinem Cousin in Irland«, beendete die Wirtschaftskommissarin ihre Geschichte. »Jedenfalls traf ich vor einiger Zeit zufällig seine Frau mit ihrer Tochter in Aurich, die mir die ganze Geschichte erzählten. Wir hatten mit der Nachbarschaft zusammen seinerzeit noch einen Begrüßungskranz für Arjen und seine Frau über die Tür seines geerbten Hauses gehängt, als sie einzogen. Und kurz darauf kam alles schon unter den Hammer. Und dass Arjen Theo Thönes dafür verantwortlich machte, wussten alle in der Nachbarschaft.«

»Traurige Geschichte«, stimmte Nina ihrer Kollegin zu. »Allerdings lässt diese die Frage offen: Ist der tatsächlich bei seinem Cousin in Irland und wurde deshalb nicht mehr gesehen? Und dann die nächste Frage: War er vielleicht am letzten Wochenende in Neuharlingersiel, um seine Drohung wahrzumachen?«

»Wie gesagt, Nina, das ist euer Job, das herauszufinden. Denkbar wäre alles. In der Schulzeit gehörte Arjen zu den Jungs, die tun, was sie sagen, positiv wie negativ. Er war jedenfalls kein Schwätzer. Deswegen blieb er auch seinem Vater gegenüber konsequent. Aber daher traue ich ihm auch zu, dass er das mit dem Entzug ernst gemeint hat.«

»Und das mit der Drohung?«, hakte Rita ein.

»Das leider wohl auch!«, gab Kerstin zurück. »Seine Wut auf Thönes war riesengroß. Obwohl formaljuristisch Thönes nichts vorzuwerfen war, wie auch das Urteil des Landgerichtes bestätigte. Aber Recht und Gerechtigkeitsempfinden sind nun mal zwei ganz verschiedene Paar Schuhe.«

»Fragt sich: Wie kommen wir an die Telefonnummer und an die Adresse seines Cousins in Irland?«, wollte Lars wissen.

»Wo der in Irland genau wohnt, konnte Arjens Frau nicht sagen. Danach hatte ich sie gefragt. Vielleicht wollte sie es auch gar nicht wissen. Allerdings war ihr bekannt, dass es da einen Cousin gab. Vielleicht nehmt ihr mal mit ihr Kontakt auf. Es könnte ja sein, dass sie noch alte Unterlagen von ihrem Ex-Mann hat, in denen ihr nachforschen könnt. Vorausgesetzt, dass sie nichts dagegen hat, denn sie war nämlich nicht gut auf ihren Ex-Mann zu sprechen. Gerade wenn es stimmen sollte, dass er nicht mehr trinkt und tatsächlich bei seinem Cousin ist, während sie und ihre Tochter zusehen können, wie sie finanziell über die Runden kommen. Aber auch sie machte nach wie vor Thönes dafür verantwortlich.«

»Muss seine Frau denn auch noch für die Schulden aufkommen, die bei der Versteigerung des Ferienhofes übriggeblieben sind?«, wollte Silke wissen.

»Soweit ich weiß, war er alleiniger Erbe des Gulfhofes und damit auch alleiniger Schuldner gegenüber der Bank und dem Bauunternehmer. Seine Frau hatte zu der Zeit nur einen Minijob und konnte somit nicht wesentlich zur Verbesserung der Kreditwürdigkeit gegenüber der Bank beitragen. Als ich mit ihr sprach, hatte sie wieder einen Fulltimejob, wie sie sagte.«

»Haben Sie eine Adresse und Telefonnummer von der Frau?«, hakte Silke nach. »Dann könnte ich, wenn Nina damit einverstanden ist, bei ihr nachfragen. Vielleicht ist sie kooperativ, wenn ich ihr sage, dass es doch vor allem auch für ihre Tochter wichtig wäre, wenn wir ihren Vater als Verdächtigen im Mordfall Thönes ausschließen könnten.«

»Gute Idee, Silke. Wenn das jemand schafft, dann du als ostfriesische Ureinwohnerin«, stimmte die Soko-Leiterin zu.

»Adresse und Telefonnummer habe ich mir von ihr geben lassen und in meinem Handy gespeichert. Bei solchen Geschichten weiß man ja nie, wofür das mal gut sein kann, wie sich jetzt wieder zeigt. Ich gebe sie Ihnen nachher.«

»Wirklich eine tragische Geschichte«, stellte auch der Forensikleiter fest. »Ich wollte nur noch sagen, weil ihr mit Kollegin Heese gleich darüber reden werdet, dass wir die Klientenakten aus dem Büro des Sachverständigen erst einmal bei unseren Asservaten gesichert haben. Sie dort in dem jetzt unbewohnten Haus zu lassen, wäre mir zu leichtsinnig erschienen, zumal da schon einmal eingebrochen worden war. Also, falls ihr Informationen braucht, die in den digitalen Akten nicht zu finden sind, vielleicht befinden sich diese in den Aktenordnern. Die Informationen über das Krypto-Wallet und das Bargeld habt ihr ja vorliegen. Wenn ihr im Moment keine Fragen mehr an mich habt, dann bin ich mal wieder weg.«

8. Kapitel

Ludger Salewski beschlich auf einmal wieder dieses untrügliche Gefühl, dass er beobachtet wurde, als er aus dem Mac Pomm kam und sich auf den Weg zu seinem Auto machen wollte. Das hatte ihn schon oft davor bewahrt, von den Bullen geschnappt zu werden.

Während er sich eine Zigarette anzündete, versuchte er mit Blicken aus den Augenwinkeln seine Umgebung zu scannen. Aber der Bahnhofvorplatz des Bochumer Hauptbahnhofes zeigte die übliche Betriebsamkeit. Gerade hielt eine Straßenbahn und Leute stiegen aus und ein. Beim Taxistand lud der Fahrer die Tasche einer Frau in den Kofferraum. Aber da, was war mit dem, der sich gerade gegen den Wind versuchte eine Zigarette anzustecken?

Sein Auto parkte Ludger niemals in unmittelbarer Nähe zu den Orten, wo er sich aufhalten oder etwas erledigen wollte, geschweige denn in einem Parkhaus. Im Fall des Falles war da viel zu schlecht schnell wegzukommen. Sein Wagen stand in einer Seitenstraße, aber er ging nicht direkt dorthin. Der Typ mit der Zigarette hatte sich, ohne sie anzuzünden, auch in Bewegung gesetzt. Der tat dabei viel zu unauffällig. Für den Instinkt eines Mannes mit der Erfahrung Salewskis war allein das schon auffällig genug. Dann ging die linke Hand des Mannes vor seinen Mund und verhielt dort für eine Sekunde zu lang. Das war ein Bulle, der sich mit einem Kumpel über Funk abstimmte.

Oh Mann, wenn ihr wüsstet, wie blöd ihr seid, ging es dem Kriminellen mit einem Grinsen durch den Kopf. Aber den Zweiten hatte er noch nicht entdeckt. Er wechselte die Richtung. Da sah er auf der gegenüberliegenden Straßenecke auch einen Mann stehen, der gerade die linke Hand unter dem Kinn hatte, und auch da eine Sekunde zu lang, als dass er sich nur gekratzt haben könnte. Das war der Zweite. Er wurde also observiert. Nicht das erste Mal. Damit kannte er sich aus. Für ihn stand fest, die musste er loswerden, bevor er sein Vorhaben starten konnte.

Nachdem er ein paarmal die Straßenseiten und auch die Straßen gewechselt hatte, glaubte er, sich der Straße nähern zu können, in der sein Auto stand. Sicherheitshalber ging er erst einmal daran vorbei und vor bis zur nächsten Straßenecke. Er ahnte jedoch nicht, dass einer der beiden, die ihm gefolgt waren, ihn mehr oder weniger zufällig gesehen und trotz einer anderen Perücke erkannt hatte, als er aus seinem Auto ausgestiegen und zum Bahnhof gegangen war. So konnte er auch nicht wissen, dass inzwischen ein Zivilfahrzeug der Polizei kurz neben seinem Auto gehalten hatte. Seitdem hing ein Peilsender mit einem starken Magneten unter seiner Karosserie.

Der Wagen war für ihn erst letzte Woche in der Nähe seiner Unterkunft abgestellt worden. Salewski schaute auf die Uhr, neun Uhr dreißig. Er hatte einen Job zu erledigen. Es war sein letzter Auftrag vor seinem Rückflug nach Malta. In speziellen Kreisen nannten sie ihn den »Cleaner« und nur ganz wenige kannten seinen wirklichen Namen, geschweige denn ihn persönlich, da er mit ständig wechselnden Identitäten und verändertem Aussehen arbeitete. Nur wenn er mit seinem Bruder unterwegs war, war er Ludger Salewski, und dann auch ohne Haare. Seine Aufträge erhielt er über das Darknet. Ausweis, passender Führerschein und Fahrzeugschein hatten auch diesmal wieder im Handschuhfach des Wagens gelegen.

Er wusste manchmal noch nicht einmal, wer seine Auftraggeber wirklich waren. Wichtig war: fünfzig Prozent Vorkasse auf ein Krypto-Wallet oder auf ein Konto auf Malta, Rest nach Erledigung. Zufällig waren vor vier Wochen drei Aufträge fast gleichzeitig reingekommen. Wenn er diesen letzten noch erledigt hatte, würde er so viel Einnahmen auf seinen geheimen Konten haben, wie ein gut bezahlter Angestellter in drei Jahren brutto verdiente.

Aber auch er hatte schon mal Lehrgeld bezahlen müssen. Dabei waren ihm noch das Glück und vor allem ein guter Anwalt hold gewesen. Aber immerhin sechs Jahre Gefängnis, davon zwei auf Bewährung. Als besonders vorteilhaft hatte sich allerdings sein Gefängnisaufenthalt im Nachhinein dadurch erwiesen, dass ein Zellennachbar in der JVA ein alter Profi war. Auch den hatte quasi Kommissar Zufall in den Knast gebracht. Dabei war es auch bei dem ähnlich gelaufen wie bei ihm. Er hatte sich auch »nur«

wegen einer Tat im Affekt ein paar Jährchen eingehandelt. Salewski musste bei dem Gedanken an diese Zeit unwillkürlich grinsen.

»Junge, du musst, wenne wieder raus biss, hier ganz vonne Bildfläche verschwinden«, hatte Kalle zu ihm gesagt. »Wenn du in Deutschland bleibst, ham se dich bei deinem Spezialjob immer irgendwie im Fokus. Am besten ins europäische Ausland, wo die Kontrollen nicht so streng sind, zum Beispiel Malta. Da ist dat nach EU-Recht mit dem Aufenthalt kein Problem. Zudem kannze noch Sonne, Wind und Wellen wie im Urlaub nutzen.«

»Und wovon lebe ich dann?«, fragte er seinen Mithäftling beim Hofgang.

»Wovon haste denn gelebt, bevor se dich geschnappt haben? Du bist zwar noch jung. Aber ich hatte schon von dir gehört, bevor ich hier reinkam. Da sprach mal einer mit großem Respekt vom ›jungen Cleaner‹. Und dann treff ich dich hier inne Kiste. Ich dachte, dat darf doch nich wahr sein. Wie konnte dat ausgerechnet dir passieren, dat se dich geschnappt ham?«

»Zufall. Reiner Zufall. Et war nachts auf einem nur schwach beleuchteten Autobahnparkplatz. Ein LKW schirmte mich gegen neugierige Blicke der anderen Trucker, die ihre Ruhepause machten, gut ab. Brauchte für mein Geschäft ja keine Minute. Aber da kam plötzlich eine zivile Bullenstreife gerade in dem Moment auf den Parkplatz gefahren und hatte mich voll im Scheinwerferlicht, als ich bei dat Cleanen war.«

»Und dann kamste nich schnell genug weg, oder wie?«

»Doch, die Bullen mussten sich ja erstmal um den Toten kümmern, aber nicht lang genug. Meine Kiste, die se mir für den Job hingestellt hatten, war nicht schnell genug und schon hatte ich die Bullen wieder im Nacken. Wollte runter von der Autobahn, aber ausgerechnet da ganz enge Ausfahrt. Mit der linken Seite voll in die Leitplanke gerauscht und dann kam ich nicht schnell genug über die Beifahrertür raus.«

»Scheiße!«, sagte Kalle.

»Kannze wohl laut sagen. Sechs Jahre. Wie du schon sachs, Scheiße.«

»Ludger, da musse durch. Is bei mir auch nich dat erste Mal. Am besten immer kooperieren, nich auffallen, nach psychologischer Betreuung fragen und auch regelmäßig hingehen. Dat macht sich gut, wenn et um Freigang und Bewährung geht!«

Beim nächsten Hofgang suchte Salewski wieder das Gespräch mit dem offensichtlich erfahrenen Knastbruder.

»Kalle, ich hab nachgefragt, wegen Termin bei der Psychotante. Aber die haben mich auf die Warteliste gesetzt. Und der Schichtführer hat mich gefragt, wieso ich plötzlich psychologische Betreuung wollte. Danach hätt ich ja über zwei Jahre nich gefragt.«

»Na klar. Wenne gleich von Anfang an danach gefragt hätz, hätze auch schon längst mehr Freigang.«

»Und, wat mach ich jetz?«

»Hasse nich ne Story, datte als Kind missbraucht wurdest? Dat hilft immer!«

»Nee, zum Glück nich. Aber wo du dat sachs, als ich dat letzte Jahr im Kinderheim war, kam ein neuer Kumpel auf die Stube. Der hatte dat mit seinem Stiefvatter erlebt. Damals dachte ich, der Typ wollte sich mit den Scheißgeschichten wichtigmachen. Wat der da allet für Storys erzählt hat, über dat, wat der Olle mit ihm gemacht hat, dat willze nich wissen.«

»Doch, dat sind doch genau die Storys für die Psychotante, un dat möglichst in allen verfickten Einzelheiten!«

»Glaubt mir doch kein Mensch, wenn ich plötzlich mit sowat ankomme.«

»Da kam doch vor Kurzem sonne Geschichte in den Nachrichten, wo die Bullen auf nen ganzen Internetring gestoßen sind. Da sagse der Aufsicht, datte seitdem immer so Albträume häts. Der Bericht hätt alles wieder hochgespült, watt dir bei euch zu Hause ein Nachbar angetan hatte. Eigentlich tätze dich ja dafür schämen und et fällt dir schwer, darüber zu reden. Dann sollze mal sehen, wie schnell du bei der Psychotante biss. Und dann nich mit Details sparen! Un datte dat immer wieder in deine Albträume siehs un schweißgebadet aufwachs. Die ganzen Jahre hättse dat verdrängt gehabt, aber jetz wär dat auf einmal allet wieder da. Jede Nacht!«

»Un wat meinze, wat dat bewirken soll?«

»Wenne ganz großet Glück hass, dann veranlasst die Psychotante eine Wiederaufnahme deines Verfahrens. Denn eigentlich bisse ja noch nicht einmal für den Affekt verantwortlich. Also noch mehr mildernde Umstände und vielleicht sogar frei, aber zumindest für den Rest Bewährung.«

Für eine Wiederaufnahme des Verfahrens reichte es zwar nicht, aber Freigang und Aussetzung der Reststrafe zur Bewährung waren ja auch schon ein Erfolg. Dafür war er Kalle bis heute dankbar, der inzwischen auch wieder raus war, und sie hatten auf Malta schon manches Bier zusammen getrunken.

Salewski war inzwischen bei seinem Wagen angekommen. Er hatte immer wieder verstohlen seine Umgebung gescannt, und es schien kein Bulle mehr in seiner Nähe zu sein. Er war sich aber nicht sicher, ob er die wirklich abgehängt hatte, zumal er nur einmal durch eine Einfahrt über einen Innenhof und durch Klettern über eine Grundstücksmauer in den parallel verlaufenden Straßenzug hatte wechseln können. Aus Erfahrung wusste er: Wenn sich die Bullen zu leicht abschütteln ließen, dann hatten die Alternativen. Eine davon war ein Peilsender am Auto.

Kurz nachdem er losgefahren war, kam er an einer kleinen Tankstelle vorbei, die eine Selbstwaschanlage im Hinterhof mit der Ausfahrt zur Straßenseite hatte. Er machte eine Schleife ums Karree und fuhr direkt in den Hinterhof. Außer ihm war am Vormittag niemand vor der Einfahrt zur Waschanlage und es gab auch keine Überwachungskameras. Die waren vorne bei den Zapfsäulen. Er tat so, als wenn er mit dem Hochdruckreiniger unter dem Wagen reinigen wollte. Gleich darauf hatte er den Peilsender entdeckt.

Als Erstes wollte er spontan den Sender entfernen und dann weiterfahren. Diesen Gedanken verwarf er aber wieder. Er musste davon ausgehen, dass die Bullen wahrscheinlich vorne an der Straße auf dem hier reichlich vorhandenen Parkstreifen standen und ihn bei seiner Einfahrt auf die Straße voll im Blick hatten. Wenn sich der Peilsender dann nicht bewegte, würden sie wissen, dass er den entdeckt hatte.

Ihm kam eine andere Idee, auch ein Tipp von Kalle, der, was das anging, ein ausgebuffter Typ war. Sonst mied Salewski ja Parkhäuser wie der Teufel das Weihwasser. Aber genau das brauchte er jetzt. Schließlich entdeckte er einen Elektronik-Discounter mit darüberliegenden Büroetagen. Nachdem er in der dazugehörenden Tiefgarage einen etwas abgelegenen Parkplatz gefunden hatte, holte er seine Reisetasche aus dem Kofferraum, setzte sich eine Langhaarperücke auf, mit der er auch vor vier Wochen nach Frankfurt gekommen war, und wechselte die Jacke.

Im Boden der präparierten Tasche war über der integrierten Griffschiene ein längliches Werkzeug unter dem Stoff versteckt, mit dem man Autos knacken konnte. Was aber durch die dahinter verlaufende Metallgriffschiene der Tasche beim Scannen der Security in den Flughäfen noch nie entdeckt worden war.

Das Werkzeug würde er jetzt brauchen. Der Teil des Parkhauses, in dem er den Wagen geparkt hatte, war für Angehörige des Bürohochhauses reserviert, wodurch um diese Zeit dort kein Mensch zu sehen war, im Gegensatz zu der ständigen Fluktuation bei den Parkplätzen für den Elektronik-Discounter.

Schon bei der Suche nach einem freien Parkplatz hatte Salewski zwei Fahrzeuge ins Visier genommen. Einen alten VW Passat und einen alten Opel Vectra. Bei diesen älteren Fahrzeugen war nicht mit elektronischen Wegfahrsperren und Sicherungen zu rechnen. Das Knacken des VW Passats war für ihn eine der leichtesten Übungen. Schließlich hatte er in jungen Jahren schon so manches Auto auf diese Art geknackt.

Kurz vor der Ausfahrt stellte er den Wagen mit laufendem Motor ab und hatte Glück, dass beide Parkautomaten frei waren. Als er gerade wieder in den Passat einsteigen wollte, fiel ihm ein Wagen auf. Der Fahrer zog gerade das Ticket zur Öffnung der Schranke zur Einfahrt. Es war einer der beiden Bullen, die ihn am Bahnhof beschattet hatten. Von ihm hatte der Mann keine Notiz genommen und gleich darauf die Scheibe wieder hochfahren lassen, um dann in die Tiefgarage einzufahren. Salewski musste grinsen und zeigte im Geiste dem Bullen den Mittelfinger.

Inzwischen war es nach halb elf. Er war immer noch gut in der Zeit und sehr gespannt, ob es heute klappen würde, im Gegensatz zum vergangenen Mittwoch und Freitag. Dann könnte er am Nachmittag noch den Flug von Düsseldorf nach Malta nehmen. Diese Flüge waren, selbst in der Ferienzeit, selten ausgebucht, anders als zum Beispiel die Flüge nach Mallorca. Daher ging er als Einzelfluggast davon aus, auch ohne Vorbuchung sicher noch einen Platz zu bekommen.

Nachteil bei dem alten Passat war, dass dieser kein Navi hatte. Allerdings kannte sich Salewski auch in Bochum recht gut aus. Schließlich wohnte sein Bruder hier, den er gelegentlich besuchte. Wie er zum Westpark mit der Jahrhunderthalle kam, wusste er. Zudem gab es auf dem Weg dorthin Beschilderungen. Die Strecke von Bochum nach Düsseldorf kannte er allerdings nicht. Da würde er nach der Beschilderung fahren müssen. Sein Prepaid-Smartphone konnte er als Navi nicht einsetzen, da er das GPS ausgeschaltet hatte. Er wollte doch im Fall des Falles den Bullen keine Steilvorlage mit seinem GPS-Bewegungsprofil liefern.

Am Mittwoch und Freitag war er bereits beim Westpark gewesen, wobei er den Mittwochvormittag ausgiebig für eine Geländeerkundung zu Fuß genutzt hatte. Daher wusste er auch, wo sein Zielobjekt das Auto abstellte: in der Nähe der Gahlenschen Straße bei dem kleinen Brachgelände vor der Zufahrt zum Parkhaus der Jahrhunderthalle, wie es auch bereits in der Kurzinformation zum Auftrag gestanden hatte.

Von dort lief der Mann, sein Zielobjekt, durch ein kleines Waldstück den Weg zur ehemaligen Erzbahntrasse rauf, um an dieser Stelle seinen Rundlauf zu beginnen. Montags, mittwochs und freitags joggte er in der Mittagspause dreimal um die etwa eineinhalb Kilometer lange Strecke rund um das Westpark-gelände mit der Jahrhunderthalle.

Am Freitag hätte Salewski eigentlich schon seinen Auftrag abschließen und nach Malta zurückkehren wollen. Aber da war sein Zielobjekt mit einer Frau unterwegs gewesen, und die beiden hatten sich nach nur einer Runde ganz in der Nähe, wo der Cleaner in seinem Versteck zwischen dichtem Gebüsch saß, intim vergnügt.

Einen Moment war ihm sogar der Gedanke gekommen, seinen Auftrag zu erledigen und anschließend mit der sehr attraktiven

Frau auch noch ein wenig Vergnügen zu haben. Ob eine oder zwei Seelen die Reise wohin auch immer angetreten hätten, war für ihn bedeutungslos. Nach seiner Wahrnehmung wäre die junge Frau in diesem Fall als Kollateralschaden einfach nur zum falschen Zeitpunkt am falschen Ort gewesen. Denn mit seinem Auftrag hatte sie ja nichts zu tun. Was ihn schließlich trotz seiner verrücktspielenden Hormone davon abhielt, war, dass das Risiko einfach zu groß gewesen wäre. Immerhin hätte er zwei Personen bis zum Ableben gleichzeitig unter Kontrolle halten müssen.

Er selbst parkte seinen Wagen in der Nähe der Einmündung der Straße An der Maarbrücke zur Gahlenschen Straße. Ganz in der Nähe gab es einen Durchgang zu dem Brachgelände. Dass das Betreten verboten war, hinderte ihn nicht. Auf jeden Fall konnte er so, ohne dass sein Zielobjekt ihn vom Parkplatz aus hätte sehen können, sein ausgewähltes Versteck neben dem Zugangsweg zur alten Erzbahntrasse erreichen. Dass er dabei ein paar Meter durch dichtes Gestrüpp musste, störte ihn wenig, im Gegenteil. Gut war für ihn, dass er gerade durch zwei Büsche durch von seinem Versteck aus den Parkplatz seines Zielobjektes sehen konnte, zumindest das Dach des Autos. Dadurch hatte er auch am Freitag gleich gesehen, dass sein Zielobjekt nicht allein war.

Er hatte seinen Parkplatz in der Straße An der Maarbrücke erreicht. Das benötigte Werkzeug zur Durchführung seines Auftrages steckte im Futter seines leichten Blousons. Zum Glück war heute ein etwas kühlerer Tag und die Jacke daher sogar zu dem Wetter passend. Zusätzlich hatte er sich diesmal einen Elektroschocker eingesteckt für den Fall, dass sein Zielobjekt wieder in Begleitung kommen sollte. Das hätte für ihn den Vorteil, dass er in jedem Fall heute noch seinen Flieger nehmen könnte und zusätzlich noch ein lustvolles Vergnügen hätte. Ja, wenn er ehrlich war, wünschte er sich das sogar. Es stand bereits ein Auto dort, wo sein Zielobjekt in der letzten Woche geparkt hatte. Ob jemand im Auto saß, konnte Salewski auf die Entfernung nicht ausmachen.

Pünktlich kurz nach zwölf stellte sein Zielobjekt seinen Wagen an der gleichen Stelle ab wie zuvor an den anderen Tagen und ging zu dem anderen Wagen, aber es schien niemand drin zu sein.

Salewski ertappte sich bei enttäuschten Gedanken und Empfindungen, dass die junge, gut gebaute Frau diesmal nicht dabei war, wo er sich doch extra heute darauf vorbereitet hatte. Aber es blieb ihm nicht viel Zeit, einem entgangenen »One-Day-Stand« nachzutrauern.

Sein Zielobjekt hatte keine hundert Meter bis zu seinem Versteck, von wo aus der Weg dann recht steil zur ehemaligen Erzbahntrasse raufführte. Salewski hatte sich Handschuhe angezogen und sein Werkzeug aus dem Futter herausgeholt. Es war ein etwa fünfzig Zentimeter langer Stahldraht, der links und rechts jeweils mit einem quer sitzenden kleinen Holzgriff abgeschlossen wurde. Er verwendete oft wechselnde und dem jeweiligen Auftrag und der Situation angepasste Tötungswerkzeuge.

Hier musste es schnell und möglichst lautlos gehen. Auch wenn dieser Zuweg zur Erzbahntrasse selten genutzt wurde, wie er schon in der vergangenen Woche herausgefunden hatte, war dennoch nicht auszuschließen, dass plötzlich ein Spaziergänger oder Jogger auftauchen konnte.

Die Laufschritte auf dem Sandweg wurden lauter und Salewskis Muskeln und Nerven waren angespannt.

»Hilfe, Hilfe!«, stöhnte er mit leiser rauer Stimme. »Hilfe, ich kann nicht aufstehen!«

»Was ist passiert?«, fragte sein Zielobjekt. Dann schob der Mann mit den Händen die Zweige der beiden Büsche auseinander und steckte den Kopf hindurch, um zu sehen, wo der Verletzte lag, der um Hilfe gerufen und zum Schluss nur noch leise gestöhnt hatte.

Im gleichen Moment schnürte der tief einschneidende Stahldraht unerbittlich die Blutzufuhr zum Gehirn und jegliche Luft durch die Atemwege zur Lunge für immer ab. Der Mann verlor das Bewusstsein und Salewski zog ihn, ohne lockerzulassen, mit der Drahtschlinge zwischen den beiden Büschen durch in sein Versteck. Keine Sekunde zu früh, denn im gleichen Moment näherten sich Laufschritte, die den steilen Zuweg hinunterkamen.

Der Mörder verhielt sich leise, und erst als er davon ausgehen konnte, dass der Jogger bei den parkenden Autos sein müsste, lockerte er den Draht und schaute durch die Buschlücke, ob die Luft wieder rein war. Zu seiner Enttäuschung sah er, wie die junge Frau von letzter Woche an ihrem Auto stand und Dehnungsübungen machte. Wenn er das geahnt hätte, wäre er doch noch zu seinem erotischen Abenteuer gekommen.

Aber jetzt musste er möglichst schnell durch die Büsche in Richtung Gahlensche Straße von hier verschwinden. Mit einem Papiertaschentuch entfernte er das Blut seines Opfers von dem Draht. Nachdem er Taschentuch, Draht und die Handschuhe sorgfältig verstaut und sich nochmal vom Tod seines Zielobjektes überzeugt hatte, trat er ungesehen seinen Rückzug an. Das Opfer ließ er an Ort und Stelle einfach so liegen.

Die junge Frau unterbrach ihre Dehnungsübungen. Merkwürdig, dachte sie, eigentlich hätte Holger mir doch wie verabredet entgegenkommen müssen. Sein Auto steht ja hier. Aber vielleicht ist der gleich mit der Decke in unsere Kuschelecke gegangen, denn heute ist es ja nicht so warm wie letzte Woche.

Sie ging ungefähr fünfzig Meter zurück und verließ zwischen zwei Büschen, die unter einem Baum standen, den Weg. Enttäuscht kam sie kurz darauf wieder auf den Weg zurück. Da schon vor einer halben Stunde ein wenig die Sonne herausgekommen war, hatte sich Holger vielleicht ein schattenfreies Plätzchen gesucht. Davon gab es hier auf dem Wegstück ja einige, die sicher auch an Sommerabenden von manchen Jungverliebten für ein Date genutzt wurden, wie einige typische Hinterlassenschaften bei den Büschen vermuten ließen.

Sie ging ein Stück weiter, auch dort gab es ein Plätzchen, bei dem sie sich schon getroffen hatten. Aber wieso hatte Holger dann nicht auf dem Weg auf sie gewartet? Merkwürdig, ob er vielleicht Angst davor hatte, dass seine Frau ihm nachspionierte? Aber er hätte doch ihre Laufschritte hören müssen und sich denken können, dass sie es war. So viele Leute liefen doch hier nicht.

Noch während sie ihren Gedanken nachhing, zwängte sie sich durch die Zweige und schrie entsetzt auf. Da lag Holger und starrte sie aus erloschenen Augen an. Trotzdem wollte sie nach dem Puls fühlen und schrie erneut auf, als sie den blutigen Einschnitt am Hals sah.

Mit zitternden Händen fingerte sie ihr Handy aus der engen Tasche ihrer Dreiviertel-Jogginghose und wählte den Notruf. In dem Moment, als sich am anderen Ende eine Frauenstimme meldete, fiel ihr plötzlich ein, dass ja Holgers Frau erfahren würde, dass sie sich hier mit ihrem Mann hatte treffen wollen, wenn sie jetzt ihren Namen nannte.

Daher sagte sie: »Hier liegt ein toter Mann in den Büschen. In der Buschreihe neben dem Brachstück zwischen der Gahlenschen Straße, der Erzbahntrasse am Westpark und der Zufahrt zum Parkhaus der Jahrhunderthalle. Ich wollte gerade pinkeln, als ich den Mann da sah.« Dann rief sie mehrmals »Hallo, hallo … ich kann Sie nicht mehr hören« und brach das Telefonat ab. Sie schaltete ihr Handy aus und lief zu ihrem Auto zurück.

Im Auto nahm sie die SIM-Karte aus ihrem Smartphone. Zum Glück habe ich ein Prepaid-Handy, dachte sie und war froh, dass sie auch das GPS ausgeschaltet hatte. Holgers Frau war ja auch ihre Chefin und hatte schon mal so einen Verdacht gegen sie gehabt. Wenn das rauskäme, dass sie sich hier regelmäßig mit ihrem Chef getroffen hatte, würde sie ihren gut bezahlten Job als Chefsekretärin vergessen können.

Also machte sie sich schleunigst auf den Weg zur gar nicht weit entfernten Firma. Erst unterwegs kam ihr der Gedanke, dass sie ihren Job in jedem Fall würde vergessen können. Ohne den Chef für den kaufmännischen Bereich auch keine Sekretärin. Und ob ein neuer Chef für diesen Bereich sie übernehmen würde, war fraglich. Die Chefin hatte ihr Büro in der Produktion und ihre eigenen Leute. Die würde sie mit Sicherheit nicht übernehmen.

Aber jetzt kam es erstmal darauf an, nicht aufzufallen und sich nichts anmerken zu lassen. Sie war eine gute Schauspielerin. Ihr würde man bestimmt nichts anmerken, auch wenn sie innerlich doch ziemlich aufgewühlt war. Doch auf das Schauspielern war sie dank der regelmäßigen Dates trainiert. Sonst durfte ihr auch niemand ansehen, dass sie von einem sportlichen Sexvergnügen mit ihrem Chef kam. Und jetzt durfte keiner merken, dass sie diesen tot aufgefunden hatte.

In der Firma nutzte sie den Hintereingang, der auch keine Videoüberwachung hatte und bei dem auch gleich die Räume mit den Spinden standen. Da die Leute aus der Produktion nur in staubfreien Räumen arbeiteten, gab es hier auch Duschen und die Schleusen zu den Produktionsräumen, die nur mit entsprechender Schutzbekleidung betreten werden durften.

Auch sie als Chefsekretärin hatte hier unten einen Spind. Als sie frisch geduscht wieder an ihrem Schreibtisch saß, kam die Chefin. »Waren Sie zum Laufen beim Westpark?«, wollte sie wissen.

»Nein, ich war im Fitnessstudio«, log die junge Frau. »Mir war das heute ein wenig zu kühl, da habe ich meine Runden auf dem Laufband gemacht.«

»Ich kann meinen Mann nicht auf seinem Handy erreichen, er wollte nämlich ein paar Runden um den Westpark machen.«

»Tut mir leid«, sagte die junge Frau. »Ich weiß auch nur, dass er da hinwollte und schon vor mir gegangen ist. Hab mich schon gewundert, dass er noch nicht wieder zurück ist. Er müsste eigentlich jeden Moment kommen. Denn er hat in einer halben Stunde eine Videokonferenz.«

Stattdessen klingelte das Telefon der Sekretärin. Es war die Zentrale, die dringend die Chefin suchte, die das Telefonat gleich übernahm.

9. Kapitel

Im Meetingraum des Polizeikommissariats Wittmund hatten alle nochmal einen Kaffee nachgefasst, nachdem Sören wieder in seine Abteilung gegangen war. Nina setzte das Meeting fort und sagte: »Kerstin, wegen der Klientenakten bist du ja gekommen. Wir haben einige Klienten selektiert, mit denen es auffälligen Schriftverkehr gegeben hat. Eine echte Morddrohung wie die von Arjen Freerksen ist allerdings nicht dabei.«

Anschließend informierte sie die Kollegin, wie ihr Team bei der Auswertung der digitalen Akten vorgegangen war und die Erkenntnisse aufbereitet hatte.

»Okay, dann gebt ihr am besten eure jeweiligen Erkenntnisse zu den einzelnen Fällen auf den Beamer und dann sehen wir weiter«, schlug die Wirtschaftsspezialistin vor. »Eins möchte ich aber gleich vorwegsagen. Wir hatten sowas Ähnliches doch schon mal in dem bei euch unter ›Kluntjesmord‹ geführten Fall. Da sollte auch aus den Akten ein eventuelles Mordmotiv herausgefiltert werden.«

»Was war denn das für ein Fall?«, wollte Lars wissen. »Wurde da jemand mit Kluntjes ermordet? Ist jedenfalls nicht bis zu uns nach Aurich durchgedrungen.«

»Nein, Lars«, übernahm Nina die Antwort. »Der Ermordete war ein Betriebsprüfer des Finanzamtes, der durch besonders rüde Prüfverfahren einige kleine und mittelständische Unternehmer an den Rand der Existenz und darüber hinaus gebracht und sich dadurch eine Menge Feinde gemacht hatte. Dabei tat der nach außen hin sehr konziliant und ließ sich bei seinen Prüfungen gerne mit reichlich Kluntjes in Ostfriesentee scheinbar gnädig stimmen.«

»Ach, jetzt weiß ich, welcher Fall das war«, ging Lars plötzlich ein Licht auf. »Über den haben wir uns in Aurich im Kollegenkreis sehr aufgeregt. Das war der Prüfer, der erstmal richtig reinhaute – Hauptsache, er konnte eine ordentliche Steuernachzahlung durchsetzen – und dann dem Steuerpflichtigen sagte: ›Wenn Ihnen das nicht passt, können Sie ja gegen meinen Bescheid Klage beim Finanzgericht einreichen.‹«

»Tja, und so wie ihr euch in dem seinerzeitigen Fall darauf einstellen musstet, dass ihr von betroffenen Unternehmern nicht gerade mit offenen Armen empfangen werden würdet, könnt ihr auch in eurem vorliegenden Fall davon ausgehen, dass die Prozessbeteiligten, die sich über das Gutachten des Sachverständigen Theo Thönes geärgert haben, sich nicht gerade über euren Besuch freuen werden«, meinte Kerstin. »Besonders schwierig macht es, dass ihr in keinem der Fälle eine konkrete Morddrohung habt, wie sie von Arjen Freerksen vorliegt. Ihr könnt euch auf keinen richterlichen Beschluss stützen, der euch die Tür öffnet.«

»Wie wollen wir dann vorgehen?«, fragte Lars nach.

»Sehr individuell und mit sehr viel Fingerspitzengefühl. Ihr könnt also meines Erachtens nicht mit der Tür ins Haus fallen und danach fragen, wo der Klient am vergangenen Wochenende gewesen ist. Obwohl, wenn er ein lupenreines Alibi vorweisen würde, könntet ihr ihn schon mal aus dem Kreis der Verdächtigen ausschließen. Aber allein eine solche Formulierung würde manchen Anwalt schon dazu veranlassen, sofort zu blocken, weil er dahinter – und das sogar noch nicht einmal zu Unrecht – einen Täterverdacht gegen seinen Klienten wittert.«

»Grundsätzlich stimme ich dir zu, Kerstin. Aber du gibst mir da ein Stichwort: Anwalt«, hatte Nina eine Idee. »Und da ist vielleicht gerade das Abwegige der Schlüssel zum Erfolg. Ich weiß, das entspricht jetzt nicht gerade den bürokratischen Regeln, aber könnte uns helfen, schnell die Spreu vom Weizen zu trennen.«

»Jetzt bin ich aber mal gespannt. Mir schwant schon, was jetzt kommt. Was unbürokratisches, aber dabei absolut nicht ineffizientes Vorgehen angeht, dafür seid Bert und du ja bekannt«, konnte die Spezialistin ihre Neugier mit einem Schmunzeln nicht zurückhalten.

»Ganz einfach, Kerstin. Du sagst uns mit deiner Fachkompetenz, bei welchen Fällen der Leidensdruck aufgrund der entstandenen Auswirkungen auf die von Thönes' Gutachten Betroffenen besonders oder weniger groß ausgefallen ist. Dann fangen wir bei den schwach betroffenen Kandidaten an, machen einen Termin für eine Zeugenbefragung in der Hoffnung, dass uns dabei nicht schon ein Anwalt erwartet.«

»Okay und dann?«, war Kerstin gespannt.

»Dann der Überraschungseffekt, wir fallen mit der Tür ins Haus! Als Beispiel würde ich sagen: ›Herr Sowieso, Sie waren mit einem Gutachten des Sachverständigen Theo Thönes nicht einverstanden, richtig? Herr Thönes wurde ermordet. Es wäre schön, wenn wir Sie von vornherein aus dem Kreis der Betroffenen mit Motiv ausschließen könnten. Wo waren Sie am vergangenen Wochenende?‹. Entweder er gibt uns ein Alibi oder er will seinen Anwalt. Im letzteren Fall schicken wir ihm dann danach eine offizielle Vorladung.«

Die Kommissarin aus Aurich dachte einen Moment nach. Dann sagte sie: »Eine Befragung ohne vorherige konkrete Belehrung über den Sachverhalt und Grund hätte vor Gericht, wie du weißt, keinen Bestand. Genau das ist in diesem Fall aber sowieso irrelevant, da im Fall eines Alibis ohnehin kein Gerichtsverfahren zu erwarten ist. Daher erkenne ich deine Absicht dahinter. Du gehst davon aus, dass die Unmutsäußerungen der meisten Betroffenen nicht wirklich für eine Mordabsicht stehen. Und diese filterst du auf jeden Fall schon mal raus. Das ist zwar keine absolut sichere Methode, aber nach menschlichem Ermessen dürfte sie in den meisten Fällen zu einer zutreffenden Erkenntnis führen. Also, dann packen wir es an. Zeigt mal eure Kandidaten aus euren Auswertungen.«

Hier waren jetzt nur Lars, Rita und Silke gefragt, die die Klientenakten unter sich aufgeteilt hatten, während Oke am Samstag und Sonntag mit Recherchen im Internet und Nina zu ihrem Bert unterwegs gewesen war.

Bis zur Mittagspause waren sie mit den Akten von Lars und Rita bereits durch. Wie schon erwartet, konnten dabei keine konkreten Verdachtsmomente herausgefiltert werden. Im Gegenteil, die Spezialistin war bei den meisten Akten sogar der Meinung, dass selbst eine Befragung nach Ninas Vorschlag schon übertrieben wäre.

Die Mittagspause wollte Kerstin für eine Verabredung mit einer Kollegin aus der Forensik nutzen, mit der sie mal vor Jahren in Oldenburg auf der Polizeiakademie gewesen war.

Das durch Lars verstärkte Wittmunder Soko-Team ließ sich von der Dönerbude etwas bringen und setzte sich in Berts Dienstzimmer an seinem Besprechungstisch zusammen.

Bevor das Essen kam, nahm Oke seine Soko-Leiterin auf die Seite: »Nina, kann ich dich mal unter vier Augen sprechen?« Er hatte schon während des Meetings einen Anruf auf seinem Handy erhalten und weggedrückt. Es war die niederländische Polizei aus Venlo gewesen.

»Na klar, Oke. Gehen wir in mein Dienstzimmer. Um was geht es denn?«

In Ninas Büro sagte er: »Du hattest mir doch für Samstag und Sonntag den Auftrag gegeben, im Internet nach der wahren Identität dieser Isi Neumann zu suchen.«

»Ja, sag bloß, du bist fündig geworden? Warum kommst du denn erst jetzt damit raus?«

»Naja, ich habe was gemacht, was nicht so ganz legal ist«, druckste der junge Kommissar rum.

»Was hast du getan?«

»Ich habe ein Trackingprogramm zu Isis Prepaidhandy laufen lassen. Und siehe da, sie war online. Ich weiß, das hätte ich ohne einen richterlichen Beschluss nicht machen dürfen, denn wir haben ja im unmittelbaren Zusammenhang mit dem Mord an Thönes nichts gegen sie in der Hand.«

»Stimmt, Oke. Aber jetzt kommt es darauf an, was wir damit machen. Gerichtlich verwerten können wir es auf gar keinen Fall, so viel steht fest. Aber wo hast du sie denn gefunden?«

»Nicht in Essen, wo sie angeblich wohnt, sondern in Venlo. Das dürfte etwa siebzig Kilometer auseinanderliegen, aber sehr gut über die A 40 zu erreichen sein. Ob sie da wohnt oder dort nur jemand besucht hat, weiß ich nicht. Jedenfalls war das Handy bis Sonntagmittag dort aktiv und danach wieder vom Netz.«

»Okay, das bringt uns auch noch nicht richtig weiter«, zeigte sich Nina etwas enttäuscht. Auch wenn ihr Mitarbeiter sich nicht an die Regeln gehalten hatte, hätte sie sich insgeheim etwas mehr Informationen von seiner Aktion erhofft.

»Ja, aber ich muss noch etwas beichten. Ich habe einen alten Bekannten der niederländischen Polizei, den ich von Groningen und durch meine niederländischen Verwandten gut kenne und der vor einiger Zeit nach Venlo versetzt wurde, angerufen und ihn unbürokratisch um Amtshilfe gebeten.«

»Oke, jetzt wird es heikel. Willst du mir damit sagen, dass du eine grenzüberschreitende polizeiliche Zusammenarbeit eingeleitet hast?«

»Ganz so nicht.«

»Was heißt ganz so nicht? Das klingt wie ein bisschen schwanger … Was willst du mir damit sagen?!«

»Naja, ich hab das auf dem kleinen Dienstweg nur mit meinem Kumpel gemacht, wie ich gerade schon sagte. Dem hab ich die Koordinaten durchgegeben und dass wir nach einer deutschen Frau suchen, die sich im Internet Isi Neumann nennt und ein rotes Mazda MX-5 Cabrio mit Essener Kennzeichen fährt.«

»Und was macht dein Kumpel jetzt mit deiner Anfrage? Geht er damit zu seinem Vorgesetzten und leitet eine Fahndung in Venlo ein?«

»Nein, Nina! Der weiß, dass ich das in Deutschland ohne richterlichen Beschluss nicht darf, zumal keine unmittelbare Gefahr im Verzug ist. Ich sagte ja, es ist ein guter Kumpel. Er ist in Venlo heute zufällig in genau der Gegend auf Streifenfahrt – jedenfalls hat er das so gesagt – und wollte sich mal unauffällig umschauen. Vorhin im Meeting hatte ich seine Nummer auf meinem Display und er wartet auf meinen Rückruf.«

Innerlich musste Nina grinsen. So liebte sie ihr Team, untereinander ehrlich, offen, fair und vertrauensvoll! Deshalb sagte sie mit einem Augenzwinkern: »Wenn ich dich jetzt dafür noch lobe, dann machst du das beim nächsten Mal ja wieder und das darf ich als Vorgesetzte nicht dulden! Also lobe ich dich jetzt nicht. Aber wir sollten deinen Kumpel mal schnell zurückrufen.«

Gleich darauf hatte Oke seinen niederländischen Kollegen am Handy und stellte den Lautsprecher an, was er diesem auf Niederländisch auch sagte und dass seine Chefin inoffiziell mithören würde. Daher führten die beiden dann das Gespräch auf Deutsch, sodass Nina es mitverfolgen konnte.

Der Kollege aus Venlo berichtete: »Oke, einen roten Mazda MX-5 habe ich bei den angegebenen Koordinaten nicht gesehen, mich aber mal an Parkplätzen ein wenig umgehört, die dort in der Nähe lagen. Eine junge Frau sagte mir, dass ihr ein solches Cabrio am Wochenende hier aufgefallen wäre, nicht nur, weil sie das Cabrio schick findet, sondern vor allem auch die auffällige rote Farbe.«

»Wusste sie auch noch das Kennzeichen?«, fragte Oke.

»Leider nein. Sie konnte nur sagen, dass es aus Deutschland kam und ein E im Kennzeichen hatte. Die genaue Nummer hatte sie sich nicht gemerkt.«

»Was ist das denn da für eine Wohnlage?«, wollte Oke wissen.

»Auf der einen Seite der Straße, wo auch ein großer Parkplatz ist, der sich entlang der Straße zieht, stehen mehrere Hochhäuser. Auf der anderen Straßenseite kleine Bungalows, zum Teil mit Einliegerwohnungen. Jetzt kommt es darauf an, wie genau deine Koordinaten sind.«

»Kann ich nicht sagen, würde auch nichts nützen, das Handy ist schon wieder vom Netz. Aber vielen Dank. Wenn wir noch Weiteres unternehmen wollen, holen wir uns offiziell einen Beschluss und dann melde ich mich nochmal«, beendete Oke das Telefonat.

Als Nina und Oke zu den anderen zurückkamen, stand das Essen schon auf dem Tisch und Lars hatte die Rechnung übernommen. Während des Essens informierte Nina die anderen darüber, dass Oke über einen niederländischen alten Bekannten erfahren hatte, dass Isi Neumann am Wochenende in Venlo gewesen sei, sie aber nicht wüssten, ob sie da wohnen würde oder dort nur einen Besuch gemacht hatte.

Lars brummelte nur in seinen Bart: »Ich will ja gar nicht fragen, wie plötzlich Okes niederländischer Kumpel auf diese Isi gestoßen ist.«

»Lars, das ist auch besser so«, raunte Nina, die neben ihm saß, ihm zu.

Kurz darauf ging es im Meetingraum mit den Klienten, die Silke selektiert hatte, weiter. Am Schluss waren neun Fälle selektiert worden, bei denen auch Kerstin schließlich der von Nina vorgeschlagenen Vorgehensweise zustimmte. Für eine Aufstockung der Soko aus der Bereitschaftsgruppe sah Nina angesichts der doch relativ geringen Zahl keine Veranlassung. Aufgrund der hohen Sensibilität der Befragungen wollte die Soko-Leiterin diese mit ihrem Kollegen aus Aurich selbst übernehmen.

Bezogen auf den Bargeldbetrag in Höhe von zwanzigtausend Euro, der im Safe gelegen hatte, war in einem der digitalen Klientenordner ein verdächtiger Hinweis aufgetaucht, dem die Fachkommissarin für Wirtschaftsfragen selbst mit ihrem Team nachgehen wollte. Dazu ließ sie sich die entsprechende Akte von Oke auf einen Stick selektieren. Kerstin war sich nach diesem Hinweis ziemlich sicher, dass es sich dabei um eine versteckte Schwarzgeldzahlung handelte. Zwar würde man Theo Thönes dafür nicht mehr zur Verantwortung ziehen können, den Zahler dieses Geldbetrages aber schon. Sollte sich der Verdacht bestätigen, würde die Eintreibung Sache der Steuerfahndung sein.

Auch die Zugangsdaten zum Krypto-Wallet ließ sich die Kommissarin aus Aurich von Oke auf den Stick ziehen. Da auch hier nicht ausgeschlossen werden konnte, dass es sich bei den Summen auf diesem Konto um Schwarzgeldbeträge handelte, nahm Kerstin auch die Sticks mit den Mandantenakten mit, um eventuelle Geldflüsse nachvollziehen zu können.

Dazu sagte sie zum besseren Verständnis der Kollegen: »Die Transaktionen der digitalen Währungen werden ausschließlich in einer sogenannten Blockchain abgewickelt. Das geschieht unverschlüsselt auch unter Angabe der entsprechenden Beträge, aber nur mit den kryptischen Kontennummern. Dabei wird jeder Vorgang von den anderen Teilnehmern in der Blockchain registriert und auf Plausibilität geprüft. Wenn auch nur ein einziger eine Unstimmigkeit bemerkt, wird die Transaktion sofort gestoppt und nicht vollzogen. Das gibt allen Teilnehmern eine hohe Sicherheit auch gegen Hackerangriffe. Das ist also ein sich selbst permanent überwachendes Datenbanksystem. Allerdings ist eine Zuordnung zu den Konteninhabern über Nummern der Konten nicht möglich.«

»Dann sind doch Rückschlüsse auf eventuelle Schwarzgeldzahlungen gar nicht möglich«, stellte Rita fest.

»Auf den ersten Blick ist das richtig«, sagte die Fachkommissarin. »Aber wir haben hier schon mal die Nummer von Thönes' Krypto-Wallet. Nehmen wir mal an, wir hätten bei einem seiner Klienten schon mal eine richterlich angeordnete Durchsuchung zum Beispiel im Zusammenhang mit Wirtschaftskriminalität durchgeführt. Und dieser verfügt ebenfalls über ein Krypto-Wallet. Dann brauchen wir nur nach einer Transaktion von seinem Wallet zu Thönes' Wallet zu suchen. Bei einer Übereinstimmung hätten wir Währung, Betrag und Datum/Uhrzeit der Transaktion nachgewiesen. Denn alle Transaktionen bleiben in der Blockchain dokumentiert. Und dann soll uns der Klient mal nachweisen, für welches steuerlich legale Geschäft dieser Betrag gezahlt wurde.«

»Sollte Theo Thönes auf diesem Wallet auch Schwarzgeld liegen haben, könnte es für manchen seiner Klienten, unabhängig von unseren Mordermittlungen, noch ein böses Erwachen geben. Sehe ich das richtig, Kerstin?«, wollte die Soko-Leiterin wissen.

»Nina, um der Wahrheit die Ehre zu geben, das ist mit ein Grund, warum ich hier sitze. Insbesondere, nachdem wir von euch im Vorfeld schon erfahren haben, dass Thönes über ein millionenschweres Krypto-Wallet verfügt. Allerdings betrifft das nur Klienten, gegen die bei uns schon mal im Zusammenhang mit einem Wirtschaftsdelikt ermittelt wurde. Oder gegen die es schon einen hinreichenden Anfangsverdacht gibt, sodass wir dafür einen Durchsuchungsbeschluss bekommen. Diesbezüglich werden sich meine Leute auch noch einmal intensiv mit Thönes' digitalisierten Klientenakten beschäftigen.«

Da fürs Erste alles so weit geklärt war, hob die Soko-Leiterin das Meeting auf und es ging an die Umsetzung der Erkenntnisse.

10. Kapitel

Als der Cleaner nach seiner getanen Arbeit in Bochum die Gahlensche Straße in Richtung der Einmündung der Straße An der Maarbrücke überqueren wollte, kamen zwei Streifenwagen der Polizei mit hoher Geschwindigkeit, Blaulicht und Martinshorn in Richtung der Kreuzung zur Jahrhunderthalle herangebraust. Über Salewskis Gesicht huschte ein zufriedenes Grinsen. Er wusste, das war die Vorhut, und konnte sich vorstellen, was da drüben gleich ablaufen würde. Sollten sie sich doch nur die Köpfe nach einem Täter und seinem Motiv zerbrechen. Es würde kein Motiv geben. Jedenfalls für ihn nicht, wenn man mal von dem sechsstelligen Betrag auf seinem Konto absah. Was für ein Motiv bei seinem Auftraggeber dahintersteckte, brauchte ihn nicht zu interessieren. Das Geld auf seinem Konto war seine Arbeit auf jeden Fall wert gewesen, fand er.

Ohne Hast näherte er sich seinem gestohlenen Auto. Damit würde er jetzt besser nicht nach Düsseldorf fahren. Das schien ihm zu riskant. Sicher hatte der Besitzer den Diebstahl in der Tiefgarage des Elektronik-Discounters längst gemeldet. Insofern wäre es besser gewesen, wenn er ein Auto aus dem Garagenteil genommen hätte, welcher für die Büroetagen reserviert gewesen war. Aber da hatte er auf die Schnelle nur neuere Modelle gesehen. In der Tiefgarage konnte er es aber nicht riskieren, den Alarm einer modernen Autosicherung zu aktivieren.

Er überlegte, eigentlich würden es ja schon zwei neue Nummernschilder tun. Der alte Passat machte noch einen ganz passablen Eindruck. Na, passt ja zum Namen der Kiste, dachte er und wieder ging ein Grinsen über sein Gesicht. Zudem war der Tank fast voll. Er schaute die verkehrsberuhigte enge Wohnstraße entlang, in der etwa einhundert Meter, links und rechts, eigentlich viel zu eng gepflanzte dicht belaubte Baumreihen standen, was die beiden Bürgersteige trotz Tageslicht stark verdunkelte. Im Fußraum des Beifahrersitzes hatte er seine Tasche stehen, denn er konnte den Passat ja nicht abschließen. Er holte sein Spezialwerkzeug zum Öffnen einer Autotür und ein kleines Werkzeugbesteck aus der Tasche.

Man merkte, es war Mittagszeit. Die meisten Anwohner der alten langgezogenen Mietshausreihen waren auf Arbeit oder gerade bei Muttern zum Essen. Kein Mensch weit und breit auf der Straße. Nicht mal Kinder, die um diese Zeit wohl noch im Kindergarten oder in der Schule waren. Abends waren die Parkstreifen sicher zu beiden Seiten dicht zugeparkt. Jetzt standen ein paar Meter weiter nur drei Autos, wahrscheinlich noch vom Vorabend, ziemlich dicht an dicht. Salewski schlenderte auf die drei dicht geparkten Autos zu. In der Mitte ein Golf mit Recklinghäuser Kennzeichen. Das passte. Er trat zwischen das Heck des Golfs und die Front eines BMWs und tat so, als wenn er etwas auf dem Boden entdeckt hätte.

Es dauerte nur einen kurzen Moment, dann lag rechts unter dem Heck ein Autokennzeichen unauffällig mit der Rückseite nach oben. Anschließend schlenderte er an dem Golf vorbei nach vorne und bückte sich erneut zwischen die beiden eng geparkten Fahrzeuge. Auch hier dauerte es nicht lange und er steckte das Kennzeichen unter seine Jacke. Auf dem Rückweg zog er im Vorbeigehen noch das rückwärtige Kennzeichen unter dem Heck des Golfs hervor und ging gemächlich zu seinem Passat, der weiter vorn in der Nähe der Einmündung zur Gahlenschen Straße parkte.

Er stieg ein, startete den Wagen und fuhr erst einmal die verkehrsberuhigte Straße An der Maarbrücke in Richtung Westen entlang. Er wusste zwar nicht genau, wo er war und wo ihn diese Straße hinführte, aber links von ihm musste irgendwo die Wattenscheider Straße verlaufen, die auch zur Autobahn führte. Als er zufällig auf der rechten Seite eine Schrebergartenanlage sah, bog er dort rechts ab und suchte sich einen abgelegenen Parkplatz. Auch da war kein Mensch zu sehen. Er wechselte in aller Ruhe die Nummernschilder. Dabei ging er davon aus, dass er, bis der Golffahrer das Fehlen seiner Nummernschilder bemerken würde, schon längst im Flieger nach Malta saß.

Seinem Instinkt folgend fuhr er ein Stück zurück und folgte einfach weiter der Goldhammerstraße. Als diese auf die Wattenscheider Straße stieß, kannte er sich wieder aus und war kurze Zeit später auf der A40 in Richtung Essen unterwegs. An der nächsten Raststätte machte er Halt, um etwas zu essen, denn seit dem Burger heute Morgen bei McDonald's im Bahnhof hatte er nichts mehr gegessen.

Salewski war sehr mit sich zufrieden. Alles war heute nach Plan gelaufen. Eigentlich hatte er für dieses Jahr sein Einkommen gesichert. Aufträge, die jetzt noch in diesem Jahr kämen, wären nicht für den Unterhalt und seinen Konsum, sondern für seine Altersvorsorge. Denn er war sich darüber im Klaren: Auf eine staatliche Rente würde er wohl verzichten müssen. Schließlich hatte er ja auch nichts in die Rentenkasse einbezahlt. Wieder huschte ein Grinsen über sein Gesicht.

Was hatte sein besoffener Alter immer gelallt: »Mensch Junge, musse wat lernen, damite später wat inne Rentenkasse has.« Wenn der wüsste. Aber der hatte sich totgesoffen. Wenigstens sein Bruder hatte getan, was der alte Suffkopp sagte, und was machte er heute? Malochte in der Stahlproduktion. Was er da genau machte, wusste Salewski gar nicht. Interessierte ihn aber auch nicht wirklich, schließlich wusste sein Bruder auch nur von ihm, dass er auf Malta lebte. Aber wenigstens schien sein Bruder nicht ganz so schlecht zu verdienen. Immerhin hatte er sich eines der ehemaligen Bergarbeiterhäuschen in Hordel leisten können.

Aber trotzdem verdiente er nicht annähernd so gut wie Ludger mit seinen Cleaner-Jobs. Das, was er allein in diesem Monat auf die Konten bekam, dafür musste sein Bruder mindestens drei Jahre buckeln. Deswegen steckte er dem auch hin und wieder was zu. Bei seinem letzten Besuch hatte er ihm einen gut gebrauchten Campinganhänger spendiert.

Er fuhr den nächsten Parkplatz an und suchte nach einem etwas abgelegenen Müllcontainer. Aber statt etwas dahin zu bringen, wühlte er eine Weile darin rum. Er sammelte einige nicht zu volle Mülltüten, die er in eine etwas größere steckte. Damit fuhr er zum nächsten Autobahnparkplatz. Er hatte einiges zu entsorgen. Da waren einige SIM-Karten, die er immer, nachdem er diese mit einem Messer bearbeitet hatte, irgendwo zwischen Büschen auf verschiedenen Autobahnparkplätzen entsorgte. Dazu tat er dann immer so, als ob er sich dort erleichtern würde.

Die anderen Sachen, zum Beispiel die verwendeten Handschuhe, den Stahldraht, seine Theaterutensilien wie Perücken, falsche Bärte und so weiter, steckte er einfach jeweils getrennt in eine Tüte zu dem bereits darin befindlichen Müll anderer Menschen. Anschließend verteilte er diese Müllbehältnisse wieder auf verschiedenen Autobahnparkplätzen. Das machte er immer am Ende seiner Aufträge so.

Sie nannten ihn nicht umsonst den Cleaner. Sollten die Bullen ihn ruhig verdächtigen. Aus Erfahrung wusste er, am Ende zählten vor Gericht nur Beweise. Und für die Suche danach wünschte er bei jedem Müllbeutel, den er irgendwo entsorgte, den Uniformierten jetzt schon viel Vergnügen.

Schließlich hatte er außer ein paar persönlichen Kleidungs- und Wäschestücken und etwas für die Körperhygiene nur noch seine Clownmaske mit roter Knollennase und eine rote Perücke in seiner Tasche, dazu eine Panflöte und eine Mundharmonika. Wenn er zu seinen Aufträgen reiste, hatte er noch mehr Theaterutensilien dabei, von denen er jetzt den gebrauchten Rest mit den Mülltüten anderer Leute auf den Autobahnparkplätzen entsorgte.

Schon manches Mal war er bei der Einreise von Zollbeamten oder Securityleuten nach diesen Utensilien befragt worden. »Ich bin Straßenmusikant«, pflegte er dann zu sagen. »Das sind meine Requisiten.«

Was ein Musikclown mit ganz normalen Perücken und Bärten wollte, hatte ihn bei solchen Kontrollen noch nie jemand gefragt. Wieder musste er unwillkürlich sein selbstgefälliges Grinsen aufsetzen. Er war einfach der Beste seines Faches, bis auf das eine Mal, wo er ausgerechnet beim Cleanen in den Scheinwerferkegel eines zivilen Einsatzwagens der Bullen geraten war. Das hatte ihn zwar in seiner Karriere um sechs Jahre zurückgeworfen. Aber dafür profitierte er bis heute von Kalles guten Tipps.

Die Masche mit dem Musikclown stammte auch von ihm. Und das Mundharmonikaspielen hatte ihm sein besoffener Vater schon als Kind beigebracht. War der Alte doch noch für etwas gut gewesen. Einmal musste er schon bei der Security vorspielen, weil einer dieser Sicherheitsfuzzis misstrauisch geworden war.

Seinen speziellen Autotüröffner hatten sie bisher noch nicht entdeckt. Aber sie hatten ihn schon mal danach gefragt, wofür er das doppelseitige Klebeband denn bei der Flugreise brauchen würde. »Hab ich vergessen aus meiner Tasche zu nehmen. Hab meiner Schwester beim Teppichverlegen geholfen«, war seine Antwort gewesen.

Tatsächlich brauchte er das, um damit sein Spezialwerkzeug unter dem Futter der Tasche auf der Führungsschiene des herausziehbaren Taschengriffs zu fixieren. Auch die Futterenden klebte er damit wieder auf den Taschenboden.

Waffen waren ja bei seinen Flugreisen sowieso tabu. Diese wurden ihm je nach Bedarf von seinen Auftraggebern, genau wie die Papiere, mit den Autos mitgeliefert. Dazu machte er bei jedem Auftrag vorher einen individuellen Plan. Danach gab er dann seine Spezialbestellungen über das Darknet an seine Auftraggeber. Somit gab es später für Profiler der Bullen und deren Forensiker auch keine Hinweise auf bestimmte Tätereigenschaften und -vorlieben. Er war eben immer individuell der jeweiligen Situation angepasst.

Das machte ihn zum Besten seines Faches und Kalle war der beste Lehrmeister. Sie trafen sich öfter auf Malta und er konnte auch immer mit Fragen zu dem erfahrenen Kollegen kommen. Wenn er heute Abend zurück sein würde, war Feiern angesagt. Es sei denn, dass Kalle selbst gerade irgendwo in Europa im Einsatz war. Aber er würde sich hüten, Kalle von Deutschland aus über Handy anzurufen.

So wichtig war die Feier nicht, dass sie nicht auch warten konnte, bevor man den Bullen unnötige Hinweise, und sei es mit Prepaidhandys, zuspielte. Denn selbst die Auswertung verschiedener Verbindungsnachweise auch bei Prepaidhandys konnte unter Umständen zu unerwünschten Erkenntnissen bei Profilern führen. Auch damit kannte sich Kalle als ehemaliger Programmierer bestens aus.

Dass ihm schon das BKA und das LKA Hessen, seit er in Frankfurt gelandet war, auf der Spur waren, ahnte Salewski in diesem Moment noch nicht. Über einen V-Mann war die Info an das LKA Hessen gekommen, dass aus Malta ein »Cleaner« für die Beseitigung eines wichtigen Zeugen landen sollte. Über die Identität des Mannes konnte der V-Mann allerdings nichts in Erfahrung bringen. Bei einem biometrischen Scan der Passagiere aus Malta nach der Landung auf dem Frankfurter Flughafen waren die Ermittler – trotz seiner Perücke – auf Ludger Salewski gestoßen. Ob er aber der gesuchte Mann war, stand damit noch nicht fest.

Allerdings hatte er zu dem Zeitpunkt, als die Beamten den Treffer in der Datenbank angezeigt bekamen, bereits den Frankfurter Flughafen verlassen. Zwar gelang es den Ermittlern, durch Auswertung der Überwachungskameras sogar den Taxifahrer zu ermitteln, der ihn in die Stadt gebracht und bei einem bestimmten Hotel abgesetzt hatte, aber von dort verlief sich seine Spur. Jedenfalls konnte sich das Hotelpersonal nicht an ihn erinnern und auch die Gästeliste erbrachte keinen Treffer.

Aber der Zeuge, der Polizeischutz ausdrücklich abgelehnt hatte, wurde wenige Tage danach tot aus dem Main geborgen. Erst auf verschiedenen Überwachungsvideos, auf der die Ermittler die letzten Stunden des Zeugen versuchten zu verfolgen, tauchte plötzlich im Hintergrund Salewski auf, allerdings wieder mit anderen Haaren. Später wurde dann ein ausgebranntes Auto gefunden, welches nach Erkenntnissen des V-Mannes speziell für den Cleaner besorgt worden war. An dem Nachweis, dass Salewski dieses Auto gefahren hatte, arbeitete die KTU Hessen noch.

Da bekannt war, dass Salewski einen Bruder in Bochum hatte, den er auch gelegentlich besuchte, überwachten dessen Wohnung verdeckte Ermittler des LKA NRW. Und sie hatten Glück.

***

»Hey, er ist da«, sagte der Ermittlungsbeamte und stieß seinem Kollegen den Ellenbogen in die Rippen.

Dieser schien sich für einen Moment von innen beguckt zu haben. Jedenfalls schreckte er hoch: »Wer?«

»Salewski, wer sonst. Mensch, mach mal ein Foto!« Und tatsächlich verschwand dieser gerade bei seinem Bruder in der Haustür.

Es dauerte nicht lange, bis die beiden aus dem Haus kamen. Der Bruder hatte eine Reisetasche dabei. Dann fuhr er einen silbergrauen SUV aus der Garage und Ludger stellte seinen Wagen dafür rein, holte eine Reisetasche aus dem Kofferraum, verstaute diese im SUV und die beiden Brüder starteten in Richtung Westen.

»Die planen irgendetwas übers Wochenende«, stellte der Fahrer des zivilen LKA-Fahrzeuges fest. »Die haben beide Reisetaschen dabei. Ich bleib dran. Informier mal die Zentrale. Blöd, dass wir im Wagen seines Bruders keine Peilung haben!«

Der Beamte hatte Mühe, in dem Freitagverkehr dem SUV zu folgen. Kurz darauf fuhren sie aber bereits auf einer Landstraße und sein Beifahrer konnte mit dem Fernglas in einiger Entfernung ein Ortsschild Bochum-Günnigfeld erkennen. Aber im gleichen Moment bog der Wagen vor ihnen auf eine Straße ab, die zu einem etwas abgelegenen Hof führte.

»Verdammt, was wollen die da auf dem Hof?«, sagte der Fahrer. »Nachfahren? Fällt auf! Hier stehen bleiben? Auch!«

Er fuhr also weiter bis zum Ortsschild und parkte kurz dahinter auf einem Seitenstreifen. Mit dem Fernglas war der Hof zu sehen. Sie würden also erkennen, wenn die Brüder den Hof wieder verließen.

»Möchte wissen, was die da auf dem Bauernhof wollen. Doch bestimmt nicht übernachten. Vielleicht baut der in der großen Scheune Cannabis an, was meinst du? Aber dass Salewski mit Stoff handelt, wäre neu. Wir warten und werden sehen.«

Lange brauchten sie nicht zu warten, dann kam der SUV wieder auf die Straße nach Günnigfeld zurück. Dabei zog er einen Wohnanhänger.

»Guck an, die wollen tatsächlich Urlaub machen. Der Bruder hat nur seinen Camper bei dem Bauern untergestellt«, sagte der Fahrer. »Bin mal gespannt, wo die Reise hingeht.«

»Ich vermute, dass die nur einen Wochenendtrip machen«, sagte sein Kollege. »Sonst hätten die bestimmt noch Vorräte für Verpflegung und so weiter eingeladen.«

»Könnte mir vorstellen, dass die nach Holland an die Küste wollen«, überlegte der Fahrer, nachdem sie schon eine Weile überwiegend in westliche Richtung gefahren waren. »Wir brauchen Verstärkung für die Observierung. Wer weiß, was für einen Auftrag Salewski hat. Und wenn es tatsächlich nach Holland geht, muss die Sache grenzüberschreitend im Sinne unserer deutsch/niederländischen Kooperationsvereinbarung von unserer Zentrale geregelt werden.«

»Küste könnte ich mir auch schon vorstellen, das Wetter ist ja entsprechend«, bestätigte der Beifahrer. »Aber vielleicht geht es auch nach Norden. Warten wir mal, auf welche Autobahn sie fahren. Dann melden wir das der Zentrale.«

Der Kollege des Fahrers hatte inzwischen sein Tablet eingeschaltet und eine Tracking-App zur eigenen Orientierung gestartet. Kurz darauf bog das Gespann der beiden Brüder auf die B227 Richtung Norden ein. Daher sagte er: »Gleich werden wir es wissen. Die Bundesstraße kreuzt gleich die A42. Wenn sie auf die Autobahn in Richtung Oberhausen fahren, dann geht es wahrscheinlich nach Holland.«

Das Wohnwagengespann fuhr aber weiter nach Norden und kurz darauf auf die A2 und dort in Richtung Westen, wo allerdings unter anderem auch die Niederlande ausgeschildert war.

»Wir kommen gleich zum Bottroper Dreieck. Vielleicht hast du recht und die wollen zum Ostfriesenspieß, auf die A31«, sagte der Fahrer.

Schon bald darauf hatten sie die Bestätigung. Das Wohnwagengespann fuhr Richtung Ostfriesland. Der Beifahrer gab die Information an die Zentrale weiter. Nach einer Weile erhielten die beiden Beamten die Mitteilung, dass sie dem Gespann folgen sollten und ein weiteres Team von Düsseldorf aus zur Unterstützung in Marsch gesetzt wurde.

»Du machst doch jedes Jahr in Ostfriesland mit deiner Frau Campingurlaub. Wo fahrt ihr denn da immer hin?«, wollte der Fahrer von seinem Kollegen wissen.

»Wir sind jedes Jahr mit unserem Wohnmobil in Bensersiel. Der Platz liegt direkt an der Wasserlinie, ist allerdings daher auch nur in den Sommermonaten offen. Ich bin schon am Überlegen, wie wir die Observierung da auf den Campingplätzen machen wollen. Die ostfriesischen Kollegen können mit ihren Fahrzeugen ohne Anmeldung auf die Plätze fahren. Die sind mit ihren Kennzeichen in den automatischen Schrankensystemen gespeichert.«

»Ist das bei allen Campingplätzen so?«

»Ob bei allen, das weiß ich nicht. In Bensersiel und Neuharlingersiel auf jeden Fall.«

»Ich denke, du fährst immer nach Bensersiel?«

»Ja, im Sommer. Wir waren aber auch schon mal im Winter da. Der Campingplatz in Neuharlingersiel liegt direkt hinter dem Deich und ist daher das ganze Jahr geöffnet. Aber wenn ich mir vorstelle, die Salewski-Brüder haben auf einem der Plätze gebucht. Dann fahren die zur Anmeldung, sind oder werden mit ihrem Kfz-Kennzeichen registriert, fahren durch die Schranke und verschwinden irgendwo in den Parzellen. Wie sollen wir die finden? Manche Plätze sind ziemlich groß.«

»Wir melden uns auch an und fragen, wo sie stehen.«

»Ich denke, das ist keine gute Idee. Schließlich machen wir eine verdeckte Ermittlung. Dann könnten wir ja gleich die ostfriesischen Kollegen um Amtshilfe bitten.«

»Verdammt, du hast recht. Das ist ein Problem. Frag mal in der Zentrale nach, wie wir das händeln sollen.«

»Das Problem haben wir hier schon erkannt«, sagte der Kollege in der Zentrale. »Eine Kollegin hier ist in Ostfriesland regelmäßig im Urlaub. Die hat uns schon darüber informiert. Aber wir haben eine Lösung. Unsere IT-Spezialisten haben zu einer von Ludger Salewski in Frankfurt benutzten Prepaidhandynummer die Verbindungsnachweise ausgewertet und sind dabei auf die Prepaidnummer seines Bruders gestoßen. Das GPS ist auf dem Handy aktiv. Das Trackingsignal schicken wir euch gleich über den Messenger.«

Gleich darauf hatte der Beifahrerkollege es auf seinem Tablet. »Wow, funktioniert«, sagte er. »Also, in Bensersiel könnten wir dann zum Beispiel den großen Besucherparkplatz vor dem

Strandportal nutzen und zu Fuß den Stellplatz unserer beiden Brüder observieren.«

»Und wie wäre das in Neuharlingersiel oder auf den anderen Campingplätzen?«, wollte der Fahrer wissen.

»In Neuharlingersiel gibt es vor der Platzanmeldung auch einen Parkstreifen für PKW. Ich denke, auf den anderen Plätzen an der Küste wird es ähnlich sein.«

»Und wo machen wir uns mal frisch und schlafen, wenn die Kollegen übernommen haben?«

»Es ist Ferienzeit. Da dürfte es zwar schwierig werden, einen Camper für das Wochenende zu mieten, aber wenn wir Glück haben, ist gerade etwas frei. Den könnten die Kollegen dann mitnutzen. Ansonsten gibt es in beiden Orten, wo ich mich auskenne, auch die Möglichkeit, in einem Hotel am Hafen ein Zimmer zu mieten. Auch das wird in anderen Küstenorten ebenfalls so sein.«

Die Observierung gestaltete sich vor Ort einfacher, als die beiden Polizisten gedacht hatten. Die Salewski-Brüder checkten auf dem Campingplatz in Neuharlingersiel ein, und dort war zufällig auch ein Mietcamper für dieses Wochenende gerade durch ein Storno frei geworden. So konnten die beiden Beamten sogar ganz offiziell mit ihrem Wagen auf den Platz fahren, und die Observierten standen keine fünfzig Meter von ihnen entfernt.

Die Tracking-App hatten die Beamten inzwischen auch auf ihren Smartphones. Kaum dass sie sich ein wenig frisch gemacht hatten, führte sie das zur Strandbar der Kite- und Windsurfschule Windloop, was beide als sehr angenehm empfanden. In Sichtweite saßen die beiden Brüder und bestellten sich etwas zu essen. Für die Polizisten eine gute Gelegenheit, es ihnen gleichzutun.

Es dauerte nicht lange und die Kollegen aus Düsseldorf meldeten sich auf dem Handy. Der Beifahrer ging nach vorne zur Anmeldung und holte die Verstärkung dort ab. Ihren Wagen hatten sie auf dem Besucherparkplatz abgestellt und ein entsprechendes Parkticket mit Gästekarte gezogen.

Die Beamten hatten einen Familiencamper mit vier Kojen gemietet, sodass Platz genug war. Nachdem auch die Kollegen gegessen hatten und die Salewski-Brüder sich in ihren Camper zurückgezogen hatten, machten die Polizisten eine Schichteinteilung. Sie hatten inzwischen herausgefunden, dass die Observierten es sich in ihrem Wagen wohl bei Bier und Fernsehen gemütlich machen wollten. Daher reichte es, wenn nur einer der Beamten wach blieb und die Tracking-App im Auge behielt. Wobei sie eigentlich nicht davon ausgingen, dass die beiden observierten Brüder heute noch unterwegs sein würden. Aber man konnte ja nie wissen.

Der Samstagmorgen brachte gleich nach dem Frühstück eine kleine Herausforderung. Ludger Salewski fuhr mit dem SUV seines Bruders allein los. Um ihn nicht aus den Augen zu verlieren, brachte der Fahrer des ersten Teams seine Kollegen sofort zu ihrem Fahrzeug auf dem Besucherplatz. Es schien den Beamten zudem besser, wenn sie gerade bei der Verfolgung mit dem Auto wechselten und heute ein anderes Fahrzeug die Observierung übernahm.

Das zweite Observierungsteam merkte aber sehr schnell, dass es in Ostfriesland sehr viele breite und vor allem lange gerade Straßen gab. Sie mussten also, um nicht die Aufmerksamkeit Salewskis auf sich zu ziehen, ziemlich großen Abstand halten. Ob es Zufall war oder ob er dennoch die Observierung bemerkt hatte, wussten sie nicht. Jedenfalls hatten sie ihn auf einmal verloren. Sie kurvten noch eine Weile in der Gegend herum, in der Hoffnung, ihn zufällig wieder irgendwo zu entdecken, aber vergeblich. Schließlich fuhren sie zum Platz nach Neuharlingersiel zurück.

Gegen Mittag kehrte auch Ludger Salewski wieder zum Platz zurück und nicht nur die Beamten vor Ort, sondern auch die Zentrale in Düsseldorf fragte sich, wo er gewesen war und ob er etwa schon wieder einen Auftrag erledigt hatte. Am einfachsten wäre es gewesen, den Typen einfach festzunehmen und damit auch eventuell von ihm geplante Verbrechen zu verhindern. Für eine rechtskräftige Verurteilung vor Gericht wurden aber Beweise gegen ihn benötigt. Bei der verdeckten Ermittlung ging es ja gerade darum, diese zu finden und zum Beispiel mit Fotos zu dokumentieren und zu sichern.

Am frühen Nachmittag gingen die Salewski-Brüder in Neoprenanzügen zum Strand. Bei der Surfschule liehen sie sich Schirme und Boards aus und gingen aufs Wasser. Ludger war ein ausgezeichneter Kiter, das machte er auf Malta regelmäßig und dort hatte er zudem viel Zeit. Die Beamten nutzten den Nachmittag für einen angenehmen Aufenthalt in der Strandbar. Von dort beobachteten sie einen Beinaheunfall ihres Observierten mit einem Absturz aus ziemlicher Höhe.

Am Abend saßen die beiden Beamten vom ersten Team ganz in der Nähe, als Salewski und sein Bruder zu zwei anderen Gästen an den Tisch gingen. Als einer der beiden Gäste aufstehen wollte, drückte Salewski ihn wieder auf seinen Platz zurück und knallte diesem irgendeinen Zettel auf den Tisch. Die Beamten dachten schon, dass es da gleich Ärger geben würde, was aber nicht passierte. Die Salewski-Brüder gingen zu ihrem Tisch zurück und verschwanden nicht lange danach in ihrem Camper.

Am Sonntag lümmelten die Brüder nach dem Frühstück vor ihrem Camper rum. Am Mittag fuhren sie mit ihrem SUV in den Ort und aßen in einem Hotel zu Mittag. Anschließend schienen sie in ihrem Wagen Siesta zu machen. Solange Ludger keine Extratouren machte, war die Observierung durch die Tracking-App für die Polizisten kein Problem und es reichte, wenn einer von ihnen die App im Auge behielt.

Gegen vierzehn Uhr gingen die Observierten bei auflaufendem Wasser noch einmal kiten. Anschließend räumten sie ihre Parzelle und machten sich auf den Rückweg ins Ruhrgebiet. Das zweite Polizistenteam hatte sich auch schon wieder auf den Weg nach Düsseldorf gemacht, während Team eins den Observierten folgte. Es blieb am Schluss für die Beamten die Frage offen: Wo war Ludger Salewski gestern Mittag in Ostfriesland alleine hingefahren?

Aber es sollte für die Beamten noch besser kommen. Als sie das Haus von Salewskis Bruder erreichten, stieg dieser aus und ging ins Haus. Salewski fuhr mit dem SUV weiter und die Beamten folgten ihm. Sonntagabend war das relativ entspannt. Nachdem der Observierte an einer Tankstelle getankt hatte, stellte er den

SUV nach einer halben Stunde Fahrtzeit vor dem Haus seines Bruders ab und ging mit seiner Tasche ins Haus.

Die Polizisten hatten den Peilsender von Salewskis Auto, das offensichtlich immer noch in der Garage stand, wieder auf dem Schirm, als die Ablösung kam.

»So wie es aussieht, übernachtet er bei seinem Bruder«, meinte einer der beiden des ersten Teams, bevor sie endlich Feierabend machen konnten. Aber auf seine Kollegen wartete am nächsten Morgen eine böse Überraschung. Gegen acht Uhr fuhr Salewskis Bruder mit seinem SUV weg. Wie die Beamten glaubten, entweder zur Arbeit oder vielleicht zum Bäcker, denn Ludger war ja noch im Haus. Jedenfalls stand sein Auto noch in der Garage.

Als der SUV nach kurzer Zeit zurückkam, stand für die Polizisten fest: Er war beim Bäcker gewesen. Aber sie staunten nicht schlecht, als sich das Garagentor per Fernbedienung öffnete und der SUV direkt in die Garage fuhr. Wo war das Auto des Observierten? Der Peilsender zeigte an, dass es eigentlich noch in der Garage stehen müsste. Salewski hatte die Beamten gelinkt! Er war offensichtlich längst weg.

Als die Kollegen von gestern Abend zur Ablösung kamen, sagte der eine: »Verdammt, als wir Salewski im SUV nachgefahren sind, hat sein Bruder den Peilsender unter dem Auto entdeckt, in die Garage gelegt und den Wagen weggefahren. Salewski ist dann wahrscheinlich später über den Garten zur Parallelstraße gegangen, wo sein Bruder das Auto für ihn abgestellt hatte.«

Umso größer war die Freude, als der gleiche Beamte Salewski am darauffolgenden Freitag in der Nähe des Bahnhofs aus einem Auto aussteigen sah und sie dieses auch gleich wieder mit einem Peilsender versehen konnten.

***

Die Observierungsaktionen waren Salewski natürlich nicht entgangen. Aber jetzt war er sich sicher, dass er die Bullen endgültig abgeschüttelt hatte, als er sich mit dem Passat dem Flughafen in Düsseldorf näherte. Er hatte mal wieder allen gezeigt, dass er der Größte war! Allein die Tatsache, dass die

Beamten des LKA ihn heute Morgen in der Nähe des Bahnhofes wieder aufgespürt und er sie erneut abgehängt hatte, erfüllte ihn mit riesigem Stolz. Er freute sich schon auf das Bier heute Abend auf Malta mit Kalle. Da würden sie es richtig krachen lassen und sich über die Deppen von der Kripo kaputtlachen.

Am Flughafen suchte er sich einen Parkplatz für Kurzparker. Er hatte schon im Flugplan gesehen: Bis zum Boarding hatte er noch fast zwei Stunden Zeit. Kurz darauf hatte er eingecheckt. Seine Tasche konnte er mit an Bord nehmen, das passte gerade von der Größe her.

Er ging erst einmal in die Cafeteria und gönnte sich ein Bier. Das hatte er sich heute verdient.

Davon, dass das LKA in Zusammenarbeit mit der Bundespolizei schon seit einiger Zeit jeden Flug nach Malta überwachte, weil die Ermittler genau wussten, dass er über kurz oder lang nach Malta zurückfliegen würde, hatte er allerdings keine Ahnung. Daher konnte er auch nicht wissen, dass man ihn schon bei der Security gescannt und biometrisch identifiziert hatte.

Als er von der Cafeteria aus die Toilette aufsuchen wollte, erfolgte der Zugriff durch Zivilfahnder, so schnell und lautlos, dass kaum jemand der anderen Passagiere überhaupt etwas mitbekam. Schon waren sie mit Salewski im abgesperrten Bereich verschwunden. Eine Polizistin in Zivil holte noch seine Tasche von seinem Platz und kurz darauf saß er schon im Vernehmungsraum der örtlichen Polizeistation und verlangte nach einem Anwalt.

Es wurde ein kurzes Gespräch, nachdem der Anwalt eingetroffen war. »Mein Mandant ist unschuldig und wird keine Aussage machen!«, war der einzige Kommentar des Anwalts nach dem Gespräch mit seinem Klienten.

11. Kapitel

Es war der erste Montag im August. Für Bert fast so etwas wie eine Wiedergeburt, als er mit seiner Nina das erste Mal seit dem schlimmen Ereignis wieder das Polizeikommissariat in Wittmund betrat. Alle Bediensteten der Behörde, soweit sie abkömmlich waren, hatten sich im Flur und auf der Treppe verteilt und sangen: »For He's a Jolly Good Fellow! For He's a Jolly Good Fellow! …«

Zur Begrüßung waren sogar der Polizeidirektor der Polizeiinspektion und das Soko-Team aus Aurich gekommen.

»Besser kann man es nicht ausdrücken, als es Ihre Leute gerade gesungen haben!«, sagte der Polizeidirektor. »Herzlich willkommen zurück, lieber Herr Linnig! Wir freuen uns, dass Sie alles gut überstanden haben, und wünschen Ihnen weiterhin viel Erfolg mit Ihrer Arbeit und Ihrem tollen Team! Bei der Gelegenheit möchte ich auch Ihrer Frau herzlich danken! Sie war eine kompetente Vertretung und hätte eigentlich eine Beförderung verdient gehabt. Aber sie hat diese abgelehnt, weil damit eine Versetzung verbunden gewesen wäre. Respekt, liebe Frau Linnig! Ich möchte aber auch unserem Kollegen Brodersen aus Aurich für seine tatkräftige Unterstützung und Ihrem ganzen Soko-Team für die engagierte Arbeit danken! Nochmals herzlich willkommen und alles Gute, Herr Linnig!«

»Vielen Dank, Herr Direktor und euch allen für diese tolle Begrüßung! Aber ich glaube, es gibt genug zu tun, packen wir es an. Und auf mein Team und mich wartet ein ungelöster Fall. Ich danke euch allen, insbesondere auch für die unzähligen guten Genesungswünsche, die mich erreicht haben!«

Danach gingen der Polizeidirektor, die Soko-Leiterin aus Aurich, Erste Kriminalhauptkommissarin Femke Peters, ihr Vertreter, Kriminalhauptkommissar Lars Brodersen, der wieder genesene Erste Kriminalhauptkommissar Bert Linnig und seine Frau, Kriminalhauptkommissarin Nina Jürgens, in Berts Dienstzimmer. Der Direktor wollte von Bert als Erstes wissen, wie er sich fühlt.

»Endlich zu Hause, endlich wieder Dienst, endlich wieder Action, Herr Direktor. Mir begann in der Reha bereits die Decke auf den Kopf zu fallen. Aber ich muss zugeben, das sah vor vier Wochen noch ganz anders aus. Jetzt brenne ich darauf, endlich wieder richtig in den laufenden Fall einzusteigen. Meine liebe Frau hat mich zwar immer ein wenig auf dem Laufenden gehalten. Aber leider nie so umfassend, dass ich die Möglichkeit gehabt hätte, mich schon vollumfänglich mit dem Fall zu befassen. Daher haben wir gleich als Erstes ein Meeting mit unserem Team geplant. Wenn Sie wollen, können Sie gerne daran teilnehmen.«

»Das freut mich sehr, Sie so voller Energie zu sehen. Das ist der Bert Linnig, wie wir ihn kennen! Aber Frau Peters und ich haben gleich noch einen anderen Termin. Ich denke, es ist okay, wenn Herr Brodersen am Meeting teilnimmt und sich danach dann wieder bei uns auf der Dienststelle zurückmeldet.«

Nachdem der Direktor mit seiner Soko-Leiterin gegangen war, sagte Bert: »Lassen wir unser Team nicht länger warten. Ich brenne schon darauf, endlich wieder voll in den Ermittlungsfall einsteigen zu können.«

Silke hatte im Meetingraum bereits den Kaffee vorbereitet. Zur Einweisung war auch Berts Freund, Forensik-Leiter Sören Nansen, gekommen.

»Im Groben habe ich dich ja schon die ganze Zeit auf dem Laufenden gehalten«, begann Nina, nachdem alle mit Kaffee versorgt waren. »Daher will ich den aktuellen Stand nur noch einmal zusammenfassen und gegebenenfalls ergänzen. Bert, wo du noch Klärungsbedarf siehst, kannst du ja einhaken. Zu den forensischen Ergebnissen wird Sören noch einiges hinzufügen.«

»Mache ich, wobei es leider nicht viel Neues gibt«, sagte Sören.

»Im Grunde haben sich vier Verdachtsbereiche, wie ich diese mal bezeichnen möchte, herausgebildet«, setzte Nina fort.

»Erstens: die schriftliche Morddrohung durch Arjen Freerksen.

Zweitens: die bildliche Morddrohung durch den Kriminellen Ludger Salewski.

Drittens: die letzte Kontaktperson, Isi Neumann, und deren eventueller Partner.

Viertens: neun Gutachten-Betroffene mit verdächtigem Schriftverkehr.«

»Wenn ich das richtig raushöre, dann gibt es in den letzten beiden Verdachtsbereichen aber keine konkreten Morddrohungen?«, hakte Bert ein.

»Richtig«, bestätigte Nina. »Ich beginne daher mit der schriftlich vorliegenden Morddrohung durch Arjen Freerksen, dessen Aufenthaltsort immer noch nicht geklärt werden konnte. Das letzte Lebenszeichen von ihm stammt von einem obdachlosen Alkoholiker, der ihn in der Nähe des Bahnhofs Leer dort ein paar Mal getroffen hat. Es ist ein ehemaliger Arbeitskollege, der wohl nach dem Tod seiner Frau an die Flasche geraten ist. Von dem wissen wir auch, dass Freerksen auf Entzug gehen wollte.«

»Und wie lange ist das her?«, wollte Bert wissen.

»Wann er Arjen das letzte Mal in Leer am Bahnhof gesehen hat, war nicht verlässlich aus ihm herauszubekommen. Wahrscheinlich alkoholbedingt versagt da sein Gedächtnis, um es zeitlich eingrenzen zu können. Auch von anderen Männern aus der Szene war diesbezüglich nicht viel zu erfahren. Nur einer wusste überhaupt, von wem wir reden, konnte aber auch keine zeitlichen Angaben machen. Allerdings haben wir von dem ehemaligen Arbeitskollegen die Information, dass sich Freerksen eventuell bei einem Cousin in Irland aufhalten könnte. Dass es da einen Cousin geben soll, hat seine Ex-Frau unserer Kollegin Kerstin Heese gegenüber bestätigt. Arjen war ein ehemaliger Schulkamerad und Nachbarjunge von Kerstin und sie traut ihm zu, dass er auch tatsächlich auf Entzug gegangen ist, wenn er das gesagt hat. Aber sie meinte auch, dass man bei ihm die Morddrohung genauso ernst nehmen müsste.«

»Dann wäre ja nicht auszuschließen, dass Freerksen tatsächlich inzwischen trocken ist und sich bei seinem Cousin in Irland aufhält«, stellte Bert fest. »Mit dem Flieger mal eben für ein Wochenende rüberzukommen, um seine Drohung wahr zu machen und wieder zu verschwinden, ist heutzutage doch kein Problem. Soweit ich weiß, gibt es sogar eine Direktverbindung zwischen Dublin und Bremen. Und wenn das tatsächlich ein Cousin ist und nicht nur ein guter Bekannter oder Freund, dann brauchen wir doch nur mal in seiner Verwandtschaft zu forschen.«

»Stimmt«, sagte Nina. »Aber seine Ex-Frau ist stinksauer auf ihn und hat alle alten Unterlagen von ihm entsorgt, wie sie uns am Telefon sagte. Außerdem unterhält sie schon lange keinen Kontakt mehr zu seiner Verwandtschaftslinie. Da sie seit dem Telefonat für uns nicht mehr telefonisch erreichbar war, konnten wir auch noch keinen Termin mit ihr vereinbaren. Nach Rücksprache mit der Staatsanwaltschaft haben wir derzeit nichts in der Hand, um sie zu einem Termin zu zwingen, wenn sie glaubhaft versichert, schon seit Jahren keinen Kontakt mehr zu ihrem Ex-Mann gehabt zu haben. Ich habe Oke daher daran gesetzt, über die Meldeämter und Grundbücher an Informationen über Verwandte zu kommen.«

»Du sagtest doch, dass Arjen Freerksen ein früherer Mitschüler und Nachbarjunge von Kerstin Heese war. Dann kennt sie doch sicher auch die Familienverhältnisse der Freerksen-Familie, oder?«, hatte Bert eine Idee.

»Könnte man in Ostfriesland eigentlich annehmen. Ist aber in diesem Fall leider nicht so. Kerstin sagte, dass Arjens Vater schon damals eine komische Type war und sich kaum um die Nachbarschaft geschert hat. Nachdem Arjens Mutter gestorben war, hat sein Vater alle Ländereien verkauft und hing seitdem an der Flasche. Zum Schluss soll er sich sogar alkoholisiert – inzwischen ohne Führerschein, aber immer noch mit Auto – in gewissen Etablissements aus dem Rotlichtmilieu rumgetrieben haben. Weder Arjen, geschweige denn seine Frau oder die Tochter hatten noch Kontakt zu seinem Vater.«

»Und Oke, bist du schon fündig geworden?«, wollte Bert wissen.

»Bei jungen Leuten, die in den Social Media unterwegs sind, ist das heute kein Problem, etwas in Erfahrung zu bringen«, sagte der Angesprochene. »Aber diesbezüglich gibt es in diesem Fall nichts, um nicht zu sagen gar nichts. Wenn es danach geht, existiert die Familie Freerksen überhaupt nicht. Ich bin mittlerweile so weit, dass ich sogar schon bei den Kirchenämtern in Kirchenbüchern nachforsche. So viel habe ich schon rausgefunden: Arjens Vater war nach der in Niedersachsen geltenden Höfeordnung der Erbe des Hofes mit Ländereien in der Nachbarschaft der Kollegin Heese gewesen. Er hatte einen jüngeren Bruder, den er eigentlich nach der Höfeordnung hätte abfinden müssen. Da scheint es aber wohl schon eine Missstimmung zwischen den Brüdern gegeben zu haben. Und soweit ich in Erfahrung bringen konnte, ist sein jüngerer Bruder dann zur See gefahren. Mehr konnte ich noch nicht herausbekommen.«

»Na, das wäre dann der Onkel von Arjen gewesen. Das könnte schon eine plausible Erklärung dafür sein, dass Arjen tatsächlich einen Cousin in Irland hat«, stellte Bert fest. »Gut gemacht, Oke, bleib da dran!«

»Ich komme zu unserem zweiten Verdachtsbereich, dem Verdacht gegen den vorbestraften Ludger Salewski. Hier geht es ebenfalls um eine – wenn auch nur indirekte – Morddrohung. In einem Zeitungsausschnitt mit einem Pressefoto des Ermordeten wurde über dessen Bild mit einem schwarzen Edding ein Totenkreuz gemalt. Salewski haute das in der Strandbar mit drohenden Worten vor Theo Thönes auf den Tisch, wie durch eine Zeugenaussage belegt ist. Salewski wurde inzwischen im Zuge einer verdeckten Ermittlung im Zusammenhang mit Auftragsmorden aus der organisierten Kriminalität durch die Bundespolizei und das LKA NRW am Düsseldorfer Flughafen verhaftet. Er sitzt dort in Untersuchungshaft und schweigt. Belegt ist, dass er eine oder zwei Wochen vor der Ermordung des Bausachverständigen bereits mit seinem Bruder in Neuharlingersiel gewesen ist.«

»Und wie sah das zum Zeitpunkt des Mordes aus?«, wollte Bert wissen.

»Da genau liegt das Problem, Bert. Als er sich mit seinem Bruder hier auf dem Campingplatz in Neuharlingersiel aufgehalten hat, wurde er von zwei Teams des LKA NRW observiert. Da die Brüder aber, statt mit Ludger Salewskis Auto zu fahren, an dem die Kollegen einen Peilsender angebracht hatten, mit dem Wagen des Bruders und einem Wohnanhänger hierherfuhren, verloren die Kollegen schließlich seine Spur.«

»Das war gegenüber unseren Kollegen nicht fair von den Ganoven«, konnte sich Bert schmunzelnd den Kommentar nicht verkneifen.

»Dafür hatten die Kollegen aber die Prepaidhandynummer von Salewskis Bruder herausbekommen und diese auf eine Tracking-App geschaltet.«

»Durften die denn das überhaupt?«, stellte Bert die kritische Frage. »Ich gehe mal davon aus, dass gegen den Bruder nichts vorlag.«

»Darüber haben wir keine Information, Bert. Fakt ist, dass es sich um eine schon länger laufende verdeckte Ermittlung, auch unter Einsatz eines V-Mannes, handelte.«

»Na gut, ist auch nicht unsere Baustelle. Aber dann sollte doch die Observierung keine große Herausforderung gewesen sein.«

»Scheinbar doch«, erläuterte Nina, »denn dem Bericht zufolge ist Salewski mit dem Wagen seines Bruders an besagtem Sonntag – also eine Woche bevor Thönes ermordet wurde – für mehrere Stunden allein unterwegs gewesen und hatte die Kollegen dabei abgehängt. Wo er sich in der Zeit hier in Ostfriesland aufgehalten hat, konnte nicht ermittelt werden. Er könnte also durchaus einen Auftraggeber getroffen und mit diesem den Mord an Theo Thönes für eine Woche später abgesprochen haben.«

»Du sprachst von Wochenende, also sind er und sein Bruder an dem besagten Sonntag wieder ins Ruhrgebiet zurückgefahren, oder?«, überlegte Bert. »Dann ist Salewski wieder in seinen Wagen mit Peilsender der Kollegen gestiegen und alles war doch wieder gut oder etwa nicht?«

»Oder etwa nicht! Genau das ist hier nicht nur die Frage, sondern zugleich die Antwort«, korrigierte seine Frau. »Die Brüder haben unsere Kollegen ausgetrickst. Erspare mir an dieser Stelle die Einzelheiten. Ich erzähle es dir heute Abend auf der Heimfahrt. Wenn es nicht so traurig wäre – schließlich geht es hier um Menschenleben –, könnte man das Ganze für einen Slapstick halten und herzhaft darüber lachen. Aber die Kollegen haben es später wiedergutgemacht, indem sie alle Abflüge von Deutschland nach Malta überwacht haben. Und da ist ihnen Salewski in Düsseldorf ins Netz gegangen.«

»Zwischen deinen Zeilen höre ich heraus, dass genau an dem Wochenende, als Theo Thönes in Neuharlingersiel ermordet wurde, Salewski nicht observiert werden konnte, da man ihn nach der Rückkehr aus Neuharlingersiel verloren hatte.«

»Richtig! Und noch ein Slapstick, Bert. An dem Morgen seiner Verhaftung entdeckte ihn genau das Ermittlerteam, das ihn vor dem Haus seines Bruders verloren hatte, zufällig in der Nähe des Bochumer Hauptbahnhofes, als er gerade aus einem Auto ausstieg.«

»… und hängte ihm einen neuen Peilsender unters Auto, richtig?«

»Genau so. Ich glaube, Bert, du bist nicht nur mein Mann, sondern auch noch ein Hellseher!«

»… und dann verloren sie ihn erneut, auch richtig, Nina?«

»Bert, du wirst mir langsam unheimlich«, erwiderte die Kommissarin lachend.

»… und dann gab es noch einen Toten, aber keine Beweise gegen Salewski«, beendete Bert seine Hellseherei.

»Leider wahr. Wenn nicht noch die Kommissare Zufall und/oder Forensik zu Hilfe kommen, dann sehe ich Salewski in Kürze mit einem breiten Grinsen und zwei hochgestreckten Mittelfingern im Flieger nach Malta sitzen«, bestätigte Nina ihren Mann.

»Das wird wohl nicht passieren«, meldete sich Sören zu Wort. »Wir haben Informationen erhalten, dass es forensische Beweise für einen Mord in Frankfurt gibt. Also mit dem Rückflug nach Malta wird es wohl für Salewski in keinem Fall etwas werden. Ob ihm die anderen Morde auch noch nachgewiesen werden können, wird sich zeigen.«

»Danke, Sören. Dann scheint es ja zumindest schon mal einen kleinen Hoffnungsschimmer auf ein wenig Gerechtigkeit zu geben. Komme ich zu dem dritten Verdachtsbereich. Es geht hier um die letzte Verabredung des Ermordeten aus einem Singleportal, an dem Wochenende seines Todes. Wie Oke inzwischen ermitteln konnte, ist die Frau als Isi oder Isabell Neumann in dem Singleportal registriert. Bei Facebook findet man sie unter dem Namen Isa Bell. Wie sie wirklich heißt, konnten wir noch nicht ermitteln. Wir wissen, dass sie ein rotes Mazda MX-5 Cabrio mit

Essener Kennzeichen fährt. Ihr Prepaidhandy war und ist abgeschaltet, war aber am vorletzten Wochenende kurz im niederländischen Venlo online. Dort wurde auch ihr auffälliger Wagen gesehen.«

»Und warum nennst du sie den dritten Verdachtsbereich?«, wollte Bert wissen. »Käme sie auch als Mörderin in Betracht?«

»Nein, sie selbst eher nicht. Aber die Freundin des Campernachbarn Mattes Kruse hat bei Windloop zufällig auf der Toilette ein Telefonat dieser Isi mitgehört. Da sprach sie offensichtlich mit einem Mann, woraus Kruses Freundin schloss, dass Isi vielleicht verheiratet sein könnte. Da die wahre Identität dieser Isi auch von Oke bislang nicht ermittelt werden konnte, erscheint mir diese Überlegung gar nicht so abwegig. Eifersucht war schon immer ein Klassiker unter den Mordmotiven.«

»Leider wahr«, bestätigte Bert. »Also Oke, bleib auch in diesem Fall dran!«

»Mache ich, Chef!«, bestätigte der Angesprochene.

»Ich komme zum vierten und letzten Verdachtsbereich«, übernahm wieder Nina das Wort. »Hier hatte uns schon Kerstin darauf hingewiesen, dass wir bei den von einem negativen Gutachten des Ermordeten Betroffenen keine offenen Türen erwarten dürften. Das hat sich ähnlich wie in unserem Kluntjesmordfall leider bestätigt. Wir hatten neun vage Verdachtsfälle aufgrund von entsprechendem Schriftwechsel. Ergänzend sind wir alle infrage kommenden Fälle zusätzlich mit Kerstin durchgegangen. Diese neun Fälle hielt auch sie mit ihrer wirtschaftlichen Fachkompetenz für prüfenswert.«

»Wenn ich das richtig verstehe, ging es zunächst darum herauszufinden, bei wem tatsächlich ein echtes Tatmotiv vorgelegen haben könnte und wer darüber hinaus auch noch über genügend kriminelle Energie verfügt?«, hakte Bert nach. »So ähnlich war es auch in unserem alten Fall. Und wie seid ihr vorgegangen?«

»Lars und ich haben Termine für eine Zeugenbefragung vereinbart. Dann sind wir, wenn wir dem Betreffenden gegenübersaßen, ganz bewusst gleich ohne Umschweife mit der Tür ins Haus gefallen und haben nach einem Alibi für den Zeitpunkt des Mordes gefragt! Damit wollte ich die Spreu vom Weizen trennen.

Diejenigen, die an dieser Stelle ein plausibles Alibi nennen konnten – was sollte ich mit denen vor Gericht?!«

»Wie waren denn die Reaktionen?«

»Ich hätte es nicht für möglich gehalten, aber sechs von den neun haben uns spontan ein plausibles Alibi genannt«, mischte sich Lars ein. »Das waren solche Methoden von euch, die der Vorgänger von Femke überhaupt nicht abkonnte.«

»Kann ich mir denken. Nichts gegen den Kollegen Bakker, aber sowas wäre mit seiner Bürokratenseele nicht vereinbar gewesen«, bestätigte Bert lachend. »Aber sechs Alibis sind nicht neun. Was ist mit den anderen drei?«

»Da läuft eine Einladung mit Anwalt«, antwortete Nina. »Die werden wir beide uns diese Woche vornehmen können. So, Sören, du hast das Wort.«

»Nochmals Bert, schön, dass du wieder mit an Bord bist! Gerne würde ich mit verwertbaren Ergebnissen aufwarten. Aber wie ich schon sagte, leider kann ich aus der Forensik nichts Neues vortragen. Und das Bisherige lässt sich schnell zusammenfassen, damit du auf dem Laufenden bist. Wir haben forensische Spuren aus dem Tatortcamper, dem Haus, einschließlich des Büros im Haus mit dem Tresor, und dem Auto des Ermordeten ausgewertet. Entweder sind die Spuren unverdächtigen Personen zuzuordnen oder es fehlen uns noch Referenzwerte.«

»Und was sind das für unverdächtige Personen?«, wollte Bert wissen.

»Das ist zum einen seine Ex-Ehefrau, sein Campernachbar, der natürlich auch im Camper des Toten gewesen ist, als dieser noch lebte; außerdem die Nachbarin, die sein Haus versorgt hat. Von Salewski haben wir keine forensischen Spuren nachweisen können, was aber auch nicht verwundert. Selbst wenn er bei Thönes im Camper gewesen sein sollte, wird er darauf geachtet haben, keine Spuren zu hinterlassen. Von Arjen Freerksen fehlen uns leider Referenzwerte.«

»Also eigentlich wie so oft«, stellte Bert fest. »Verdächtige ohne rechtssichere Beweise und Beweise, bei denen die Referenzwerte fehlen. Aber eines beruhigt mich, bisher haben wir die meisten Fälle gelöst.«

»So sehe ich es auch«, stimmte ihm sein Freund zu. »Wenn im Moment keine Fragen mehr an mich sind, dann bin ich wieder bei meinen Leuten zu erreichen. Euch noch einen erfolgreichen Tag! Bis dann.«

Nachdem Sören gegangen war, sagte Nina: »Bleibt mir nur noch, mich herzlich bei Lars für seine Unterstützung zu bedanken! Lars, du warst uns wieder eine große Hilfe! Nochmals auch ein herzliches Dankeschön an deine Chefin, dass sie dich freigestellt hat.«

»Immer wieder gern, Nina!«, erwiderte der Kollege von der vorgesetzten Dienststelle. »Die Zusammenarbeit mit euch macht immer wieder Spaß! Ihr seid ein gut eingespieltes Team und du warst für mich eine kompetente Soko-Leiterin!«

Als auch Lars nach Aurich unterwegs war, meinte Nina: »Bert, dann sollten wir uns mal mit unseren drei Fällen beschäftigen, die wir diese Woche vorgeladen haben. Und ihr habt auch eure Arbeit«, wandte sie sich an ihr Team und hob damit das Meeting auf, welches künftig wieder ihr Mann leiten würde.

In Berts Dienstzimmer gingen seine Frau und er die angesprochenen Akten durch. Ergänzend schaute sich der wieder amtierende Soko-Leiter zum Vergleich ein paar der digitalen Akten an, bei denen die Betreffenden gleich mit einem Alibi gekommen waren. Anschließend sagte er: »Wenn ich die drei Akten mit den anderen Akten vergleiche, kann ich keinen signifikanten Unterschied erkennen, warum die einen kein Problem haben, sich auf die Klärung eines Alibis einzulassen, und diese drei nicht. Deshalb frage ich mich, warum die für eine Befragung einen Anwalt bemühen.«

»Ich vermute, entweder weil sie vielleicht tatsächlich etwas mit dem Mord zu tun haben, oder es könnte auch ein schlechtes Gewissen wegen etwas anderem sein.«

»Und was meinst du damit?«

»Kerstin hat die ganzen digitalen Akten zur Auswertung mitgenommen. Ich hatte dir ja schon gesagt, dass wir in Thönes' Tresor die Zugangsdaten zu einem Krypto-Wallet gefunden haben. Wenn man die Kryptowährungen mit dem gegenwärtigen

Kurswert auf Euro umrechnet, dann liegen da etwa eineinhalb Millionen Euro drauf. Zudem waren zwanzigtausend Euro in bar im Safe. Daher wollte Kerstin der Frage nachgehen, ob dies Schwarzgelder seien, die Thönes für Gefälligkeitsgutachten kassiert haben könnte.«

Bevor das Polizistenehepaar diese Gedankenspiele fortsetzen konnte, kam Oke mit seinem Notebook. »Ich glaube, ich bin da auf etwas gestoßen, dem wir mal nachgehen sollten.«

»Und was ist das?«, wollte sein Chef wissen.

»Bisher habe ich ja in der Linie der Freerksens gesucht, ausgehend von dem bei Arjen Freerksen versteigerten Hof. Mein Grundgedanke war, dass die Höfe in Ostfriesland in den meisten Fällen, natürlich unter Beachtung der Höfeordnung, in der männlichen Linie vererbt werden. Aber die Höfeordnung sieht das nicht zwingend vor. Entscheidend ist, dass der Erbe oder die Erbin über die erforderlichen landwirtschaftlichen Qualifikationen und fachlichen Kompetenzen verfügt. Deswegen ist das auch nicht immer der oder die Erstgeborene, der oder die den Hof erbt und die Geschwister in einer nicht festgelegten Form abfinden muss.«

»Ein interessanter Gedankenansatz. Bist du zu einem Ergebnis gekommen?«, hakte Nina nach.

»Könnte sein. Jedenfalls habe ich mir mal die Linie von Arjens schon lange verstorbener Mutter angeschaut, eine geborene Bültena aus Hesel. Nun hätte man meinen können, dass in der weiteren geraden Linie niemand mehr lebt. Dem war aber nicht so. Es gab noch eine Großmutter von Arjen, die in Hesel in einem Altenheim lebte und vor wenigen Wochen erst mit siebenundneunzig Jahren verstorben ist.«

»Stolzes Alter«, stellte Bert fest. »Aber wie bringt uns das bei der Suche nach Arjen Freerksen und seinem Cousin in Irland weiter?«

»Zunächst einmal gar nicht. Aber die alte Dame hatte noch etwas zu vererben, und zwar unter anderem als Vermächtnis an Arjens Mutter ein kleines Waldgrundstück und ein Sparbuch mit ein paar Tausend Euro.«

»Da Arjens Mutter tot ist, geht dieses Vermächtnis an Arjen, falls nicht noch andere Anspruchsberechtigte da sein sollten. Aber soweit wir wissen, hatte Arjen selbst keine Geschwister. Da müssten doch bereits vom Nachlassgericht entsprechende Nachforschungen gelaufen sein«, stellte Nina fest.

»Sind auch noch im Gange und die sind auch schon auf Arjens Tochter gestoßen, die aber erst erbberechtigt wäre, wenn ihr Vater nicht mehr leben sollte«, sagte Oke. »Als ich heute mit dem Namen Bültena bei den Kollegen in der Polizeiinspektion Leer nachfragte, habe ich das erfahren. Und die Kollegen in Leer wurden sehr hellhörig, als ich ihnen sagte, dass wir auch nach Arjen Freerksen suchen, aber als Mordverdächtigen. Also, um es abzukürzen, die wollen sich heute Mittag das Waldgrundstück im Heseler Wald anschauen und bieten uns an, dass wir mitkommen können, da unsere Mordermittlungen ja eine gewisse Priorität haben.«

»Was ist denn an diesem Waldgrundstück so Besonderes?«, wollte Bert wissen.

»Der Kollege, mit dem ich sprach, kommt aus Hesel. Er sagte, dass das ein eingezäuntes Privatgrundstück ist. Da dies seit Jahrzehnten nicht mehr gepflegt wurde, wäre da alles verwildert und auch der Zaun schon richtig eingewachsen. Außerdem soll es dort sogar einen kleinen Weiher mit einem Blockhaus geben. Dort hoffen die Kollegen, vielleicht einen Hinweis auf den Verbleib von Arjen zu finden.«

»Wieso sollte denn da ein Hinweis zu finden sein?«, hakte Nina nach.

»Der Kollege aus Hesel kannte Arjen vom Sehen. Er war ihm einige Male dort im Wald begegnet. Arjen wusste von dem dortigen Privatgrundstück von seiner Oma im Altenheim. Deswegen war er wahrscheinlich auch gar nicht obdachlos. Der Kollege meinte nämlich, dass der da in der Waldhütte gehaust hätte. Das wäre zwar als Dauerwohnsitz nicht erlaubt gewesen, aber das Grundstück gehörte schon seit ewigen Zeiten den Bültenas. Ursprünglich war sogar der ganze Wald in deren Besitz gewesen, wovon sich dieser Rest bis heute noch im Familienbesitz befindet.«

»Gut gemacht, Oke«, sagte Bert. »Dann fahren wir nachher zu dritt dort zum Termin zum Heseler Wald. Gib den Kollegen in Leer bitte entsprechend Bescheid.«

Fast zeitgleich trafen die beiden Fahrzeuge der Beamten aus Leer und Wittmund auf dem Parkplatz im Heseler Wald ein. Von Leer waren der Kollege, mit dem Oke schon gesprochen hatte und der sich hier auskannte, und eine Kollegin gekommen. Für die beiden eher eine reine Routineangelegenheit, von der sie kaum neue Erkenntnisse erwarteten.

Der Leeraner Kollege mittleren Alters vermutete allerdings auch, dass sich Arjen nach Irland abgesetzt hatte. Aber diesbezügliche Nachforschungen waren ähnlich wie bei Oke verlaufen. Er wusste allerdings, dass Arjen auf Entzug hatte gehen wollen, denn er hatte ihn ein paar Mal hier im Wald getroffen.

»Ik truff Arjen of un to, wiel ik to de Tied stadig hier mit mien Hund lopen bün«, erzählte der Polizist auf dem Weg zu dem Waldgrundstück. »Dat liggt temelk middenmank.«

»Un denn hest du Arjen mitmaal nich mehr hier drapen?«, fragte Oke nach.

»Das lag nicht an Arjen«, setzte der Kollege aus Leer auf Hochdeutsch fort, da ihm einfiel, dass der Soko-Leiter und seine Partnerin aus Wittmund keine Einheimischen waren. »Mein Hund war vor über einem Jahr gestorben und seitdem bin ich hier auch nicht mehr gewesen. Es könnte also sein, dass wir Arjen sogar dort antreffen, obwohl ich das vom Bauchgefühl her eher nicht glaube.«

»Aber das mit einem Privatgrundstück, hier mitten im Gemeindeforst, ist doch irgendwie merkwürdig«, sagte Nina.

»Ich glaube, vor ganz langer Zeit hat der ganze Wald den Bültenas gehört. War wohl mal eine alte Häuptlingsfamilie. Dann haben sie erst die eine Hälfte an die Gemeinde verkauft und der Großvater von Arjen dann später den Rest. Dabei hat er aber zur Bedingung gemacht, dass er eine Parzelle von einem Hektar, in dem er seinen Fischweiher und ein Blockhaus hatte, behalten konnte. Inzwischen ist das alles drumherum Naturschutzgebiet und die meisten dürften von dem Privatgrundstück auch gar nichts wissen.«

»Also, ich komme aus Uplengen, aber von diesem eingezäunten Grundstück habe ich auch erst jetzt durch meinen Kollegen erfahren.«

»Wir sind gleich da«, sagte der Kollege aus Leer.

»Man sieht hier aber nichts von einem Zaun. Nur dichtes Gestrüpp«, stellte Bert fest.

»Sagte ich ja schon, Naturschutzgebiet und in diesem Teil alles naturbelassen. Der Zaun verläuft mitten in dem dichten Gestrüpp. Bin mal gespannt, ob wir das alte Schloss geknackt kriegen. Hab extra die Zange mitgenommen«, antwortete der Beamte aus Leer. »Hier sind wir schon beim Tor.«

Weder von einem Zaun noch von einem Tor war etwas zu sehen. Der Kollege ging voran. Einmal links um einen Busch herum und einmal rechts, dann standen sie tatsächlich vor einem Stahlgittertor, welches aber dringend einen Rostschutzanstrich vertragen hätte.

»Es muss jemand hier gewesen sein, das Schloss mit Kette ist weg«, sagte er und ging weiter voraus. Nach etwa dreißig Metern warnte er: »Vorsicht, nicht nach links gehen, da wird es sumpfig. Das war mal der Teich, der inzwischen zumindest am Rand ziemlich versumpft ist.« Kurz darauf standen sie vor einem alten Blockhaus, welches völlig überwuchert war. »Eindeutig, hier ist jemand gewesen oder sogar noch drinnen. Hallo! Hallo Polizei!«, rief er dann. Aber es kam keine Antwort. »Wir gehen rein.«

Drinnen war es stockfinster, weil die Fensterläden vorgeklappt waren. Die Beamten schalteten ihre Taschenlampen ein und leuchteten den fast fünfzig Quadratmeter großen Raum ab. An der einen Seite stand ein großer Tisch mit acht wuchtigen Holzstühlen drumherum. Gegenüber befand sich ein offener Kamin. Überall eine fast fingerdicke Staubschicht und jede Menge Spinnweben. Es roch, wie unter diesen Umständen zu erwarten, feucht muffelig.

An der Rückwand, gegenüber der Eingangstür, führte eine Treppe nach oben. »Hier ist eine Frau rauf- und runtergegangen, das würde ich aus der Schuhgröße schließen«, sagte Nina, nahm ihr Smartphone heraus und machte mehrere Fotos aus unterschiedlichen Perspektiven. Dann zog sie sich Tatorthandschuhe an und Überzieher über ihre Schuhe.

»Meinst du, das ist hier ein Tatort?«, fragte der Kollege aus Leer.

»Das weiß ich noch nicht«, antwortete Nina. »Aber ich habe so ein komisches Gefühl. Lasst mich mal alleine hochgehen, damit wir nicht alle Spuren vertrampeln.« Dann ging sie vorsichtig, darum bemüht, keine der bereits vorhandenen Trittspuren zu berühren, nach oben.

»Hier liegt eine mumifizierte männliche Leiche im Bett! Ich vermute mal, dass es sich um Arjen Freerksen handelt. In der Hand eine Pistole und auf dem Nachtschrank ein handbeschriebenes vergilbtes DIN-A4-Blatt. Ich mache mal Fotos davon. Dann schaue ich noch in den zweiten Raum hier oben und komme wieder runter. Da muss die Spurensicherung ran.«

Als sie wieder unten war, schickte sie das Foto von dem Brief über den Messenger auf Okes Tablet, damit sie das besser lesen konnten.

»War da kein Staub drauf?«, wollte Bert wissen. »Die Schrift ist, obwohl es ziemlich eng beschrieben ist, recht deutlich.«

»Stimmt, Bert, das hat mich auch verwundert, zumal auf dem Nachttisch, wie hier unten, eine dicke Staubschicht lag. Ich habe den Brief nicht angefasst. Wie gesagt, da muss unsere Spusi ran. Aber lass uns mal lesen, was Arjen Freerksen seinen Nachfahren hinterlassen hat.«

»Meine liebe Tochter Jorina,

du sollst es ruhig wissen, unser Unglück hat einen Namen: Theo Thönes! Leider war ich zu schwach, um ihn in die Hölle zu befördern. Vielleicht übernimmt das eine stärkere Person. Schließlich sind wir nicht die einzige Familie, die er mit seinen Gutachten zerstört hat. Deine Mutter wird wissen, mit wem ich gesprochen habe.

Es tut mir leid, dass ich – wie mein Vater – Trost im Alkohol gesucht habe. Ich habe es mit Entzug versucht. Aber ich glaube, auch dafür bin ich zu schwach. Deine Mutter hatte recht, dass sie mir die Tür gewiesen hat. Ich weiß, dass du ihr deswegen böse warst. Zu Unrecht! Bitte verzeih ihr und mir. Vor allem aber ihr.

Mach ihr keine Vorwürfe, sie konnte und durfte nicht anders handeln, nachdem ich, wie mein Vater, zur Flasche gegriffen hatte. Sie wusste, wo und wie das endet.

Bis auf das hier, mein Ende. Aber ich glaube, es ist besser für euch, wenn ich meiner Schwäche ein Ende bereite, damit ihr wieder ins Leben zurückfindet und euch nicht ständig fragen müsst, was der Alte jetzt schon wieder in seinem Suff treibt, wie es mir jahrelang mit meinem Vater ging. Deine Mutter hat das auch alles mitgemacht. Eine Wiederholung will ich euch ersparen und gehe deshalb selbst aus dem Leben!

Lebe wohl, meine liebe Jorina, drücke deine Mutter und gib ihr von mir einen lieben Kuss, mit der Bitte um Verzeihung, denn sie hat sehr unter allem gelitten.

In Liebe
Dein Papa

P.S.: Im Moment gehört dieses Waldgrundstück noch deiner Uroma Bültena, im Altenheim in Hesel. Dass wir keinen Kontakt mehr zu ihr hatten, ist auch die Schuld meines versoffenen Vaters. Du siehst also, was Alkohol alles anrichten kann. Es gibt ein Vermächtnis, dass dieses Grundstück meiner Mutter (deiner Oma, eine geborene Bültena, wie du wahrscheinlich inzwischen weißt) gehören soll. Da sie schon lange nicht mehr lebt und ich dann auch nicht mehr, wird alles dir gehören.«

»Ich glaube, es wäre besser, wenn wir die Sache hier übernehmen«, sagte Bert zu seinem Kollegen aus Leer. »Kannst du das mal gerade mit deinen Vorgesetzten klären? Dann lasse ich unsere Spurensicherung rauskommen, die haben nämlich im Zusammenhang mit der Ermordung von Theo Thönes jede Menge forensisches Material eingesammelt, wozu uns aber noch die Referenzwerte fehlen. Vielleicht war ja die stärkere Person, von der Arjen im Brief gesprochen hat, hier. Dann wäre bei uns alles in einer Hand.«

Der Kollege telefonierte über Handy mit seiner Dienststelle. Dann sagte er: »Okay, können wir so machen. Ich gehe mal davon aus, dass ihr uns informatorisch beteiligt. Das war die Bedingung meines Chefs.«

»Na klar, machen wir«, bestätigte Bert.

»Wenn ihr keine Fragen mehr an uns habt, dann verschwinden meine Kollegin und ich nach Leer. Zur Not sind wir ja über Handy zu erreichen. Übrigens, viel Spaß für eure Kollegen der Spusi. Ihr habt ja schon gemerkt, Naturschutzgebiet. Viel näher kommen auch die mit ihren Fahrzeugen hier nicht heran.«

Oke ging mit den Kollegen aus Leer zum Parkplatz, um nachher Sören und seine Leute einzuweisen. Aber auch Nina und Bert verließen das Blockhaus, um nicht noch mehr Spuren zu verwischen.

Draußen zeigte Nina ihrem Mann auch die anderen Bilder, die sie gemacht hatte. Die Bilder des Toten hatte sie bereits an die Rechtsmedizin weitergeleitet. Von Dr. Rabe lag kurz darauf bereits eine Rückmeldung vor, dass nach seiner Einschätzung der Tote dort mindestens schon seit einem Jahr gelegen haben müsste.

Auch Bert war ziemlich sicher, dass es sich bei dem Toten im Bett um Arjen handelte, zumal sein Suizid auch zu dem Abschiedsbrief passte. Als Mörder von Theo Thönes schied Arjen Freerksen damit eindeutig aus. Aber wer war die starke Person, die Arjen in seinem Abschiedsbrief im Auge gehabt hatte? Sie mussten unbedingt mit seiner Ex-Frau Taalke Freerksen sprechen und ihr, vor allem auch für ihre Tochter, die Todesnachricht überbringen.

Nachdem Sören mit seinen Leuten im Blockhaus übernommen hatte, machten sich die drei Kommissare aus Wittmund auf den Weg nach Aurich, um Taalke Freerksen, die immer noch nicht telefonisch zu erreichen war, in ihrer Wohnung aufzusuchen. Den Einsatz hatten sie mit der Soko-Leiterin der Polizeiinspektion abgestimmt, denn eigentlich wäre diese im Landkreis Aurich zuständig gewesen.

Als sie in dem Mehrfamilienhaus mehrfach geklingelt hatten, aber niemand öffnete, kam eine Nachbarin ans Fenster. »Sie wollen zu Taalke? Die kommt erst gegen fünf von der Arbeit und ihre Tochter auch. Soll ich ihr was ausrichten?«

»Vielen Dank«, sagte Nina, ohne sich vorzustellen. »Wir telefonieren, ist nicht so wichtig.« Dann stiegen die Kommissare ins Auto und fuhren zur Dienststelle nach Wittmund.

Unterwegs sagte Bert: »Nina, bevor wir heute Feierabend machen und nach Hause fahren, machen wir noch einen Schlenker hierher. Wahrscheinlich werden wir dann Mutter und Tochter antreffen.«

12. Kapitel

Auf dem Flughafen von Palma de Mallorca herrschte die emsige Betriebsamkeit der Ferienzeit. Ein ständiges Kommen und Gehen. Dabei war montags noch nicht einmal der typische Spurwechseltag, an dem die meisten Urlauber ihren Urlaub antraten oder beendeten, aber es waren Sommerferien und somit Familienreisezeit.

Isa Neuberger und ihre Kolleginnen und Kollegen, mit denen sie ein Beauty-Vertriebswochenende des Produktherstellers in einer Finca bei Cala Millor verbracht hatte, waren bereits eingecheckt und das Gepäck auf den Förderbändern unterwegs zum Flieger. Bis zum Boarding hatten sie noch fast eine Stunde Zeit, die einige mit einem Einkauf im Duty-free-Shop verbrachten.

Isa nutzte die Zeit, um sich vor dem Abflug bei ihrer Mutter zu melden, die wusste, dass ihre Tochter über das Wochenende auf Malle war. Da ihre Mutter selbst aber Flugangst hatte, war sie auch immer besorgt und froh, wenn sich ihre Tochter nach und am liebsten auch noch vor jedem Flug telefonisch bei ihr meldete.

»Hallo Mama, war ein tolles Wochenende. Ich wollte dir nur sagen, wir starten in etwa einer Stunde und werden wohl gegen vier Uhr in Düsseldorf landen. Ich melde mich dann.«

Erst in diesem Moment merkte Isa, dass etwas nicht stimmte. Ihre Mutter schien zu weinen. »Mama, was ist los? Bist du krank? Fehlt dir was? Sag schon!«

»Nein, mir fehlt nichts!«

»Mama, ich kenn dich doch! Irgendetwas stimmt doch nicht! Du musst es mir sagen!«

»Isa, ich darf nicht!«

»Wie, du darfst nicht?! Du darfst nicht mit mir reden?! Wer verbietet dir denn so etwas?!« In Isa kam ein Verdacht auf. Sollte etwa Martin bei ihrer Mutter gewesen sein? Sie hatte mit ihm seit ihrem letzten Besuch bei Anna in Venlo mehrfach Diskussionen gehabt, wo er auch nochmal das Thema offene Beziehung angesprochen und ihr wieder nachdrücklich gedroht hatte, noch nicht einmal an so etwas zu denken. Deshalb fragte sie: »Mama, war Martin bei dir?«

»Das darf ich dir nicht sagen!«

Isa liebte ihre Mutter, auch wenn sie manchmal ein bisschen schusselig und naiv erschien. Aber das machte sie gerade so authentisch und sympathisch. Sie gehörte einfach zu den Menschen, von denen man sagte, dass sie ohne Arg und Hinterlist waren. Und es fiel ihr einfach schwer zu lügen.

Aber Isa wusste ihre Mutter in solchen Situationen zu nehmen. »Also Mama, du brauchst nichts zu sagen, einverstanden?«

»Ja«, kam es zaghaft durch den Äther.

»Martin war am Wochenende bei dir. Mama, du brauchst nicht zu antworten, es sei denn, es stimmt nicht.« Isa wusste ganz genau, was jetzt in ihrer Mutter vorging. Wenn sie behaupten würde, dass Martin nicht da gewesen wäre, dann müsste sie ja lügen. Ein Grinsen huschte über das Gesicht der jungen Frau. Isa sah förmlich durchs Telefon das Nicken ihrer Mutter.

»Und er hat meinen PC mitgenommen«, fügte sie dann noch hinzu.

Statt einer Antwort schluchzte ihre Mutter jetzt laut ins Telefon.

»Beruhige dich, Mama. Alles kein Problem, soll er doch! Oder hat er gedroht, dir oder mir etwas anzutun?«

Kein Wort am anderen Ende der Leitung, nur das Schluchzen wurde zum richtigen Weinen. Schließlich stammelte Isas Mutter: »Komm schnell her! Ich habe solche Angst!« Dann legte ihre Mutter auf.

Dieses Arschloch!, schoss es Isa unwillkürlich durch den Kopf, obwohl solche Kraftausdrücke eigentlich nicht zu ihrem üblichen Sprachgebrauch gehörten.

»Von wem sprichst du?«, rief lachend eine Stimme aus einigen Metern Entfernung. Es war eine Vertriebskollegin. Isa hatte wohl aus dem Affekt heraus ihren Gedanken laut ausgesprochen.

»Meine Mutter hat sich über jemand geärgert und ich auch«, rief sie zurück.

Dann suchte sie sich ein ruhiges Plätzchen, was gar nicht so einfach war. Sie musste Anna anrufen. Dazu schaltete sie ihr Prepaidhandy ein, das sie – wie sich jetzt zeigte, einer guten Eingebung folgend – mit nach Mallorca genommen hatte.

»Hallo Isa, seid ihr schon aus Malle zurück?«, meldete sich Anna am Handy. »Wie ist es gewesen? War bestimmt wieder super! Schade, dass ich nicht mitkonnte. Aber es geht mir schon wieder besser. Sommergrippe ist was Unangenehmes.«

»Super Show, Anna. Da hast du was verpasst. Tolle Inspirationen und neue Produkte! Einfach nur wow! Das Material bringt dir deine Vermieterin heute mit. Die hat auch ein paar Videos. Aber deswegen ruf ich nicht an.«

»Ich merk schon an deiner Stimme, es ist was passiert, oder? Martin?!«

»Er war bei meiner Mutter und sie darf mir nichts sagen! Hat nur ängstlich ins Telefon geheult. So kenn ich sie sonst gar nicht. Ach ja, er hat wohl meinen PC mitgenommen. Zum Glück habe ich mein Handy nicht bei meiner Mutter gelassen.«

»Ich hab's schon an der Nummer gesehen. Du hast sicher noch nicht in Wittmund angerufen, oder?«

»Nein, aber ich war schon ein paar Mal nahe dran. Da fing er wieder damit an, dass ich an eine offene Beziehung noch nicht einmal denken sollte. Das klang auch diesmal so bedrohlich, dass es mir jetzt schon wieder eiskalt über den Rücken läuft. Und jetzt hat er auch noch meinen Computer.«

»Aber das Singleportal ist doch passwortgeschützt. Dann weiß er doch nur, dass du da angemeldet bist. Soll er sich doch denken, was er will! An deine Chats kommt er doch nicht ran.«

»Doch, Anna, Google macht es einem ja so einfach. ›Wollen Sie Ihr Passwort speichern?‹ Ein Klick ist ja so simpel und man muss die blöden Dinger nicht immer wiederholen und vielleicht sogar noch auf einem Zettel suchen.«

»Einfach, aber leichtsinnig, zumal in deiner Situation. Ich wollte dir noch bei deinem letzten Besuch gesagt haben, dass das Prepaidhandy und dein PC bei deiner Mutter nicht besonders gut aufgehoben sind, wenn Martin wirklich etwas mit dem Tod deines Lovers in Ostfriesland zu tun hat. Ich wollte dir schon die Adresse einer Freundin geben, zu der du die Sachen hättest bringen können.«

»Anna, ich muss dir noch etwas beichten.«

»Beichten? Wieso?«

»Mir ist eingefallen, dass Martins Wagen ein elektronisches Fahrtenbuch hat. Das habe ich gecheckt, als er eine seiner Privattrainingsstunden im Studio hatte. Es war schon ziemlich spät, als ich zufällig am Center vorbeikam und sein Auto sah. Er war außerhalb der Geschäftszeit wohl sogar mit zwei Frauen in der Sauna. Sein Autoschlüssel hing am Studioschlüssel, der innen in der Eingangstür steckte. Er hatte abgeschlossen, aber bei dem Schloss kann man auch dann von außen aufschließen, wenn innen ein Schlüssel steckt. Jedenfalls habe ich die Gelegenheit genutzt. Anna, er war an dem Wochenende in Neuharlingersiel!«

»Aber dann musst du das doch melden!«

»Und was ist, wenn er mir nur nachgefahren ist und mit Theos Tod gar nichts zu tun hat?«

»Und was, wenn doch?! Mensch, Isa, du bringst dich und deine Mutter in Gefahr!«

»Du hast ja recht. Wenn wir diesen Gedanken zu Ende spinnen, dann hätten wir unter Umständen auch noch deine Freundin gefährdet. Denn bei meiner Mutter hätte er so oder so danach gesucht. Ich könnte mir vorstellen, dass er mein ganzes Zimmer bei meiner Mutter auf den Kopf gestellt hat. Ich wollte sie aber nicht danach fragen. Mir hat es auch so schon gereicht. Aber was mache ich jetzt?«

»Gut, Isa, auch wenn dein Partner dich noch nicht so durchgeprügelt hat wie mein Ex mich, scheint er ja nicht ungefährlicher zu sein. Und was hast du mir immer wieder eindringlich geraten?«

»Zeig ihn an! Ich weiß, das merke ich jetzt selbst. Das ist für einen Außenstehenden leicht gesagt.«

»Einsicht ist bekanntlich der erste Weg … Isa, du hast doch die Nummer auf deinem Prepaidhandy. Ruf einfach die Kommissarin in Wittmund an. Die ist bestimmt jetzt im Dienst. Da wirst du sie sicher sofort am Telefon haben und dann erzähle ihr alles. Und hier meine ich auch wirklich alles! Auch das jetzt mit deiner Mutter und vor allem das mit dem elektronischen Fahrtenbuch! Dann wird dir die Kommissarin sicher sagen, was zu tun ist.«

»Polizeioberkommissarin Silke Jansen, was kann ich für Sie tun?«, meldete sich Silke auf Ninas Apparat, als sie im Vorbeigehen auf dem Flur das Klingeln hörte.

»Isa Neuberger aus Essen, könnte ich mal Frau Kommissarin Nina Jürgens sprechen?«

»Frau Jürgens ist gerade zu einem Außentermin. Kann ich Ihnen weiterhelfen?«

»Das weiß ich nicht. Frau Jürgens hatte mich angeschrieben und um Rückruf gebeten. Es geht um einen Todesfall in Neuharlingersiel, Theo Thönes.«

»Dann sind Sie an dem Wochenende, als Herr Thönes ums Leben kam, als Isi oder Isabell Neumann hier in Neuharlingersiel gewesen, oder?«

»Ja, das stimmt.«

»Frau Neuberger, dann können Sie auch mit mir sprechen. Ich bin eine enge Mitarbeiterin von Frau Jürgens und über die Angelegenheit voll informiert. Frau Jürgens hatte Sie auf Ihrer Prepaidnummer über WhatsApp und SMS sowie per E-Mail angeschrieben.«

»Ach ja, ich hatte Theo meine Handynummer und meine E-Mail-Adresse im Chat mitgeteilt und Sie haben natürlich seinen PC und damit Zugriff auf die Daten.«

»So ungefähr«, blieb die Kommissarin unverbindlich, wurde dann aber konkret: »Frau Neuberger, es ist schön, dass Sie sich gemeldet haben, denn wir hätten ein paar dringende Fragen an Sie. Aber würden Sie mir zunächst bitte Ihre Kontaktdaten durchgeben, und zwar Ihre richtigen?«

»Natürlich«, stimmte Isa zu und machte die gewünschten Angaben. Anschließend sagte sie: »Ich habe eine wichtige Information für Sie und ein Problem, das möglicherweise mit Theos Tod zu tun hat.«

Bei Silke schrillten die Alarmglocken. »Was für ein Problem, Frau Neuberger?«

»Ich fühle mich bedroht und nicht nur ich, sondern auch meine Mutter!« Und dann sprudelte es aus ihr heraus. Alles, worüber sie mit Anna in Bezug auf Martin diskutiert hatte.

»Sie sind jetzt noch auf dem Flughafen in Palma de Mallorca und landen voraussichtlich gegen sechzehn Uhr in Düsseldorf, richtig?«, fragte Silke noch einmal nach. »Und wer ist jetzt bei Ihrer Mutter?«

»Ich denke niemand. Jedenfalls hoffe ich, dass nicht mein Partner bei ihr ist.«

»Geben Sie mir bitte auch noch Namen und Anschrift Ihrer Mutter und auch die Anschrift des Studios.« Nachdem Silke die Angaben notiert hatte, sagte sie: »Bleiben Sie mal einen Moment in der Leitung, ich bin sofort wieder da.«

Silke schaltete das Telefon stumm und nahm ihr Handy. Gleich darauf meldete sich Nina. »Silke, wir sind in wenigen Minuten da, was gibt es?«

»Ich habe diese Isi in der Leitung und die fühlt sich bedroht.«

»Halte sie in der Leitung, wir sind schon mit dem Auto auf dem Hof. Ich bin gleich in meinem Dienstzimmer. Aber sag mir schon mal auf dem Weg, warum sie sich bedroht fühlt.«

Als Nina, Bert und Oke das Dienstzimmer betraten, sprach Silke noch mit der Anruferin und übergab dann den Hörer an ihre Chefin.

Nina hielt sich nicht lange mit Vorreden auf, sondern fragte nach einer kurzen Begrüßung: »Könnte es sein, Frau Neuberger, dass Sie Ihr Partner, Martin Hitzinger, wie meine Kollegin hier notiert hat, am Flughafen in Düsseldorf abholt?«

»Ich bin mit meinem eigenen Wagen am Freitag zum Flughafen gefahren. Das heißt, eigentlich müsste er mich nicht abholen. Aber wenn er inzwischen meinen PC, meine E-Mails und Kontakte gecheckt hat, dann ist alles möglich. Er ist selbstständig und kann frei über seine Zeit verfügen. Da ist alles denkbar. Vor allem auch, dass er mich abfängt, bevor ich bei meiner Mutter gewesen bin. Denn da würde ich in jedem Fall zuerst hinfahren, schon um mein Prepaidhandy bei ihr zu lassen.«

»Okay«, sagte die Kommissarin. »Wir sind als Polizei, wie Sie sich denken können, weder in Essen noch in Düsseldorf zuständig. Aber wir werden sofort unsere dortigen Kollegen um Amtshilfe bitten. Denn das, was Sie meiner Kollegin geschildert haben, erscheint mir – vor allem auch für Sie selbst und für Ihre

Mutter – nicht ganz ungefährlich zu sein. Also schlage ich vor, dass Sie auf jeden Fall nicht nach Hause fahren und gegebenenfalls bei Ihrer Mutter bleiben, bis Sie von uns oder den Kollegen in Essen hören.«

Nachdem Nina das Telefonat beendet hatte, Isa musste auch zum Boarding, sagte Bert: »Silke, gut gemacht! Nina, sprich bitte mit dem Staatsanwalt bezüglich eines Haftbefehls für Martin Hitzinger. Und du, Oke, hol die Daten von dem Typen aus unserer Zentraldatei. Der wird registriert sein, wenn er schon mal wegen Körperverletzung eine Bewährungsstrafe hatte. Und ich werde sofort einen alten Spezi bei der Kripo in Essen anrufen.« Bert war wieder voll in seinem Element als Leiter der Soko Wittmund.

Kurz darauf schickte Oke bereits die Daten des Verdächtigen auf die Rechner von Nina und Bert. Nina leitete diese sofort an die Staatsanwaltschaft weiter. Den Mitschnitt von Silkes Telefonat hatte sie bereits rübergeschickt. Dann ging sie zu Bert ins Dienstzimmer. Er hatte gerade das Telefongespräch mit seinem Kollegen aus seiner Essener Zeit beendet.

»Wie sieht es aus?«, fragte er.

»Die Staatsanwaltschaft prüft, ob es für einen Haftbefehl reicht. Wahrscheinlich schon, allerdings haben wir im Moment nur die Zeugenaussage der Frau, dass Hitzinger nach seinem elektronischen Fahrtenbuch am besagten Wochenende in Neuharlingersiel gewesen ist. Ein Motiv ist aufgrund auch unserer Datenlage hinreichend belegt. Hoffen wir mal, dass das auch dem Richter reicht.«

»In Essen warten sie nur auf den Haftbefehl, dann wollen sie sich Hitzinger holen, jedenfalls sofern er sich zu Hause oder in seinem Studio aufhält. Unabhängig davon fährt eine Zivilstreife zu Isas Mutter, wird dort nachfragen, ob alles in Ordnung ist, und vor dem Haus observieren, bis Hitzinger festgenommen ist. Nicht, dass wir nachher noch eine Geiselnahme haben. Mein Kollege sagte, dass sie so etwas Ähnliches vor einiger Zeit erst hatten.«

»Und wie sieht es in Düsseldorf aus?«

»Mit denen spricht mein Kollege. Aber er sagte schon: Wenn wir einen Haftbefehl haben, dürfte das kein Problem sein. Zumindest, dass Isa Neuberger bis zu ihrem Auto begleitet wird.«

»Ich kann mir schon denken, was er meint. Das ist wie bei Stalking, wenn du noch keine richterliche Kontaktsperre hast. Erst muss das Kind im Brunnen liegen, bevor die Retter in Anführungsstrichen von der Polizei eingesetzt werden dürfen. Es sei denn, sie kommen gerade auf eine Gewalttat zu.«

»So ähnlich sagte es auch mein Kollege und fügte noch hinzu: Hauptsache, die Täter sind geschützt, denn schließlich haben die auch Rechte. Und bei den Opfern ist es ja bis dahin nur eine Vermutung. Und nur auf eine Vermutung hin die grundgesetzlich verbrieften Rechte eines potenziellen Täters zu verletzen, geht natürlich nicht.«

»Da hadere ich auch immer wieder mit mir, Bert. Aber stell dir mal vor, wo das hinführen würde, wenn man schon bei einem geringen Verdacht die Grundrechte außer Kraft setzen würde. Das könnte auch Unschuldige treffen. Das Dumme ist nur, dass Kriminelle das natürlich auch wissen und ausnutzen.«

***

Seitdem Martin Hitzinger den PC seiner Partnerin gecheckt hatte, stand für ihn fest: Das konnte er nicht durchgehen lassen. Das übertraf ja fast noch das, was er bei seiner Observierungsfahrt nach Neuharlingersiel mit seinen eigenen Augen hatte sehen müssen. Isa war einfach zu weit gegangen und hatte ihn schändlich hintergangen. Daran, dass er sich mit anderen Frauen treffen musste, war sie doch auch schuld! Dabei hatte er sie ausdrücklich gewarnt. Und ihr Computer hatte die Bestätigung gebracht. Es war noch schlimmer, als er befürchtet hatte, vor allem diese Dreistigkeit ihm gegenüber! Glaubte sie etwa, ihn für dumm verkaufen zu können?!

Aber wie sollte die Bestrafung aussehen? Etwa so, wie der Ex ihrer Freundin Anna es gemacht hatte? Schlecht, ganz schlecht! Wenn Isa live bei Facebook mit blau geschlagenem Auge ihre Beauty-Produkte vor ihrer Community präsentieren würde, dann hätte er schneller die Polizei im Haus, als er gucken könnte. Andererseits hatte er früher schon mit Annas Ex das eine oder andere Bier getrunken und der hatte ihm gesagt, welche Stellen einen guten Bestrafungseffekt hatten und optisch nicht sofort sichtbar waren.

Im Moment tendierte er mit seiner Wut fast in diese Richtung. Wie anders sollte er ihr Respekt beibringen?! Das jedenfalls war die Philosophie von Annas Ex gewesen. Sollte er sie in den Wind schießen und einfach rausschmeißen? Damit würde er sich selbst schaden, denn er profitierte auch mit seinen Nahrungsergänzungsmitteln zum Muskelaufbau von ihrem Verkaufstalent und natürlichem Charme, von ihrem guten Aussehen ganz zu schweigen.

Auch im Bett war sie ja nicht schlecht. Nur seine speziellen sexuellen Vorlieben lehnte sie rigoros ab. Also brauchte sie sich doch auch gar nicht zu wundern, dass er dafür gewisse Überstunden im Studio einplanen musste. Im Grunde war sie doch sogar schuld daran und sollte sich nicht noch beklagen, sondern froh sein, dass er sie nicht einfach vor die Tür setzte. Stattdessen betrog sie ihn nach Strich und Faden, wie er jetzt in ihrem PC bestätigt gefunden hatte. Dieser Typ in Ostfriesland war ja nicht der erste gewesen, aber mit dem hätte es nach den Chats ernst werden können! Doch das Problem hatte sich erledigt. Da musste er sich keine Sorgen mehr machen.

Es ärgerte ihn, dass er ihr Prepaidhandy nicht bei ihrer Mutter hatte finden können. Auch nicht, als er nochmal da gewesen war. Dabei hatte er in den Chats gesehen, dass sie eine Prepaidnummer besaß. Sie musste es mit nach Malle genommen haben. Aber es war wohl nicht eingeschaltet. Jedenfalls kam jedes Mal, wenn er versuchte diese Nummer anzurufen, die Bandansage, dass der Teilnehmer nicht zu erreichen sei.

Er wusste, dass sie am Montag gegen sechzehn Uhr in Düsseldorf landen würde, und hatte schon überlegt, sie dort abzuholen. Von diesem Gedanken war er aber wieder abgekommen, weil sie dann wahrscheinlich gewarnt wäre und mit ihrem Auto vielleicht zu irgendeinem Lover oder ihrer Freundin Anna fahren würde.

Also wäre es wohl besser, sie zu Hause in Empfang zu nehmen. Das Studio schien ihm auch nicht günstig, weil in der Geschäftszeit zu viele Zeugen da waren. Eigentlich müsste er sie bei ihrer Mutter abfangen, denn wenn sie erst mit der Alten, die sich vor

Angst fast in die Hose gemacht hatte, sprechen würde, wäre sie auch vorgewarnt. Dass ihre Mutter am Telefon den Mund hielt, dafür hatte er gesorgt.

Bei dem Gedanken daran musste er unwillkürlich grinsen. Wie leicht man manche ältere Leute hinters Licht führen konnte. Er hatte wahllos ein paar Tasten auf ihrem Telefon gedrückt, dann aufgelegt und mit seinem Handy die Telefonnummer der Mutter angerufen.

Als es läutete, sagte er zu ihr: »Geh mal dran!«

Nachdem sie abgehoben und sich gemeldet hatte, sagte er in sein Handy: »Siehst du, so wirst du ab jetzt von mir ständig überwacht. Also wage nicht, deiner Tochter von meinem Besuch zu erzählen!« Die Frau zitterte am ganzen Körper, als er ging. Und er dachte ohne jedes Mitgefühl bei sich: Meine Güte, wie doof und naiv muss man sein!

Aber wie gut, dass er gestern Abend noch ein Spezialdate in der Sauna seines Studios gehabt hatte. Seine Saunapartnerin arbeitete für einen Hostessenservice und hatte ihm schon mal erzählt, was sie machte, wenn Männer sich nicht an die vereinbarten Spielregeln hielten.

Dafür lag immer ein kleines Fläschchen in ihrer Handtasche, das aussah wie Augentropfen. »Das Gute ist«, hatte sie gesagt, »es genügen ein paar Tröpfchen und ich kann mit den Männern machen, was ich will. Außenstehende denken, der ist besoffen. Und am nächsten Morgen können die sich an nichts mehr erinnern. Das kleine Fläschchen, in dem noch ein kleiner Rest war, hatte sie ihm gestern Abend geschenkt.

Sein Plan stand fest. Er würde heute Nachmittag mit einer Flasche Sekt zu Isas Mutter gehen und sie für die Unannehmlichkeiten um Entschuldigung bitten. Mit dem Sekt wollte er dann gemeinsam mit ihrer Mutter Isa begrüßen. Die Gläser für beide Frauen beabsichtigte er zu präparieren, kurz bevor Isa kommen würde.

Da Isa und er nicht weit von der Mutter entfernt wohnten, konnte er zu Fuß zu ihrer Mutter gehen. Der Vorteil war, dass sein Auto nicht vor dem Haus stehen würde und er die scheinbar betrunkene Isa anschließend mit ihrem eigenen roten Flitzer nach Hause fahren könnte. Mit der Bestrafungsaktion würde er dann allerdings erst morgen anfangen können, wenn Isa ihren Rausch ausgeschlafen hatte. Solange die Tropfen wirkten, hätte sie ja gar nichts von den Schmerzen, die er ihr als Strafe und Warnung in ihrem Kellerstudio zugedacht hatte.

Er schaute auf die Uhr. Inzwischen müsste der Flieger gelandet sein. Mit dem Feierabendverkehr würde Isa nicht vor siebzehn Uhr bei ihrer Mutter sein. Um zwanzig vor fünf machte er sich auf den Weg. Die Flasche Sekt steckte in einer metallicroten Flaschen-Geschenktüte. Passt zu Isas Auto, dachte er. Zum Glück war ihm auch noch ein Blumenstrauß eingefallen. Dann sah ihre Mutter wenigstens gleich an der Tür, dass er in einer Friedensmission kam.

Er war noch etwa dreißig Meter von der Haustür des kleinen Mehrfamilienhauses entfernt, in dem Isas Mutter wohnte. Auf dem Parkstreifen der anderen Straßenseite saßen zwei Männer in einem Auto. »Das darf nicht wahr sein«, sagte der eine, der ein kleines Fernglas vor den Augen hatte. »Das ist er!« Er gab sein Fernglas dem anderen Mann.

»Eindeutig. Zwar ein bisschen älter als auf den Bildern, aber unverkennbar, die große Nase und das kantige Kinn. Damit hätte ich eigentlich eher nicht gerechnet, dass der bei der Mutter auftaucht. Aber so ist es im Moment wohl am einfachsten. Kein Mensch in der Nähe. Du sicherst mich! Ich nehme ihn fest!«

Dann stiegen die beiden Männer aus und schlenderten über die Straße in Richtung der observierten Haustür. Als sie noch etwa drei Meter von ihrem Zielobjekt entfernt waren, fragte der eine: »Herr Hitzinger?«

Spontan kam ein »Ja«, und nach einer Sekunde Pause, etwas irritiert: »Kennen wir uns?«

»Nein«, antwortete der Polizist in Zivil und tat so, als wenn er an dem Angesprochenen vorbeigehen wollte. Dabei packte er Hitzingers Handgelenk, in dem er die Flasche trug, und drehte diesem den Arm blitzschnell auf den Rücken.

Der andere sagte: »Herr Hitzinger, Polizei! Wir haben einen Haftbefehl gegen Sie. Sie sind hiermit festgenommen!«

Der Angegriffene war körperlich top trainiert und sehr kräftig. Er ließ die Flasche fallen und versuchte seinen Arm wieder frei zu bekommen. Die Flasche zerbarst auf dem Bürgersteig. Da tat er so, als wollte er sich fallen lassen, und hatte im nächsten Moment das zersplitterte Flaschenoberteil in der anderen Hand, die er bedrohlich hob.

»Halt! Oder ich schieße«, rief der Beamte, der die Sicherung übernommen hatte. »Fallen lassen!«

Der Sektflaschenkopf mit der scharfen Glasspitze fiel zu Boden und der andere Beamte legte Hitzinger die Handschellen auf dem Rücken an. Dann erst stellten sich die Kommissare vor und zeigten dem Festgenommenen bei ihrem Auto den Haftbefehl auf einem Tablet. Kurz darauf saß er bei den beiden Polizisten im Wagen und sie waren schon mit ihm auf dem Weg ins Präsidium. Vorher hatte der Beifahrer noch die Scherben auf dem Bürgersteig zusammengesammelt, in die Flaschentüte getan und mitgenommen.

Als später Isa bei ihrer Mutter eintraf, sagte diese: »Ich glaube, Polizisten in Zivil haben Martin festgenommen und in Handschellen abgeführt. Ich hatte ihn schon mit einem Blumenstrauß und einer Flaschentüte vom Küchenfenster aus kommen sehen und hätte mir vor Angst fast ins Höschen gemacht.«

»Mama, und ich hab mich schon gewundert, wer da einen schönen Blumenstrauß einfach so in den Vorgarten wirft. Ich gehe jetzt runter und hole ihn. Der war bestimmt für dich gedacht.«

13. Kapitel

Im Essener Polizeipräsidium war Martin Hitzinger bereits erkennungsdienstlich erfasst und einem ersten Verhör unterzogen worden. Aber er wollte ohne seinen Anwalt nichts sagen, woraufhin er zunächst in eine Zelle verbracht wurde.

Der ehemalige Kollege von Bert und Chef der beiden Beamten, die die Festnahme durchgeführt hatten, lobte seine Mitarbeiter für ihren erfolgreichen Einsatz, der eigentlich so gar nicht geplant gewesen war. Es hatte schon eine SEK-Gruppe für einen Einsatz bereitgestanden. Aber so war die Verhaftung erfolgreich und schnell über die Bühne gegangen.

Die Kollegen in Wittmund waren auch bereits informiert und schon sehr gespannt auf das Ergebnis der Vernehmung.

Als der Anwalt endlich gegen neunzehn Uhr eintraf, war die Spurensicherung schon fündig geworden. Isas PC hatten sie im Haus des Festgenommenen sichergestellt und das elektronische Fahrtenbuch bereits ausgelesen, wodurch Isas Aussagen bestätigt wurden. Hitzinger hatte sich an dem Sonntag bis kurz nach Mitternacht in Neuharlingersiel aufgehalten. Außerdem waren Fingerabdrücke von ihm an der Innenseite des Campers, in der Nähe des Lichtschalters, links neben der Tür sichergestellt und inzwischen identifiziert worden. Allerdings gab es keine weiteren Fingerabdrücke von ihm im Inneren des Campers.

Es deutete also vieles darauf hin, dass der Polizei mit Martin Hitzinger Theo Thönes' Mörder ins Netz gegangen war. Nachdem das vertrauliche Gespräch mit seinem Anwalt abgeschlossen war, begann Berts ehemaliger Kollege mit dem Verhör.

Nach der üblichen Belehrung sagte der Anwalt: »Mein Klient wird aussagen. Er war zum besagten Zeitpunkt in Neuharlingersiel und wollte dem Getöteten eine Lektion erteilen, aber er hatte nicht die Absicht und er hat ihn auch nicht umgebracht. Der war nämlich schon tot. Und bevor Sie fragen, warum er das nicht gemeldet hat: Ich denke, der Grund liegt auf der Hand. Man hätte ihn doch sofort verdächtigt.«

»Dazu hat er durch sein Verhalten auch genügend Anhaltspunkte geliefert«, sagte der Kommissar, und an den Verdächtigen gewandt, wollte er wissen: »Wieso sind Sie Ihrer Partnerin eigentlich gefolgt?«

»Das tut hier nichts zur Sache und darauf muss mein Mandant auch nicht antworten«, griff der Anwalt ein.

»Schon gut«, sagte Hitzinger. »Ich habe schon geblickt, hier geht es um ein mögliches Motiv. Ja, ich hatte einen begründeten Verdacht, dass mich meine Partnerin hintergeht und zu einem Sex-Date nach Ostfriesland fährt. Sie hatte auf ihrem PC in unserem gemeinsam bewohnten Haus ein Bild vom Campingplatz Neuharlingersiel und war gerade auf der Toilette, als ich überraschend nach Hause kam. Und dann sah ich eine Notiz auf einem Schmierzettel mit einer Parzellennummer, die sie sich wohl gerade auf dem Parzellenplan des Platzes angeschaut hatte.«

»Und dann sind Sie ihr dahin gefolgt?«, fragte der zweite Kommissar.

»Nein, ich hatte Termine. Aber sie rief mich am Samstagabend an und erzählte mir, dass sie mit einer Freundin auf einem Konzert eines Gesangsduos sei, welches ich auch im Hintergrund hören konnte. Anschließend schaute ich mir im Internet den Veranstaltungskalender des Kurvereins Neuharlingersiel an und fand ›Live vom Dach bei Windloop‹. In der Beschreibung stand ›Das Duo Black and Hot interpretiert Tracy Chapman‹ und genau das hatte ich im Hintergrund gehört. Das hat mich ziemlich wütend gemacht.«

»Sie sollten jetzt besser nichts mehr sagen!«, warnte sein Anwalt.

»Ich hab den Typen nicht umgebracht! Also kann ich auch was sagen! Ich habe mich in mein Auto gesetzt und war nachts relativ schnell an der Küste. Die Nummer der Parzelle hatte ich mir notiert und auf dem Parzellenplan auf einem Internetausdruck markiert. Aber als ich dann vor Ort war, erkannte ich: Wenn ich jetzt Isa und ihrem Lover in dem Camper eine Szene machen würde, stünde wahrscheinlich nach kurzer Zeit der halbe Campingplatz um den Wagen rum und ich hätte eine Anzeige wegen Ruhestörung am Hals. Geschlafen habe ich dann im Auto und am nächsten Morgen die Parzelle von Isas Lover vom Deich aus beobachtet.«

»Wie weit war das denn entfernt?«, wollte Berts Kollege wissen.

»Das waren keine fünfzig Meter bis zu dem Camper. Der stand ja als Erster in der Parzellenreihe, direkt an der Straße. Allerdings war von da nur die Rückseite zu sehen. Die Tür war auf der anderen Seite. Ich überlegte, wie ich den Typen zur Rede stellen könnte. Da ich wusste, dass Isa nachmittags die Rückfahrt geplant hatte, wollte ich warten, bis sie abfährt, und dann ihren Lover zur Rede stellen. Ihr rotes Cabrio stand auf dem Besucherparkplatz vor der Anmeldung. Das war ja nicht zu übersehen. Und als die beiden nachmittags mit Isas Tasche in Richtung Ausgang gingen, wollte ich eigentlich nachschauen, ob dieser ›Tünnes‹ seinen Camper vielleicht nicht abgeschlossen hatte, dann hätte ich ihn in seinem Wagen überraschen wollen.«

»Und, war er abgeschlossen?«, wollte der andere Kommissar wissen.

»So wie es aussah, nicht. Denn es kam eine Frau, ging zu dem Camper und war dann nicht mehr zu sehen. Ich ging also davon aus, dass sie im Camper war. Ich dachte noch, ist Isas Lover vielleicht ein Professioneller für einsame Damenherzen? Diese Art Wohnwagen stehen aber doch normalerweise an einsamen Landstraßenparkplätzen und sind eher von Frauen besetzt. Jedenfalls kam der Tünnes bald allein vom Platzeingang zurück und stieg in seinen Wagen. Die Frau kam aber auch nicht wieder raus.«

»Und was haben Sie dann gemacht?«, hakte der Kommissar nach.

»Beobachtet. Schließlich wollte ich doch nicht umsonst nach Ostfriesland gefahren sein. Aber was sollte ich machen, solange die Frau noch bei dem Typen war? Ich schlenderte schon mal langsam vorbei. Sein Camper war ja der erste einer Reihe, der mit der Außenseite direkt an der Straße stand, wie ich schon sagte. Da hörte ich, dass die beiden heftig am Diskutieren waren. Nach einem Liebesakt hörte sich das jedenfalls nicht gerade an.«

»Na gut, jetzt machen Sie es doch nicht so spannend«, wurde Berts ehemaliger Kollege langsam ungeduldig. »Irgendwann ging die Frau doch aber wohl, oder?«

»Irgendwann, Herr Kommissar. Ich wanderte immer zwischen dem Deich und den Parzellen hin und her. Habe mir bestimmt dreimal die Schuhe direkt bei dem Camper gebunden. Die waren immer noch am Diskutieren, und da gerade niemand in der Nähe war, habe ich das mit meinem Smartphone aufgenommen. Bin aber aus der Diskussion nicht schlau geworden. Ich glaubte schon, dass die wohl mal was miteinander gehabt hatten. Jedenfalls ging es da immer um früher und was einer gemacht oder nicht gemacht hatte. Ich wollte schon aufgeben.«

»Haben Sie aber offensichtlich nicht«, konnte sich der andere Beamte den Kommentar nicht verkneifen. »Haben Sie die Aufnahme von der Diskussion noch auf Ihrem Handy?«

»Ja, das haben mir Ihre Kollegen aber abgenommen. Vielleicht sollte ich erwähnen: Aufgeben gehört nicht zu meinem Standardverhalten, nur Weicheier geben auf! Jedenfalls war ich schon zum x-ten Mal vorbeimarschiert, da hörte ich, dass er der Frau was zu essen anbot. Sie sagte aber: ›Nee, lass mal. Ich muss ja gleich nach Hause.‹ Das ließ mich hoffen. Also habe ich wieder auf dem Deich Position bezogen. Zwischendrin war die Sonne schon untergegangen, und als ich nochmal vorbei bin, wurde drinnen irgendwas gespült. Dann kam der Campingnachbar, der inzwischen auch eine Frau zum Ausgang begleitet hatte, ging kurz zur Tür von diesem Tünnes, was ich aber vom Deich aus nicht sehen konnte. War wohl aber nicht bei dem drinnen gewesen, denn er kam gleich wieder und stieg darauf in seinen Camper. Und dann, mir war inzwischen ganz schön kalt und ich wollte doch abbrechen, da fuhr plötzlich der SUV in Richtung Ausgang.«

»Und Sie hatten Ihre Chance, jetzt Ihre ganze Wut und Ihren ganzen Frust loszuwerden, oder?«, mutmaßte der vernehmende Beamte.

»Mit Wut und Frust haben Sie schon recht, Herr Kommissar. Ich war in der Tat ziemlich geladen, als ich die Tür aufriss und drinnen nach dem Lichtschalter tastete. Schließlich fand ich den. Dabei stand ich aber immer noch draußen, und dann sah ich den Tünnes da mit leerem Blick und dem Kabel um den Hals an seinem Tisch sitzen. Ich dachte, mich trifft der Schlag. Ich wollte dem die Meinung sagen, vielleicht auch mit Fäusten, das gebe ich gern zu. Aber umbringen wollte ich ihn nicht und jetzt lag er da mit dem Oberkörper tot auf dem Tisch. Das konnte nur die Frau gewesen sein.«

»Sind Sie sicher, dass es eine Frau war?«, bohrte Berts Kollege nach. Er hatte den Bericht der Rechtsmedizin gelesen. »Oder könnte es auch ein Mann mit einer Perücke gewesen sein? Und würden Sie die Frau wiedererkennen?«

»Also die Stimme gehörte bestimmt zu einer Frau. Und die Stimme würde ich sicherlich wiedererkennen. Aber die Frau? Nein. Ich habe sie ja nicht von nah gesehen, sondern nur vom Deich aus.«

»Okay, halten wir fest: Sie sagen, Sie haben Theo Thönes nicht getötet. Fakt ist aber, Sie waren zum Zeitpunkt seines Todes in unmittelbarer Nähe des Tatortes. Im Wagen, beim Lichtschalter, haben wir Ihre Fingerabdrücke sichergestellt. Es könnte ja sein, dass Sie im Innenraum Ihre Fingerabdrücke beseitigt haben oder Handschuhe hatten. Das heißt, wir behalten Sie erst einmal hier und werden Sie morgen dem Haftrichter vorführen. Dann soll der entscheiden, ob er Ihre Aussagen für glaubhaft hält, zumal die DNA-Abgleiche noch laufen. Wir hatten nämlich aus Ihrer seinerzeitigen Verurteilung wegen Körperverletzung weder Fingerabdrücke noch DNA aus einer erkennungsdienstlichen Erfassung. Das wurde wohl damals nicht in jedem Fall gemacht. Ich beende hiermit die Vernehmung.«

***

Nina und Bert hatten auf dem Weg in den Feierabend zu ihrem Haus in Carolinensiel einen Schlenker über Aurich gemacht und standen jetzt vor dem Haus, in dem Taalke Freerksen und ihre Tochter Jorina wohnten. Sie hatten inzwischen von Arjens Abschiedsbrief zwei Kopien gefertigt, die sie Mutter und Tochter aushändigen wollten. Nach mehrmaligem Klingeln wurde an der Haustür der Türöffner betätigt und im ersten Stock machte die Tochter die Wohnungstür auf.

Nachdem sich die Kommissare vorgestellt und in einer sehr wichtigen Angelegenheit um Einlass gebeten hatten, sagte die junge Frau: »Sie waren wohl heute schon mal hier, wie unsere Nachbarin sagte. Können wir das nicht verschieben? Meiner Mutter geht es nicht so gut.«

»Okay«, sagte Nina. »Dann lassen wir einen Arzt kommen, denn wir haben Ihnen wirklich eine vor allem auch für Sie persönlich sehr wichtige Nachricht zu übermitteln. Dann soll der Arzt entscheiden, ob wir Ihre Mutter sprechen können. Aber Sie sind inzwischen volljährig und mit Ihnen müssen wir in jedem Fall sprechen!«

»Moment«, sagte Jorina und schloss die Tür wieder.

Nach einer ganzen Weile, Nina wollte gerade erneut klingeln, öffnete sie wieder die Tür. »Kommen Sie rein«, sagte sie. »Aber bitte nicht zu lange. Das erträgt meine Mutter nicht.«

Jorina führte die Kommissare ins Wohnzimmer, wo ihre Mutter auf einem Fernsehsessel saß und ein offensichtlich feuchtes Handtuch auf ihrer Stirn liegen hatte. »Nehmen Sie Platz! Sie sehen, es geht mir nicht gut und ich brauche Ruhe«, sagte Taalke Freerksen.

»Ich glaube, wir sollten doch besser einen Arzt kommen lassen, Frau Freerksen«, sagte die Kommissarin. »Denn wir können Ihnen und Ihrer Tochter leider eine schlimme Nachricht nicht ersparen.«

»Was soll das denn für eine schlimme Nachricht sein? Dass die Uroma von Jorina im Altenheim in Hesel gestorben ist, ist für uns nichts Neues. Da war schon jemand vom Amt hier. Und die alte Frau ist ja inzwischen auch schon unter der Erde.«

»Und was haben Ihnen die Leute vom Amt noch gesagt?«, hakte der Kommissar nach.

»Das Amt wollte wissen, ob meine Tochter und ich eine Ahnung hätten, wo sich Jorinas Vater aufhält. Es ging um die Zustellung einer Nachricht des Nachlassgerichtes. Näheres konnte oder wollte man uns nicht sagen.«

Dass Taalke aber jemand aus dem Amt persönlich kannte und diese Person ihr vertraulich gesteckt hatte, dass es da um ein Vermächtnis der alten Frau an Arjens schon lange verstorbene Mutter ging und Arjen der nächste Erbberechtigte war, verschwieg sie in diesem Moment.

Als die Frau sprach, verhärtete sich bei Nina der Verdacht, dass die angebliche Unpässlichkeit nur gespielt und offensichtlich ein Vorwand war. Und sie fragte sich: Warum? Jedenfalls entschloss sich die Polizistin, nicht weiter auf die Hinzuziehung eines Arztes zu bestehen. Deshalb sagte sie: »Es tut mir sehr leid, Arjen Freerksen wurde tot aufgefunden!«

»Mit sowas mussten wir ja schon rechnen. Und es war seinerzeit sicher die richtige Entscheidung von mir, ihn vor die Tür zu setzen und die Scheidung zu beantragen, nachdem er wie sein Vater mit dem Saufen angefangen hatte«, kommentierte Taalke diese Information, und von Unpässlichkeit war ihr in diesem Moment überhaupt nichts mehr anzumerken.

Nina entnahm ihrer Umhängetasche für ihr Tablet die beiden Briefkopien. »Arjen Freerksen hat sich offenbar schon vor längerer Zeit das Leben genommen und einen Abschiedsbrief an seine Tochter hinterlassen«, sagte sie. »Wir haben Ihnen zwei Kopien mitgebracht.«

Die beiden Frauen lasen sich den Abschiedsbrief durch. Während sich die Mimik der jungen Frau zunehmend veränderte, zeigte ihre Mutter keinerlei Reaktion. Als Jorina zu Ende gelesen hatte, legte sie den Brief auf den Wohnzimmertisch, schlug die Hände vors Gesicht und rannte schluchzend aus dem Zimmer.

»Sorry, ich kann da in Bezug auf meinen Ex nichts mehr empfinden. Jorina hat bis heute gehofft, ihren Vater eines Tages wiederzusehen. Auch wenn sie sich eigentlich schon damit abgefunden hatte, dass sich dieser Wunsch wohl nie erfüllen wird. Aber sie wird drüber wegkommen.«

»Interessiert Sie gar nicht, wo Jorinas Vater gefunden wurde?«, wollte Bert wissen.

»Das wäre jetzt meine nächste Frage gewesen«, erwiderte Taalke.

»In dem Brief ist von einem Waldgrundstück die Rede. Frau Freerksen, wissen Sie etwas darüber?«, bohrte Nina nach.

»Nein. Wie man dem Brief entnehmen kann, hatten wir zu den Bültenas schon ewig keine Verbindung mehr. Jorinas Urgroßmutter machte meinen versoffenen Schwiegervater für den frühen Tod ihrer Tochter verantwortlich und dann schien uns die ganze

Linie der Bültenas in eine Art Sippenhaft zu nehmen. In dem Brief ist von einem Vermächtnis die Rede. Sowas kenne ich aus meiner Familie. Da soll etwas außerhalb der sonstigen Erbmasse auf jemand übertragen werden. Ich kenne die Vermögensverhältnisse der alten Frau nicht, aber vielleicht gibt es außer dem Waldgrundstück ja sogar noch was für meine Tochter zu erben.«

Die Unpässlichkeit der Frau war auf einmal wie weggefegt. Sie hatte offensichtlich selbst nicht bemerkt, dass sie sich das Handtuch vom Kopf genommen hatte.

»Geht es Ihnen wieder besser?«, konnte sich die Kommissarin innerlich grinsend die Frage nicht verkneifen.

»Wie? Äh …« Die Frau schaute auf das Handtuch in ihrer Hand. »Ja … äh, ich glaube, meine Migräne ist auf einmal wie weggeblasen. Mich würde mal interessieren, wie es da aussieht, wo Sie ihn gefunden haben. Haben Sie Bilder davon?«

»Habe ich«, antwortete Nina und nahm ihr Tablet aus der Tasche. Dann zeigte sie Taalke die Bilder vom verwilderten Grundstück, dem Weiher und dem Blockhaus.

»Darf ich mal?«, fragte die Frau, und Nina gab ihr das Tablet. »Haben Sie auch von drinnen Bilder?«

Nina überlegte kurz, kam dann aber zu dem Schluss, dass diese Frau die Bilder ihres toten Ex sicher nicht emotional anrühren würden. Deshalb sagte sie: »Einfach weiterscrollen.«

Die Frau zeigte keine Regung. Auch nicht, als sie die mumifizierte Leiche von Jorinas Vater sah. Sie stellte aber auch keine Fragen und gab Nina wortlos das Tablet zurück, die dieses wieder in ihre Tasche steckte.

»Ich glaube, Sie sollten sich mal um Ihre Tochter kümmern«, sagte Nina. »Sie scheint die Nachricht vom Tod ihres Vaters sehr getroffen zu haben. Vielleicht brauchen wir doch noch einen Arzt für ihre Tochter.«

Taalke war auf einmal erstaunlich schnell auf ihren Beinen, um nach Jorina zu sehen.

»Verstehst du das?«, fragte Nina leise ihren Mann und Chef.

»Nicht wirklich. Man könnte fast den Eindruck haben, dass die Frau mit uns wegen etwas ganz anderem nicht sprechen wollte. Nachdem sie geblickt hatte, dass es nur um die Nachricht vom

Tod ihres Ex ging, fehlte ihr auf einmal überhaupt nichts mehr. Sehr merkwürdig.«

In diesem Moment kamen Mutter und Tochter wieder ins Wohnzimmer.

»Entschuldigung«, sagte Jorina und ihr traten wieder die Tränen in die Augen. »Aber ich habe bis eben immer noch auf ein Wunder gehofft. Wo wurde mein Vater denn gefunden?«

»Im Heseler Wald gehört Ihnen nach dem angesprochenen Vermächtnis jetzt ein eingezäuntes und völlig eingewachsenes Waldgrundstück innerhalb des Naturschutzgebietes. Dort befinden sich ein inzwischen versumpfter Weiher und ein Blockhaus. Ihr Vater lag dort auf einem Bett.« Dass ihre Mutter sich die Bilder dazu gerade kommentarlos angeschaut hatte, sagte die Kommissarin ihr nicht.

»Er schreibt, dass er seinem Leben ein Ende bereitet. Kann ich erfahren, wie?«, wollte es die Tochter genau wissen.

»Mit einer Pistole. Wo er die herhatte, müssen wir noch klären«, erläuterte Bert.

»Da gibt es nicht viel zu klären«, mischte sich die Mutter ein. »Das wird seine eigene sein. Er war mal Sportschütze in einem Schützenverein und die Waffe hat er mitgenommen, als ich ihn rausgeschmissen habe. Jedenfalls ist dann endlich mal geklärt, wo er die ganze Zeit wie ein Penner gehaust hat.«

»Mama, es tut mir weh, wenn du so abfällig über Papa sprichst! Das habe ich dir schon so oft gesagt! Es war doch nicht seine Schuld, dass euer Ferienhof unter den Hammer kam und wir uns seitdem sehr bescheiden müssen. Ich habe mich schon lange damit abgefunden. Gerade weil Papa doch nichts dafür konnte.«

»Dafür konnte er nichts. Das stimmt und das schreibt er auch richtig in seinem Brief. Aber er konnte etwas dafür, dass er so ein Weichei war! Und das habe ich ihm nicht verziehen! Wenn ich nur daran denke, er hatte eine Pistole, aber nur den Mut, bei sich selbst abzudrücken!«

»Frau Freerksen, was Sie da zwischen den Zeilen von Ihrem Mann erwartet, um nicht zu sagen verlangt hätten, wäre Selbstjustiz gewesen! Eine Straftat, bei der selbst die Anstiftung mit einer Haftstrafe belegt ist! Deswegen will ich das an dieser

Stelle auch nicht weiter vertiefen!«, belehrte die Kommissarin die aufgebrachte Frau. »Und im Übrigen hat sich unsere Fachabteilung gerade dieses Gutachten und das Gerichtsurteil sehr genau angeschaut. Da gab es nichts zu beanstanden. So bitter das Ergebnis auch für Ihre Familie war. Als Hausbesitzer sollte man schon gelegentlich auch mal auf Schädlingsbefall achten, was Ihr Schwiegervater offensichtlich jahrelang versäumt hatte. Aber das haben wir hier nicht zu bewerten.«

Als Nina und Bert kurze Zeit später – nach Berts erstem Tag wieder im Dienst – auf dem Weg nach Carolinensiel in ihren verdienten Feierabend waren, meldete sich die Zentrale der Dienststelle in Wittmund auf der Freisprechanlage.

Nachdem Nina sich gemeldet hatte, sagte die Kollegin: »Wir haben einen Anruf des Polizeipräsidiums in Essen erhalten. Der dortige Leiter der Kripo wollte Bert Linnig sprechen.«

»Ich sitze mit im Auto«, meldete sich Bert. »Hat er eine Nachricht hinterlassen?«

»Ja, wenn Sie in der nächsten halben Stunde zurückrufen würden, könnten Sie ihn noch im Präsidium erreichen. Sonst morgen früh. Die Kollegen in Essen haben Martin Hitzinger festgenommen und schon verhört.«

Nina fuhr gerade am Ortsschild von Wittmund vorbei. »Passt! Wir sind gleich im Kommissariat«, sagte sie lachend. »Wir hätten nur heute Morgen die Luftmatratzen einpacken sollen. Dann könnten wir gleich in der Dienststelle übernachten. Bert, dein erster ›Ich-bin-wieder-im-Dienst-Tag‹! Du siehst, es ist alles in Ordnung. Alles wie immer! Willkommen zurück im Polizistenalltag!«

Kurz darauf hatte Bert seinen Kollegen aus früheren Tagen in der Leitung. Nachdem die beiden ein paar Höflichkeiten ausgetauscht hatten, berichtete sein Kollege von der Vernehmung. Den Mitschnitt der Aufzeichnung und die Audioaufnahme aus Hitzingers Smartphone hatte er über den internen Messenger bereits an Berts PC geschickt.

Abschließend sagte sein Essener Kollege: »Hitzinger war zum Tatzeitpunkt sogar direkt am Tatort. Seine Fingerabdrücke habt ihr auch. Selbst das Aggressionspotenzial wäre nach meiner Einschätzung vorhanden. Aber irgendwie glaube ich trotzdem, er war es nicht. Hört euch mal die ganze Vernehmung an. Obwohl der Anwalt ihn darauf hinwies, nicht aussagen zu müssen, sprudelte es weiter aus ihm heraus. Das war viel zu authentisch, um gelogen zu sein. Aber macht euch mal ein eigenes Bild. Vielleicht kommt bei euch ja irgendwo noch eine Frau ins Spiel. Dann wäre Hitzinger, zumindest in Bezug auf einen Stimmenvergleich, vielleicht sogar noch Zeuge. Seine Audioaufzeichnung von einem kleinen Teil der Diskussion zwischen dem Ermordeten und der Frau habe ich euch auch rübergeschickt. Ich werde euch auf dem Laufenden halten, wie morgen der Haftrichter entscheidet.«

Nachdem sich die beiden Kommissare den Mitschnitt des Verhörs und die Audioaufzeichnung von der Diskussion angehört hatten, sagte Nina: »Bert, denkst du das Gleiche wie ich?«

»Du denkst an Taalke Freerksen, oder? Also für mich ist das eindeutig ihre Stimme!«

In diesem Moment wurde an die Tür von Berts Dienstzimmer geklopft. »Habe ich es mir doch gedacht, als ich hier Licht sah«, sagte der Leiter der Forensik. »Ich kam gerade mit dem Auto unten auf der Hauptstraße vorbei und dachte: Nein, das darf doch wohl nicht wahr sein! Bert ist seinen ersten Tag im Dienst und jetzt immer noch nicht zu Hause. Da konnte ich nicht anders. Das musste ich selbst mit eigenen Augen sehen. Was, um Gottes willen, macht ihr hier heute noch?«

Bert instruierte in groben Zügen seinen langjährigen dienstlichen und privaten Freund.

»Und jetzt überlegt ihr, ob es irgendwelche forensischen Beweise gegen Taalke Freerksen gibt, richtig?«, wollte der Forensiker wissen.

»Das wäre die einfachste Lösung«, bestätigte Nina.

»Wie ihr wisst, haben wir einige Fingerabdrücke und DNA-Spuren immer noch nicht zuordnen können. Wobei im Wohnwagen ja zum Teil offensichtlich Fingerabdrücke weggewischt worden waren. Ich gehe mal davon aus, nicht gerade professionell. Zudem hatten wir weder in Thönes' SUV noch in seinem Haus solche verwischten Stellen. Das könnte dafür sprechen, dass der oder die Täterin bis zum Erledigen des Mordes keine Handschuhe anhaben konnte, weil das dem Opfer ja aufgefallen wäre.«

»Daran habe ich auch schon gedacht«, sagte Bert. »Bleiben wir mal bei Taalke. Thönes und sie kannten sich auf jeden Fall durch den Gerichtsprozess. Dazu würde auch die Aussage Hitzingers passen, dass Thönes mit einer Frau über Sachen von früher gestritten hat. Und wenn man sich die Audioaufzeichnung anhört, auch wenn es nur ein Ausschnitt der Diskussion ist, da ist an einer Stelle deutlich zu hören, dass Taalke über ein ›Scheißgutachten‹ spricht. Das müsste man sich Satz für Satz anhören. Aber für mich ist das schon eindeutig.«

»Dann bräuchten wir nur eine erkennungsdienstliche Erfassung der Frau, zum Beispiel ihre Fingerabdrücke, und schon könnte ich gleich bei uns im Computer einen Vergleich laufen lassen«, hatte Sören eine Idee. »Aber wenn sie es wirklich war, dann werdet ihr sie sicher nicht so einfach dazu hierherbekommen. Denn dann kann sie sich ja denken, was sie zu erwarten hat.«

»Brauchen wir nicht, Sören«, sagte Nina. »Ich habe Fingerabdrücke von ihr auf meinem Tablet. Darauf wollte sie unbedingt die Bilder von ihrem Ex im Blockhaus sehen.«

»Na, dafür mache ich doch gerne auch Überstunden«, meinte Sören lachend. »Kommt, wir gehen in meine Abteilung, das haben wir gleich. Allerdings nur, wenn sie beim Putzen im Camper noch ein paar ihrer Abdrücke übersehen hat. Schauen wir mal.«

Es dauerte nicht lange, dann hatte Sören die Fingerabdrücke von Ninas Tablet genommen und Ninas und Taalkes Abdrücke selektiert. Andere Abdrücke waren nicht auf dem Tablet, da Nina es vor dem letzten Einpacken in die Tasche erst gereinigt hatte.

Dann ließ Sören das Vergleichsprogramm laufen. »Jetzt bin ich mal gespannt«, sagte er.

Fast im gleichen Moment wurde ein Treffer angezeigt. Taalke Freerksen war tatsächlich im Camper des Ermordeten gewesen. Offensichtlich hatte sie dort sogar an mehreren Stellen ihre Fingerabdrücke übersehen.

»Ich sagte ja schon, das Putzen schien mir nicht sehr professionell gewesen zu sein«, stellte der Forensiker fest. »Aber wir haben noch eine Übereinstimmung und die ist nicht aus dem Camper. Sie hat wohl nicht damit gerechnet, dass man auch Fingerabdrücke von Papier nehmen kann. Ihre Fingerabdrücke sind auch auf dem Abschiedsbrief ihres Ex-Mannes. Das heißt, auch die Schuhabdrücke im Staub auf der Treppe nach oben im Blockhaus werden von ihr sein. Sie wusste also schon vorher von dem Brief.«

»Jetzt dämmert mir etwas«, sagte Nina. »Der Todeszeitpunkt von der alten Frau Bültena lag kurz vor dem Mord an Thönes. Irgendwie muss Taalke von dem Vermächtnis im Wald erfahren haben. Vielleicht kannte sie das Grundstück sogar. Dann ist sie dahin, hat das Schloss geknackt und den Abschiedsbrief gelesen. Da sie sich über ihren Mann, das Weichei, wie sie sich ausdrückte, geärgert hat, nahm sie die Sache selbst in die Hand. Da sie Thönes kannte, wusste sie sicher auch, wo sie ihn finden würde. Ich könnte mir vorstellen, dass sie zu Thönes' Haus nach Amerika gefahren ist und, weil er dort nicht war, die Nachbarin gefragt hat, die ja wusste, dass Thönes zum Kiten wollte. Beim Campingplatz brauchte Taalke doch nur in der Anmeldung nach dem Parzellenplatz zu fragen.«

»Klingt logisch«, bestätigte Bert. »Ich glaube zwar nicht, dass bei der Staatsanwaltschaft auch gerade Überstunden gemacht werden, aber wir leiten die Daten alle komplett gleich weiter. Und dann rufe ich direkt mal den Staatsanwalt auf seinem Handy an.«

»Vielleicht guckt der ja gerade einen Tatort im Fernsehen«, konnte sich Nina nicht zurückhalten. »Dann kann er den bei uns gleich live erleben, sozusagen mittendrin.«

Aber Bert sollte sich geirrt haben. Es schien der Tag der Überstunden zu sein. Jedenfalls war der Staatsanwalt noch an seinem Schreibtisch und gerade dabei, sich die zugeschickten Informationen anzuschauen.

»Kleinen Moment, Herr Linnig«, sagte er, nachdem sie sich begrüßt hatten. »Ich bin gleich bei Ihnen.«

Es dauerte nicht lange, dann sagte er: »Schön, Ihre Stimme zu hören und dass Sie wieder zurück und offensichtlich schon wieder voll im Einsatz sind, Herr Linnig. Wie geht es Ihnen?«

»Mir fiel in der Reha schon die Decke auf den Kopf. Ich glaube, das sagt alles. Jedenfalls sollten wir hier in unserem aktuellen Fall nach meiner Einschätzung schnell handeln. Die Frau hat uns schon eine Weile mit Terminen hingehalten und auch den heutigen Termin wollte sie mit einem gesundheitlichen Vorwand abwiegeln. Es besteht Flucht- und Verdunkelungsgefahr!«

»Einen Gerichtsbeschluss bekomme ich heute nicht mehr, Herr Linnig. Die Fingerabdrücke sind eindeutig, und wie die Signatur der Audiodatei zeigt, war die Frau zum Tatzeitpunkt im Camper des Ermordeten. Da Sie heute schon bei ihr waren und sie dadurch vorgewarnt sein könnte, sehe auch ich Flucht- und Verdunkelungsgefahr. Also Zugriff. Haftbefehl kommt morgen.«

»Na, dann werde ich schon mal mein Team zusammentrommeln«, sagte Sören. Nina und Bert gingen sich für den Einsatz umziehen. Vorher hatte Bert noch den Bereitschaftsgruppenführer informiert, dass er einen kleinen Verstärkungstrupp von vier Leuten brauchen würde.

Als Nina und Bert in den Hof zu ihrem zivilen Einsatzwagen kamen, meldete sich der Bereitschaftsgruppenführer abmarschbereit. Kurz darauf waren zwei Fahrzeuge mit Blaulicht in Richtung Aurich unterwegs. Vor dem Wohngebiet ließ Bert das Blaulicht abschalten. Und als sie bei dem Mietshaus vorfuhren und gerade ausgestiegen waren, kam Taalke mit einem Koffer und einer Tasche aus der Haustür. Vor dem Haus stand ein Auto mit offener Kofferraumklappe, das sie offensichtlich gerade beladen wollte.

»Frau Freerksen, Sie sind vorläufig festgenommen, wegen des Verdachts, den Bausachverständigen Theo Thönes heimtückisch ermordet zu haben!« Und schon klickten die Handschellen. Nina führte die Festgenommene zu ihrem Dienstwagen und setzte sie auf den Rücksitz. Taalke sagte kein Wort, aber ihre Miene sprach Bände. Bert wies den Bereitschaftsgruppenführer an, dafür zu sorgen, dass die Gepäckstücke wieder in die Wohnung gebracht wurden.

Nina war inzwischen schon nach oben vorausgegangen. Jorina stand kreidebleich und zitternd in der Tür. »Was ist mit meiner

Mutter? Ich hörte nur etwas von festgenommen. Was hat meine Mutter denn getan?«

Nina schob die junge Frau in die Wohnung und führte sie ins Wohnzimmer. Dann sagte sie: »Ihre Mutter war die starke Person, von der Ihr Vater in seinem Brief sprach. Sie hat das getan, was Ihr Vater nicht imstande war zu tun.«

Die junge Frau saß weinend im Sessel. »Ich weiß, dass meine Mutter sehr hart sein konnte, aber so etwas hätte ich ihr nicht zugetraut. Übrigens, nachdem Sie weg waren vorhin, habe ich eine Verwandte aus der Bültena-Linie angerufen. Die hatte mir schon mal vor längerer Zeit ihre Handynummer gegeben und mir gesagt, ich könnte sie jederzeit anrufen. Sie fand diese künstliche Fehde zwischen unseren Familien bescheuert.«

»Und was hat die gesagt?«

»Die wusste auch von dem Vermächtnis und das war für sie völlig in Ordnung, dass ich das jetzt erhalten soll. Außerdem gibt es auch noch weiteres Vermögen meiner Urgroßmutter, das nach dem frühen Tod meiner Oma und jetzt meines Vaters auch an mich fällt, aber nicht alleine. Da gibt es noch Miterben aus der Bültena-Linie. Da kommt wohl auch noch eine notarielle Testamentseröffnung. Sie mussten noch die Nachforschungen über den Verbleib meines Vaters abwarten. Da der als Erbe jetzt ausfällt, bin ich die Erbin von seinem Anteil.«

»Das beruhigt mich sehr, Jorina. Dann ist wenigstens für Sie gesorgt! Denn Ihre Mutter wird für lange Zeit ins Gefängnis gehen«, sagte die Kommissarin. »Jetzt bleiben noch die Kollegen der Bereitschaft hier, bis die Spurensicherung kommt. Tut mir leid, das wird für Sie noch etwas Unruhe und Unannehmlichkeiten bedeuten. Ich muss jetzt zur Dienstelle und Ihre Mutter vernehmen. Wenn Sie noch irgendwelche Fragen haben oder mal vertraulich reden wollen, Sie haben ja meine Telefonnummer.«

Taalke verlangte nach der erkennungsdienstlichen Erfassung einen Anwalt. Dieser stand aber erst am nächsten Morgen zur Verfügung und kam fast zeitgleich mit dem richterlichen Haftbefehl. Bis dahin war die vorläufig Festgenommene in einer Zelle des Polizeikommissariats Wittmund untergebracht.

Ihr Anwalt riet ihr zu einem umfassenden Geständnis und, dass sie vor Gericht Reue zeigen sollte. Letzteres fiel ihr besonders schwer, was sie aber nur gegenüber ihrem Anwalt äußerte. Der Forderung des Anwalts auf ein psychologisches Gutachten zur Prüfung einer möglicherweise vorliegenden verminderten Schuldfähigkeit seiner Mandantin wurde entsprochen.

Zu leugnen oder die Aussage zu verweigern, hätte sowieso nicht viel bewirkt, denn die Spurensicherung hatte in den zu dem Mehrfamilienhaus gehörenden Müllcontainern sowohl Thönes' Computer als auch sein Tablet und sein Handy gefunden. Dieses hatte Taalke nach dem Besuch von Nina und Bert noch schnell versucht zu entsorgen.

Am Wochenende nach dem erfolgreichen Abschluss der Ermittlungen wurde Berts Rückkehr mit einer Grillfete bei ihm und Nina zu Hause in ihrem schönen Winkelbungalow in Carolinensiel gefeiert und reichlich begossen, wie es in Ostfriesland üblich ist.

Epilog

Die Mühlen der Justiz mahlen bekanntlich langsam. Es waren bereits Monate ins Land gegangen, bis Urteile gesprochen wurden. Taalke Freerksen hatte auf Empfehlung ihres Anwalts ein umfassendes Geständnis abgelegt und Reue gezeigt.

Ein psychologisches Gutachten war zu dem Ergebnis gekommen, dass sie sich in der Beurteilung der rechtlichen Situation, in der das Gutachten des Bausachverständigen Theo Thönes eine entscheidende Rolle spielte, völlig verrannt hatte. Wobei sie sich in ihrer eingeschränkten Wahrnehmung nur noch auf die Person des Bausachverständigen als Schuldigen für die Zerstörung ihrer familiären Existenz fokussierte. Als sie dann die Leiche ihres Mannes und seinen Abschiedsbrief fand, gab es für sie nur noch ein Ventil und das war der Tod von Theo Thönes.

Wobei sie sich zu dem Zeitpunkt, als sie mit ihm in seinem Camper diskutierte, nach eigener Aussage noch keine Gedanken gemacht hatte, wie sie ihn umbringen wollte. Aber sie hatte sich K.-o.-Tropfen besorgt und ihn damit schon mal ruhiggestellt, um dann ungestört ihr Werk vollenden zu können. Wie sie selbst zugab, wollte sie erst ein Küchenmesser nehmen, um den Wehrlosen damit zu töten. Das war ihr dann aber zu blutig und da kam ihr die Verlängerungsschnur in den Blick.

Auf die Frage, warum sie nicht einfach die Pistole ihres Mannes aus dem Blockhaus genommen hätte, sagte sie, dass sie zu diesem Zeitpunkt noch gar nicht an so etwas gedacht hatte. Auch hätte sie davor zurückgeschreckt, der Leiche die Pistole aus der verwesten Hand zu nehmen.

Aber je mehr ihr die familiäre Situation durch den Kopf gegangen wäre, umso mehr hätte sie nur noch den einen Ausweg gesehen.

Trotz des Gutachtens sah das Gericht die Mordmerkmale, insbesondere das der Heimtücke, als erfüllt an. Die Heimtücke dokumentierte sich dabei aus Sicht des Gerichtes vor allem durch die Beschaffung und den Einsatz der K.-o.-Tropfen, ausschließlich mit dem Ziel, Theo Thönes einfacher töten zu können. Daher verhängte das Gericht eine Haftstrafe von fünfzehn Jahren.

Ludger Salewski wurden der Auftragsmord in Frankfurt und der Mord an dem Firmenchef in Bochum forensisch nachgewiesen. Im Frankfurt-Mord war es die DNA-Spur seiner Hautpartikel, die der von ihm Getötete unter seinen Fingernägeln gehabt hatte. Es war wohl zu einem kurzen Kampf zwischen Täter und Opfer gekommen.

In Bochum war Salewski ein wilder Brombeerstrauch zum Verhängnis geworden. Die Spurensicherer konnten an Dornen seine Blutspur sicherstellen und auch die Rechtsmedizin fand winzige Blutspuren aus dieser Verletzung von Salewski an dem ermordeten Firmenchef.

Bei dem Mord, den er in dem Zeitraum, als Theo Thönes ermordet wurde, ebenfalls in Bochum begangen haben sollte, wurde er mangels Beweisen freigesprochen. Da er sich zu diesem Zeitpunkt erfolgreich der Observierung hatte entziehen können und auch keine forensischen Spuren von ihm zu finden waren, konnte ihm weder die Anwesenheit am Tatort noch der Mord selbst rechtssicher nachgewiesen werden.

Für die beiden nachgewiesenen Morde erhielt Salewski fünfzehn Jahre Haft zuzüglich anschließender Sicherungsverwahrung.

Wie zu befürchten gewesen war, ließen sich die Mordaufträge über das Darknet nicht zu den Auftraggebern zurückverfolgen. Es blieb also – wie leider so oft – bei dem Verdacht gegen die potenziellen Auftraggeber, ohne dass die Taten bewiesen werden konnten.

Martin Hitzinger wurde in Essen bereits am Tag nach seiner Festnahme wieder auf freien Fuß gesetzt. Isa Neuberger trennte sich von ihm und zog vorübergehend wieder zu ihrer Mutter. Hitzinger wagte es nicht, sie daran zu hindern, geschweige denn ihr oder ihrer Mutter noch etwas anzutun oder beiden nachzustellen. Aber nicht aus ethischen Gründen, sondern aus rein rationalen Erwägungen. Es wäre ihm ein zu großes Risiko gewesen, zumal die Polizei ja schon auf ihn aufmerksam geworden war.

Aufgrund der Nachforschungen der Wirtschaftskriminalistin in Aurich hatten sich in drei Fällen tatsächlich Schwarzgeldzahlungen nachweisen lassen, dazu gehörte auch der Bargeldbetrag in Höhe von zwanzigtausend Euro aus dem Tresor. Dies hatte zu Nachforderungen des Finanzamtes mit entsprechenden Strafzahlungen, allerdings zu keinen Haftstrafen, geführt.

Ende

Diesen 15. Band meiner Ostfrieslandkrimi-Serie »Die Kommissare Bert Linnig und Nina Jürgens ermitteln« widme ich meiner lieben Tante Ursula Hay, geborene Augustin. Im stolzen Alter von 93 Jahren eifert sie ihrer Schwester Irmgard, meiner Mutter, nach, die gerade ihren 102. Geburtstag feiern durfte. Heute verbringt sie ihren Lebensabend, leider wegen eines Hüftleidens im Rollstuhl, in einer Pflegeeinrichtung in Iserlohn-Letmathe.

Für mich war sie von Geburt an meine liebe Tante Uschi. In der Nachkriegszeit mussten die Familien zusammenrücken und so wohnten damals meine Eltern mit der Schwester meiner Mutter bei den Großeltern im Haus im Waldkurort Lensahn, am Rand der Holsteinischen Schweiz, unweit der Ostseeinsel Fehmarn.

Tante Uschi übte sich damals, gerade siebzehnjährig, mit mir schon mal in der Babypflege und Kleinkindbetreuung, was sich für mich sehr angenehm und prägend auswirkte. Wer hat schon nebeneinander zwei »Mütter«, die sich liebevoll um einen kümmern. Zu meinem Wohlbefinden trug auch ganz besonders ihre Polarspitzhündin Sonni mit ihren Welpen bei, die mich einen großen Teil meiner Kindheit begleitete.

Aber auch später, als sich wie so oft im Leben die Wege trennten, durfte ich so manche Ferien bei ihr und ihrem leider inzwischen verstorbenen lieben Mann Henry verbringen. Danke, liebe Tante Uschi! Du hattest für mich als Kind, Jugendlicher und auch später immer ein offenes Ohr und warst für mich ein ganz wesentlicher Teil einer sonnigen Kindheit!

Einen herzlichen Dank auch an deine Heimfreundin Margot Schneider, die dir immer meine Bücher vorliest, weil du aufgrund eines Augenleidens selbst leider nicht mehr lesen kannst.

Liebe Leserin, lieber Leser,

es freut mich sehr, dass »Surfermord in Neuharlingersiel«, der fünfzehnte Band aus meiner Ostfrieslandkrimi-Serie »Die Kommissare Bert Linnig und Nina Jürgens ermitteln«, Ihr geschätztes Interesse gefunden hat. Noch mehr würde es mich natürlich freuen, wenn Sie durch die Lektüre meines Buches durchgehend eine spannende Unterhaltung gefunden haben.

Dann wäre ich Ihnen für eine Rezension oder eine Rückmeldung per E-Mail (rolf-uliczka@ewetel.net) sehr dankbar. Auch konstruktive Kritik ist sehr hilfreich, damit habe ich die Möglichkeit, weiter an mir als Autor zu arbeiten.

Da der Onlinehandel Sie automatisch zur Abgabe einer Rezension auffordern wird, ist das dort für Sie ganz einfach. Sie brauchen nur den Links zu folgen. An dieser Stelle schon meinen herzlichsten Dank. Denn was für den Künstler auf der Bühne der Applaus ist, das ist für den Autor eine positive Rezension.

Sollten Sie sich für weitere Fälle aus meiner ersten Ostfrieslandkrimi-Serie »Die Kommissare Bert Linnig und Nina Jürgens ermitteln« oder aus meiner zweiten Ostfrieslandkrimi-Serie »Kommissarin Femke Peters ermittelt« interessieren, dann finden Sie diese unter

meiner Website: www.rolf-uliczka.de
oder auf meiner Facebook-Fanpage:
https://www.facebook.com/Rolf-Uliczka-753214611363796
oder unter meinem Autorennamen beim Klarant Verlag:
https://klarant-verlag.de/
beziehungsweise bei Amazon, Weltbild, Hugendubel oder Thalia.

Herzliche Grüße
Ihr Rolf Uliczka

Ein herzliches Dankeschön geht an den Administrator der Facebook-Gruppe *wi sünd Oostfreesen un dat mit Stolt*, Siegfried Klock, für seine Übersetzungen einiger Passagen des Buches in Ostfriesenplatt.

Ebenso möchte ich mich sehr bei Polizeioberkommissar a. D. Rolf Thoben bedanken, der auf meine fachlichen Fragen immer kompetente Antworten hat. Wobei ich darauf hinweisen möchte, dass meine Beschreibung der Polizeiarbeit trotz mancher Realitätsnähe reine Fiktion ist.

Einen ganz besonderen Dank möchte ich an meine liebe Frau richten, die mich wieder mit viel Geduld und konstruktiver Kritik beim Schreiben begleitet hat.

**Ostfrieslandkrimi-Empfehlungen
des Klarant Verlages**

In der Reihe »**Bert Linnig und Nina Jürgens ermitteln**« von Rolf Uliczka sind bereits folgende spannende Ostfrieslandkrimis als Taschenbuch und eBook erschienen:

»Hafenmord in Carolinensiel«, Band 1
Taschenbuch-ISBN: 978-3-95573-798-6
eBook-ISBN: 978-3-95573-799-3

Ein Mord versetzt das ostfriesische Fischerdorf Carolinensiel in helle Aufregung. Im idyllischen Museumshafen schwimmt eine männliche Leiche erschlagen im Wasser. Bei dem Toten handelt es sich ausgerechnet um Torsten Oltmann, den beliebten Jugendtrainer des lokalen Fußballvereins. Die Kommissare Bert Linnig und Nina Jürgens von der Polizei Wittmund nehmen die Ermittlungen auf, und schnell mehren sich die Hinweise auf eine Affäre zwischen dem Fußballtrainer und Katja Schmitz, der attraktiven Mutter eines seiner Schützlinge. In den Fokus gerät Katjas Mann Gerd Schmitz, der sich immer mehr in Widersprüche verstrickt. Ein klassischer Mord aus Eifersucht? Doch je tiefer die Ermittler graben, desto mehr Verdächtige kommen ins Spiel. Sogar der Jogger, der den Toten angeblich zufällig entdeckt hat, scheint eine offene Rechnung mit ihm gehabt zu haben. War die Meldung des Leichenfunds nur ein perfider Weg, um von sich selbst abzulenken?

»Serienmord in Neuharlingersiel«, Band 2
Taschenbuch-ISBN: 978-3-95573-800-6
eBook-ISBN: 978-3-95573-801-3

»Bauernmord in Bensersiel«, Band 3
Taschenbuch-ISBN: 978-3-95573-802-0
eBook-ISBN: 978-3-95573-803-7

»Wattmord in Carolinensiel«, Band 4
Taschenbuch-ISBN: 978-3-95573-804-4
eBook-ISBN: 978-3-95573-805-1

»Sektenmord in Neuharlingersiel«, Band 5
Taschenbuch-ISBN: 978-3-95573-866-2
eBook-ISBN: 978-3-95573-867-9

»Campermord in Bensersiel«, Band 6
Taschenbuch-ISBN: 978-3-95573-922-5
eBook-ISBN: 978-3-95573-923-2

»Kluntjesmord in Carolinensiel«, Band 7
Taschenbuch-ISBN: 978-3-95573-950-8
eBook-ISBN: 978-3-95573-951-5

»Strandmord in Neuharlingersiel«, Band 8
Taschenbuch-ISBN: 978-3-96586-031-5
eBook-ISBN: 978-3-96586-032-2

»Skippermord in Bensersiel«, Band 9
Taschenbuch-ISBN: 978-3-96586-079-7
eBook-ISBN: 978-3-96586-080-3

»Küstenmord in Harlesiel«, Band 10
Taschenbuch-ISBN: 978-3-96586-159-6
eBook-ISBN: 978-3-96586-160-2

»Fetenmord in Neuharlingersiel«, Band 11
Taschenbuch-ISBN: 978-3-96586-209-8
eBook-ISBN: 978-3-96586-210-4

»Deichbrückenmord in Bensersiel«, Band 12
Taschenbuch-ISBN: 978-3-96586-285-2
eBook-ISBN: 978-3-96586-286-9

»Utkiekermord auf Spiekeroog«, Band 13
Taschenbuch-ISBN: 978-3-96586-380-4
eBook-ISBN: 978-3-96586-381-1

»Wattführermord in Harlesiel«, Band 14
Taschenbuch-ISBN: 978-3-96586-489-4
eBook-ISBN: 978-3-96586-490-0

»Surfermord in Neuharlingersiel«, Band 15
Taschenbuch-ISBN: 978-3-96586-593-8
eBook-ISBN: 978-3-96586-594-5

Klarant Verlag

Lernen Sie die Ostfrieslandkrimi-Titel des Klarant Verlages kennen und besuchen Sie uns im Internet unter:

www.ostfrieslandkrimi.de

und

www.klarant.de

Sie können dort Näheres über unsere Autorinnen und Autoren erfahren, viele weitere interessante Bücher und eBooks finden und Leseproben herunterladen. Mit dem kostenlosen Newsletter auf

www.ostfrieslandkrimi-lesen.de

erhalten Sie aktuelle Informationen rund um das Verlagsprogramm, wie beispielsweise spannende Neuerscheinungen und Gewinnspiele.